Susan Hill

Wie tief ist das Wasser

Roman

Aus dem Englischen von
Ellen Krahe

Gatsby

Die englische Originalausgabe erschien 1970 unter dem Titel
I'm the King of the Castle im Verlag Hamish Hamilton Ltd, London.
Die deutsche Erstausgabe erschien 1994 unter dem Titel
Wieviel Schritte gibst du mir? im Verlag Klett-Cotta, Stuttgart.

Für den Blick hinter die Verlagskulissen:
www.kampaverlag.ch/newsletter

Gatsby Bücher erscheinen
im Kampa Verlag.

www.kampaverlag.ch
www.gatsbyverlag.ch
Covergestaltung: Designbüro Lübbeke Naumann Thoben, Köln
Satz: Tristan Walkhoefer, Leipzig
Gesetzt aus der Stempel Garamond LT
Druck und Bindung: Friedrich Pustet, Regensburg
Auch als E-Book erhältlich
ISBN 978 3 311 24001 3

I

Vor drei Monaten war seine Großmutter gestorben, danach waren sie in dieses Haus gezogen.

»Ich will dort nicht wieder wohnen, bevor es mir nicht gehört«, hatte sein Vater gesagt. Doch der alte Mann lag nach seinem zweiten Schlaganfall ein Stockwerk höher im Bett und lebte noch, machte aber keine Mühe.

Man brachte den Jungen zu ihm.

»Fürchte dich nicht«, sagte sein Vater nervös. »Er ist ein sehr alter Mann und nun sehr krank.«

»Ich fürchte mich nie.« Und das war auch die Wahrheit, obwohl sein Vater es nicht geglaubt hatte.

Joseph Hooper fand, dass es sehr rührend wäre, wenn drei Generationen zusammenlebten, eine davon auf dem Totenbett, der älteste Sohn des ältesten Sohnes des ältesten Sohnes. Denn in seinen mittleren Jahren hatte er ein Gefühl für Dynastien entwickelt.

Aber es war nicht rührend. Der alte Mann hatte geröchelt, etwas gesabbert und war nicht aufgewacht. Das Krankenzimmer roch säuerlich.

»Ach ja«, hatte Mr Hooper gesagt und dabei gehustet. »Er ist wirklich sehr krank. Aber ich bin froh, dass du ihn gesehen hast.«

»Warum?«

»Na, weil du sein einziger Enkel bist. Sein Erbe vermutlich. Ja. Es gehört sich so.«

Der Junge sah zum Bett hinüber. Seine Haut ist schon tot, dachte er, sie ist alt und vertrocknet. Aber er sah, dass die Knochen der Augenhöhlen und der Nase und des Kiefers durchschimmerten. Alles an ihm, von den Haarstoppeln bis zu dem gefalteten Bettlaken, war bleich und grauweiß.

Edmund Hooper sagte: »Er sieht genauso aus wie einer seiner toten alten Nachtfalter.«

»So spricht man nicht! Hab Ehrfurcht.«

Er führte seinen Sohn hinaus. Allerdings kann auch ich erst jetzt Ehrerbietung zeigen, dachte er, und mich meinem Vater gegenüber angemessen benehmen, weil er stirbt, er ist fast schon fort.

Edmund Hooper ging die große Treppe in die getäfelte Diele hinunter; er hielt nichts von seinem Großvater. Doch später erinnerte er sich an das nachtfalterähnliche Weiß der sehr alten Haut.

Und nun waren sie umgezogen; Joseph Hooper war Herr in seinem eigenen Haus.

Er sagte: »Ich werde oft in London sein. Ich kann nicht die ganze Zeit hier wohnen, auch nicht in deinen Ferien.«

»Das ist doch nichts Neues, oder?«

Er wich dem Blick seines Sohnes gereizt aus. Ich tue mein Bestes, dachte er, aber es ist keine leichte Aufgabe, ohne eine Frau.

»Na, wir werden uns etwas überlegen«, sagte er. »Ich sehe zu, dass du einen Freund bekommst und jemanden, der in diesem Haus für uns sorgt. Es muss bald etwas geschehen.«

Ich will nicht, dass etwas geschieht, keiner soll hierherkommen, dachte Edmund Hooper, als er hinten im Garten unter den Eiben entlangging.

»Du solltest lieber nicht in das rote Zimmer gehen, ohne mich zu fragen. Ich behalte den Schlüssel hier bei mir.«

»Ich würde da nichts anrichten, warum kann ich nicht reingehen?«

»Ach – da sind recht viele wertvolle Dinge. Das ist alles. Wirklich.« Joseph Hooper seufzte, er saß an seinem Schreibtisch in dem Zimmer, das auf den Rasen hinausging. »Und – ich glaube nicht, dass der Raum interessant für dich ist.«

Fürs Erste sollte das Haus so bleiben, wie es war, bis er entscheiden würde, von welchen Möbeln er sich trennen und welche von ihren eigenen er herbringen wollte.

Er blätterte unruhig in den Papieren auf seinem Tisch, fühlte sich von ihnen belastet und wusste nicht, wo er anfangen sollte. Obwohl er Schreibarbeiten gewohnt war. Aber die Angelegenheiten seines Vaters waren ungeordnet hinterlassen worden, das Drumherum des Todes beschämte ihn.

»Kann ich denn jetzt den Schlüssel haben?«

»*Darf* …«

»Okay.«

»Den Schlüssel für das rote Zimmer?«

»Ja.«

»Nun …«

Mr Joseph Hooper langte nach der kleinen Schreibtischschublade, unter der, wo der Siegellack aufbewahrt wurde. Aber dann sagte er: »Nein, nein, du solltest wirklich lieber in der Sonne Kricket spielen gehen oder so etwas, Edmund. Du hast schon alles im roten Zimmer gezeigt bekommen.«

»Es ist niemand da, mit dem ich Kricket spielen könnte.«

»Na, das wird sich bald ändern, du sollst einen Freund haben.«

»Außerdem mag ich Kricket nicht.«

»Edmund, mach bitte keine Schwierigkeiten, ich habe eine Menge zu tun, ich kann keine Zeit für alberne Auseinandersetzungen verschwenden.«

Hooper ging hinaus und wünschte, er hätte nichts gesagt. Er wollte nicht, dass sich etwas änderte, niemand sollte hierherkommen.

Aber er wusste, wo der Schlüssel war.

Er ist wie seine Mutter, dachte Joseph Hooper. Er hat die gleiche Art, nichts erklären zu wollen, diese Heimlichtuerei, den gleichen harten und kühlen Blick. Vor sechs Jahren war Ellen Hooper gestorben. Die Ehe war nicht glücklich gewesen. Wenn sein Sohn, der ihr so ähnlich sah, in der Schule war, fiel es ihm manchmal schwer, sich zu erinnern, wie sie ausgesehen hatte.

Joseph Hooper machte sich wieder an die Beantwortung des Briefs, der auf seine Anzeige hin gekommen war.

Das Haus, das Warings hieß, hatte der Urgroßvater des Jungen gebaut, es war also noch nicht alt. Zu jener Zeit war das Dorf sehr groß gewesen, und der erste Joseph Hooper hatte viel Land besessen. Jetzt war das Dorf kleiner geworden, die Leute waren in die Städte abgewandert, wenige Menschen waren neu zugezogen und kaum neue Gebäude entstanden. Derne ähnelte nun einem alten, geschäftigen Hafen, von dem die Küste abgerückt war. Das ganze Land der Hoopers war Stück für Stück verkauft worden. Aber Warings stand noch, es war auf einem Abhang gebaut, der sich hinter dem Dorf erhob, und es lag von allen anderen Häusern ziemlich weitab.

Der erste Joseph Hooper war Bankier gewesen und hatte es schon mit dreißig Jahren, als er das Haus gebaut hatte, zu etwas gebracht. »Ich schäme mich nicht dafür«, hatte er seinen Freunden in der Stadt erzählt. Und er hatte wirklich mehr dafür ausgegeben, als er sich eigentlich leisten konnte. Er hoffte hineinzuwachsen, wie ein Kind in übergroße Schuhe. Er war ein ehrgeiziger Mann. Er hatte eine jüngere Tochter aus niederem Adel als seine Braut hierhergebracht und war dabei, eine Familie zu gründen und seine Stellung zu festigen, um sich das Haus leisten zu können, das er gebaut hatte.

Seine Erfolge hatten ihm aber keine Gewinne eingebracht, sodass das umliegende Land, das ihm gehörte, Stück für Stück wieder verkauft werden musste.

»Das ist die Geschichte von Warings«, hatte der jüngere Joseph Hooper seinem Sohn erzählt, als er ihn feierlich durch das Haus geführt hatte. »Du solltest sehr stolz sein.«

Hooper verstand nicht, warum. Es war ein gewöhnliches Haus, dachte er, ein hässliches Haus, nichts, womit man angeben konnte. Aber der Gedanke, dass es *seines* war, der Gedanke an eine Familientradition, gefiel ihm.

Sein Vater sagte: »Du wirst schon noch verstehen, was es bedeutet, ein Hooper zu sein, wenn du älter bist.«

Dabei dachte er, was bedeutet es denn wirklich, ihm selbst bedeutete es nur wenig. Und er schreckte vor dem Ausdruck in den Augen seines Sohnes zurück, vor seinem wissenden Blick. Er war der Sohn seiner Mutter.

Warings war hässlich. Es war ohne jeden Reiz, ziemlich groß und sehr verwinkelt, aus dunkelroten Ziegelsteinen gebaut. Vor der Hausfront und zu beiden Seiten breitete sich der Rasen aus, der zu dem Kiesweg hin abfiel und dann zu einem Pfad, es gab keine Bäume oder Blumenbeete, die das kahle Grün belebten. Entlang der Einfahrt und hinter dem Haus drängten sich zwischen den Eiben die großen Rhododendronbüsche.

Die Eiben hatten hier schon gestanden, bevor das Haus Warings gebaut wurde, denn der erste Joseph

Hooper hatte ihre Festigkeit und Dichte bewundert sowie die Tatsache, dass sie so langsam wuchsen und die langlebigsten Bäume waren. Er hatte auch die Rhododendronbüsche gepflanzt, nicht wegen ihrer kurzen, eindrucksvollen Farbenpracht im Mai und Juni, sondern wegen ihrer dunkelgrünen lederartigen Blätter und ihrem zähen Stamm, ihrem kräftigen Aussehen. Er liebte ihre gedrungene Form, die man schon von der Einfahrt aus sehen konnte.

Im Haus war alles so, wie man es erwartete, die hohen Räume mit den schweren Schiebefenstern, die eichengetäfelten Wände und Türen und das eichene Treppenhaus, die massiven Möbel. Man hatte wenig an der ursprünglichen Einrichtung verändert.

Joseph Hooper hatte einen Teil seiner Kindheit, bevor er in die Schule kam und seine Ferien, in diesem Haus verbracht. Er hatte es nicht gemocht, hatte keine guten Erinnerungen an Warings. Doch jetzt, als er einundfünfzig war, gestand er sich ein, dass er ein Hooper war, der Sohn seines Vaters, und so hatte er angefangen, die Gediegenheit und das Düstere zu bewundern. Es ist ein reizendes Haus, dachte er.

Denn er wusste, dass er selbst ein kraftloser Mensch war, der keine besondere Stärke oder imposante Eigenschaft besaß, ein Mann, den man mochte und den man gewähren ließ, doch den man nicht sonderlich beachtete, ein Mann, der versagt hatte – aber nicht dramatisch wie jemand, der aus großer Höhe stürzt und dadurch Aufmerksamkeit erregt. Er war ein langweiliger Mensch, ein Mensch, der durchkam. Er dachte, ich kenne mich selbst und bin deprimiert über das, was ich weiß. Aber jetzt, nachdem sein Vater tot war, konnte er vor diesem Haus so bestehen, dass es ihm Bedeutung wie auch Rückhalt verlieh, er konnte von »Warings – mein Haus auf dem Land« sprechen, und das entschädigte ihn für vieles.

Ein schmaler Pfad führte zwischen den Eiben in ein kleines Wäldchen. Dieses Wäldchen und ein Feld dahinter waren alles, was von dem Land der Hoopers übrig geblieben war.

Von Edmund Hoopers Zimmer aus, hoch oben an der Rückseite des Hauses, konnte man das Wäldchen sehen. Er hatte sich dieses Zimmer ausgesucht.

Sein Vater hatte gesagt: »Schau dir doch die anderen an, sie sind so viel größer und heller. Du solltest lieber das alte Spielzimmer nehmen.« Aber er wollte dieses haben, ein schmales Zimmer mit einem großen Fenster. Über ihm war nur das Dachgeschoss.

Als er aufwachte, sah er einen riesigen Mond, weshalb er zuerst dachte, dass es schon dämmerte und er die Gelegenheit verpasst hätte. Er stand auf. Ein leichter, anhaltender Windzug wehte durch die Zweige der Eiben und durch die Ulmen und Eichen im Wäldchen; er hörte auch die hohen Gräser auf dem Feld rauschen. Das Mondlicht, das durch einen schmalen Spalt zwischen zwei Bäumen drang, fiel auf den Bach, der mitten durch das Feld floss, sodass man ab und zu, wenn die Zweige sich bewegten, ein Schimmern des Wassers sah. Edmund Hooper sah hinunter. Die Nacht war sehr warm.

Draußen auf dem Flur war kein Mondlicht, und er tastete sich in der Dunkelheit vorwärts, zuerst durch das mit Teppichen ausgelegte obere Treppenhaus und dann über die letzten beiden Treppen mit dem blank polierten Eichenboden. Er ging überlegt und sicher und hatte keine Angst. Aus dem Zimmer, wo sein Vater schlief, hörte man keinen Laut. Mrs Boland kam nur tagsüber. Mrs Boland mochte Warings nicht. Es sei zu dunkel, sagte sie, und rieche unbewohnt und nach alten Dingen, wie ein Museum. Deshalb hatte sie angefangen, Licht und frische Luft hereinzulassen, wo sie nur konnte. Aber Derne lag sehr tief, und die Luft in jenem Sommer war stickig und schwer.

Hooper durchquerte die große Diele, auch hierhin kam, weil sie an der Vorderseite des Hauses lag, kein Licht. Hinter ihm zog sich das Holz der Treppen, auf die er getreten war, mit einem Knarren zurück.

Zuerst wusste er nicht, welcher Schlüssel es war. Da lagen drei zusammen in der linken Schublade. Aber einer war länger und hatte einen roten Farbklecks am Rand. Rote Farbe für das rote Zimmer.

Es lag auf der Rückseite und ging zum Wäldchen hinaus, sodass er es, als er die Tür öffnete, in vollem Mondlicht sah, fast taghell, obwohl man am Tag immer das Licht anzünden musste, weil die Eibenzweige vor den Fenstern hingen.

Edmund trat ein.

Der Raum war von dem ersten Joseph Hooper als Bibliothek geplant worden, und überall standen noch die vom Boden bis zur Decke reichenden Glasvitrinen, mit Büchern gefüllt. Aber in diesem Haus las nie jemand. Nicht einmal der erste Joseph Hooper hatte es getan.

Edmund Hooper hatte sich die Titel einiger Bücher angesehen, damals, als man ihn hierherbrachte, damit er seinen sterbenden Großvater sah, aber sie hatten ihn nicht interessiert. Es waren gebundene Jahrgänge des *Banker's Journal* und der *Stockbroker's Gazette* und Gesamtausgaben viktorianischer Romanschriftsteller, die nie aufgeschlagen worden waren.

Sein verstorbener Großvater hatte begonnen, das rote Zimmer zu benutzen. Er war Schmetterlingssammler gewesen; er hatte das Zimmer mit Schaukästen für Nachtfalter und Schmetterlinge gefüllt. Es war wie ein Saal in einem Museum, denn hier lag kein Teppich auf dem polierten Eichenboden, und die Schaukästen standen in zwei langen Reihen, von einem Ende bis zum anderen. Es gab auch flache Schubladen mit Insekten, die man aus Nischen in den Wänden herausziehen konnte.

»Dein Großvater war einer der bedeutendsten Sammler seiner Zeit«, hatte Joseph Hooper gesagt, als er den Jungen herumführte. »Er war in der ganzen Welt bekannt und geachtet. Diese Sammlung ist sehr viel wert.«

Aber was für einen Nutzen hat sie wirklich, dachte Joseph Hooper, welchen Nutzen, warum sollte ich sie nicht verkaufen? Er hasste sie zutiefst. In seiner Kindheit war er im Sommer Nachmittag für Nachmittag hierhergebracht und durch den Raum geführt worden, von Vitrine zu Vitrine, man hatte ihm Vorträge gehalten und ihn belehrt, er hatte zusehen müssen, wie die Insekten aus den giftig riechenden Flaschen mit Pinzetten herausgenommen und ausgebreitet und dann durch ihren Hornpanzer mit einer Nadel auf einen Karton gespießt wurden.

Sein Vater hatte gesagt: »Dies wird alles dir gehören, du musst den Wert von dem kennenlernen, was du erben wirst.«

Er hatte nicht gewagt, dagegen aufzubegehren, er war in den Ferien immer in das rote Zimmer gegangen, hatte Interesse geheuchelt, sich Kenntnisse angeeignet und seine Furcht verborgen. Bis er schließlich, als er älter wurde, Ausreden fand, um seine Ferien nicht im Haus verbringen zu müssen.

»Es ist leicht für dich, es zu verachten und die Schultern zu zucken«, hatte sein Vater gesagt, als er merkte, was sein Sohn davon hielt. »Du erkennst nicht, was ein Mann hier geleistet hat. Ich bin eine international anerkannte Autorität, aber dir imponiert das nicht. Gut, dann möchte ich erleben, wie du dir selbst auf irgendeinem Gebiet einen Namen machst.«

Joseph Hooper hatte gewusst, dass ihm das nie gelingen würde.

Er versuchte, sein Gewissen zu beruhigen, indem er nun selbst seinen Sohn belehrte. »Es ist wunderbar, wenn ein Mensch auf diese Art weltberühmt wird«, sagte er.

»Sein Leben lang hat dein Großvater seine ganze freie Zeit dafür hingegeben – es war nämlich nicht sein Beruf, sondern nur sein Hobby, und er war beruflich sehr eingespannt. Alle Energie, die er übrig hatte, verwandte er darauf, diese Sammlung aufzubauen.«

Sollte ein Junge denn nicht stolz auf die Bedeutung seiner Familie sein?

Edmund Hooper war durch das rote Zimmer gegangen und hatte alles genau angesehen und nichts gesagt.

»Ich habe gesehen, wie du Schmetterlinge in Marmeladengläsern und Ähnlichem gefangen hast«, sagte Joseph Hooper.

»Das ist doch wohl ein Zeichen von Interesse, ich glaube fast, dass du mehr in seinen Spuren wandeln wirst, als ich es jemals getan habe.«

»Die Schmetterlinge waren nur so eine Mode im letzten Semester. Wir haben Larven gesammelt und beobachtet, wie sie ausgeschlüpft sind. Jetzt interessiert sich keiner mehr dafür.«

Er ging zum Fenster und sah in das Wäldchen, das vom ersten schweren Sommerregen gepeitscht wurde. Er sagte nicht, ob ihn die steifen Falter in ihren Schaukästen interessierten oder nicht.

»Warum hast du mir das nicht schon früher gezeigt?«

»Du warst hier – du wurdest als Baby hierhergebracht.«

»Das ist Jahre her.«

»Ja – allerdings.«

»Du warst wohl damals mit Großvater zerstritten.«

Joseph Hooper seufzte. »So was sagt man nicht, damit brauchen wir uns jetzt nicht zu beschäftigen.«

Aber er verstand ein wenig, als er den Jungen ansah, wie es seinem eigenen Vater gegangen war, er fühlte das Bedürfnis, etwas wiedergutzumachen. Ich bin kein harter Mann, dachte er, ich muss meinem eigenen Sohn gegenüber mehr nachsehen, als er es mir gegenüber musste. Denn er wusste, dass er bei dem Versuch, Edmund für sich zu gewinnen, von Anfang an versagt hatte.

Der kleine Schlüssel, der zu allen Vitrinen passte, wurde in einer Bibel auf einem der unteren Regale aufbewahrt.

Zuerst ging Hooper leise in dem Raum auf und ab und betrachtete alle Falter, die auf weißem Karton ausgebreitet waren, und die Etikette darunter. Die Namen gefielen ihm – Falken-Falter, Lakai-Falter, Seidenfalter. Er las sich einige leise vor. Kalt schien der Mond durch das Fenster aufs Glas.

Oberhalb der hölzernen Wandtäfelung des roten Zimmers hingen die Tiere, der Hirschkopf mit seinem Geweih, das über den Eingang ragte, die Behälter mit grauen Fischen vor dem gemalten Hintergrund von Tang und Wasser und die ausgestopften Körper von Wiesel, Hermelin und Fuchs, mit Glasaugen und in künstlichen Posen.

Wegen der langen letzten Krankheit des alten Mannes und der Nachlässigkeit der Haushälterin waren sie schon lange nicht gereinigt worden. Mr Hooper hatte gesagt, dass die Tiere verkauft werden sollten, die Familie hatte keinen Grund, stolz auf sie zu sein, sie waren alle von dem ersten Joseph Hooper gekauft worden, der seine Bibliothek in der Art eines Jägers hatte ausstatten wollen.

Hooper blieb vor einem Kasten am hintersten Ende des Raums stehen, neben dem vorhanglosen Fenster. Er schaute auf die flachen, zerbrechlichen Gestalten hinunter.

Er war fasziniert, sie erregten ihn. Er drehte den kleinen Schlüssel im Schloss und hob den Glasdeckel hoch. Er war sehr schwer und ließ sich kaum bewegen, weil er lange nicht benutzt worden war. Eine Wolke verbrauchter, stickig riechender Luft schlug ihm entgegen.

Der allergrößte Falter lag in der Mitte des Kastens – *Acheroptia atropos* – er konnte gerade noch die Schrift auf der Pappe entziffern, die Tinte war in der Sonne zu einem Dunkelgelb verblasst. *Totenkopfschwärmer.*

Er streckte seine Hand aus, legte seinen Finger unter den Stecknadelkopf und zog sie aus dem dicken gestreiften Körper heraus. Sofort löste sich der ganze, seit Jahren tote Falter auf und zerfiel zu einem weichen, formlosen Haufen dunklen Staubs.

2

Heute kommt Besuch«, sagte Joseph Hooper. »Nun wirst du einen Freund haben.«

Er war nämlich sehr beeindruckt gewesen von den reizenden Briefen von Mrs Helena Kingshaw, von ihrer Aufrichtigkeit und ihrem leichten Ton und später von ihrer Stimme am Telefon. Sie war verwitwet, siebenunddreißig Jahre alt, und sie sollte, wie er es genannt hatte, eine »inoffizielle Haushälterin« werden. Mrs Boland würde das Putzen und Kochen besorgen.

»Vielleicht wäre es Ihnen recht, wenn Sie zunächst einmal den Sommer über kämen«, hatte er geschrieben. »Um zu sehen, wie Sie und Ihr Junge sich einleben und wie wir alle miteinander auskommen.«

Mrs Helena Kingshaw hatte geantwortet: »Warings klingt ganz so, als wäre es das Zuhause, das wir suchen.«

Joseph Hooper war sehr gerührt gewesen. An jenem Abend hatte er seine eigene dünne Gestalt in dem großen Drehspiegel gemustert. »Ich bin ein einsamer Mann«, hatte er gesagt und sich hinterher nicht geschämt, dass er es sich eingestanden hatte.

»Er heißt Charles Kingshaw, und er ist genau in deinem Alter, er ist fast elf. Du musst dir Mühe geben, ihn gut aufzunehmen und nett zu ihm zu sein.«

Edmund Hooper ging langsam die vier Treppen zu seinem Schlafzimmer hinauf. Es regnete wieder sehr heftig, und dicke blaugraue Wolken hingen tief über dem Wäldchen. Er hatte an diesem Tag dort hineingehen wollen, aber das Gras würde zu nass sein.

Und nun kam ein Junge mit seiner Mutter, und immer würde jemand im Haus sein, der ihn beobachtete. Sie würde anfangen, ihnen Spiele vorzuschlagen und sie auf Ausflüge zu schicken, das machten die Mütter von einigen Jungen in seiner Schule. Er hatte sich vor Kurzem einmal gefragt, ob er die Abwesenheit seiner eigenen Mutter spüren und sich Dinge wünschen müsste, die nur sie ihm geben könnte. Aber er hatte sich einfach nicht vorstellen können, was für Dinge das sein könnten. Er hatte keinerlei Erinnerung an sie.

Sein Vater hatte gesagt: »Ich weiß, dass du nicht sehr glücklich bist, dass wir nur aus einer misslichen Lage das Beste machen. Aber du musst immer zu mir kommen und mir alles erzählen, du darfst dich nicht fürchten zuzugeben, wenn etwas nicht in Ordnung ist.«

»Mir geht es ganz gut. Es ist wirklich alles in Ordnung.« Er hasste es, wenn sein Vater so mit ihm sprach, er wollte sich die Ohren zuhalten, um ihn nicht zu hören. »Es ist alles in Ordnung.« Und er sagte nur die Wahrheit. Aber Joseph Hooper suchte die Nuancen unter der Oberfläche, er war sehr besorgt, denn man hatte ihn gewarnt, wie sehr der Junge leiden würde.

Hooper war dabei, in seinen Händen Knetmasse für eine neue Schicht des geologischen Modells zu formen, das auf einem Brett neben dem Fenster stand. Er dachte an den Jungen mit dem Namen Kingshaw, der kommen würde.

»Es ist mein Haus«, dachte er. »Es ist privat, ich bin zuerst hier gewesen. Niemand sollte hierherkommen.«

Aber er würde nichts von sich verraten, er konnte den anderen Jungen ignorieren oder ihm ausweichen oder ihn abschrecken. Das kam darauf an, wie er war. Es gab tausend Möglichkeiten.

Er legte einen flachen Streifen dunkler Knetmasse dorthin, wo die Schicht auf der Anleitung angegeben war. Das Modell war gewölbt wie ein Grabhügel, wie einer von denen in der Heide. Wenn es fertig war, würde er es wie einen Kuchen aufschneiden, und dann würde man alle Schichten sehen können. Danach könnte er an seiner Karte von der Schlacht bei Waterloo weitermachen. Er hatte so viel zu tun, und er wollte alles allein machen, er wollte den Jungen Kingshaw nicht hier haben. An dem Nachmittag, als sie mit dem Auto ankamen, schloss er seine Tür ab. Aber er beobachtete sie, stellte den Spiegel so, dass er auf die Einfahrt hinuntersehen konnte, ohne selbst gesehen zu werden. Sie standen alle etwas aufgeregt herum. Kingshaw hatte rotes Haar. Sein Vater hatte »Edmund!« durch das ganze Haus gerufen. »Edmund! Wo dein Freund doch jetzt angekommen ist, möchte ich wirklich nicht, dass du dich irgendwo versteckst, du benimmst dich sehr schlecht. Komm bitte jetzt her. Edmund!«

Joseph Hooper war ziemlich durcheinander, denn die Ankunft dieser Frau beunruhigte ihn plötzlich, er erschrak über das, was er getan hatte. Sie sollten hier heimisch werden, sie sollten alle zusammen im gleichen Haus leben, und er würde vielleicht darunter leiden, würde womöglich die Folgen eines furchtbaren Fehlers erfahren.

Er ist sich selbst gar nicht so sicher, dachte Mrs Helena Kingshaw, die auch seit einigen Jahren viel allein gewesen war.

»Edmund, du kommst jetzt sofort runter!«

Edmund Hooper nahm ein kleines Stück Papier vom Tisch, schrieb etwas darauf und befestigte es dann sorgfältig an einem Klumpen grauer Knetmasse. Er sah wieder aus dem Fenster. Der Junge, Charles Kingshaw, schaute hinauf und sah das plötzliche Blinken des Spiegels. Hooper ließ die Knetmasse fallen, sie fiel senkrecht wie ein Stein hinunter. Er entfernte sich vom Fenster. Kingshaw bückte sich.

»Komm, Charles, hilf mir bitte bei den Koffern, wir können nicht alles Mr Hooper überlassen.« Mrs Kingshaw trug ein jadegrünes Kostüm und war etwas besorgt, dass man es vielleicht für zu schick halten könnte.

»Oh – was ist das, was hast du gefunden?« Sie wollte so gern, dass es ihm hier gefallen würde, dass er sich hier bald zu Hause fühlen würde.

Ich wollte nicht kommen, dachte Kingshaw. Ich wollte nicht hierherkommen, es ist wieder ein fremdes Haus, in das wir nicht wirklich gehören. Er hatte den Klumpen Knetmasse fallen gelassen. »Nichts, es ist nichts. Es ist nur ein Kieselstein.«

Als er hinter seiner Mutter in die dunkle Diele ging, gelang es ihm, das Stück Papier zu entfalten.

ICH WOLLTE NICHT, DASS IHR HERKOMMT, stand darauf.

»Ich möchte Ihnen jetzt Ihre Zimmer zeigen«, sagte Mr Hooper. Kingshaw stopfte die Botschaft ängstlich in seine Hosentasche.

Hooper sagte: »Warum bist du gekommen?«, und sah ihn vom anderen Ende des Zimmers aus an. Kingshaw wurde rot. Aber er behauptete sich und sagte nichts. Ein kleiner runder Tisch war zwischen ihnen. Sein Reisekoffer und ein kleinerer standen auf dem Fußboden. »Warum musstet ihr einen neuen Platz zum Wohnen finden?«

Schweigen. Hooper dachte, jetzt verstehe ich, warum es besser ist, ein Haus wie Warings zu haben, ich verstehe, warum mein Vater herumgeht und das dicke Schlüsselbund festhält. Wir wohnen hier, es gehört uns, wir gehören hierher. Kingshaw hat keine Bleibe.

Er ging um den Tisch herum zum Fenster. Kingshaw trat zurück, als er kam.

»Angsthase!«

»Nein.«

»Wenn mein Vater stirbt«, sagte Hooper, »wird mir dieses Haus gehören. Ich werde der Hausherr sein. Alles wird mein sein.«

»Das ist doch nichts. Es ist nur ein altes Haus.«

Hooper dachte bitter an das Land, das sein Großvater hatte verkaufen müssen. Er sagte ruhig: »Unten ist etwas sehr Wertvolles. Etwas, das du noch nie gesehen hast.«

»Was denn?«

Hooper lächelte und sah weg, zum Fenster hinaus, er wollte es nicht sagen. Und er war sich nicht ganz sicher, wie viel Eindruck die Faltersammlung wirklich machen würde.

»Mein Großvater ist in diesem Zimmer gestorben. Erst vor Kurzem. Er lag und starb in dem Bett da. Jetzt ist es dein Bett.« Das stimmte nicht.

Kingshaw ging zu dem Koffer und kniete sich davor.

»Wo habt ihr vorher gewohnt?«

»In einer Etagenwohnung.«

»Wo?«

»London.«

»Eure eigene Wohnung?«

»Ja – nein. Also sie war in dem Haus von jemand.«

»Ihr wart also nur Mieter?«

»Ja.«

»Sie gehörte nicht wirklich euch.«

»Nein.«

»Warum hat dein Vater euch kein richtiges Haus gekauft?«

Kingshaw stand auf. »Mein Vater ist tot.« Er war wütend, nicht verletzt. Er wollte seine Faust gegen Hooper erheben, traute sich aber nicht.

Hooper zog die Augenbrauen hoch. Er hatte sich das von einem Lehrer in der Schule abgeguckt. Er hielt es für eine eindrucksvolle Art zu schauen.

»Und meine Mutter kann es sich eben nicht leisten, uns ein Haus zu kaufen. Das können wir nicht ändern.«

»Dein Vater hätte euch Geld hinterlassen sollen, oder? Hatte er kein Haus?«

»Doch, er hatte eins. Das musste verkauft werden.«

»Warum?«

»Weiß ich nicht.«

»Um alle seine Schulden zu bezahlen.«

»Nein, nein.«

»Kannst du dich an deinen Vater erinnern?«

»Oh ja. Also – ein bisschen. Er war früher Pilot. Er war bei der Luftschlacht um England dabei. Ich habe …« Kingshaw kniete sich wieder hin und fing an, fieberhaft seinen Schottenkoffer zu durchsuchen. »Ich habe ein Bild von ihm.«

»Ist es ein Bild von ihm in der Schlacht?«

»Nein. Aber …«

»Ich glaub dir sowieso nicht, du bist ein Lügner, die Luftschlacht um England war im Krieg.«

»Das weiß ich auch, jeder weiß das.«

»Das ist schon Jahre her, Dutzende von Jahren. Das ist Geschichte. Er kann nicht dabei gewesen sein.«

»Er war dabei, ganz bestimmt.«

»Wann ist er denn gestorben?«

»Hier ist das Bild, guck – das ist mein Vater.«

»Wann er gestorben ist, habe ich gefragt.« Hooper kam bedrohlich näher.

»Vor ein paar Jahren. Ich war ungefähr fünf. Oder sechs.«

»Dann muss er ja schon ganz schön alt gewesen sein. Wie alt war er?«

»Weiß ich nicht. Wahrscheinlich ziemlich alt. Guck doch, das ist das Bild.« Kingshaw hielt ihm eine kleine braune Brieftasche hin. Er wünschte sehnlichst, dass Hooper es ansah und ihm glaubte, er fühlte, dass er irgendwie Eindruck auf dieses Haus machen musste, dass man ihm etwas glauben musste. Kurz darauf bückte Hooper sich und nahm das Bild. Er hatte etwas anderes erwartet, jemanden, der mutig und interessant aussah. Aber es war nur ein kahlköpfiger, leichenblasser Mann mit einem Muttermal am Kinn.

»Er ist alt«, sagte er.

»Das habe ich ja gesagt. Als er an der Luftschlacht um England teilgenommen hat, war er zwanzig. Das war im Krieg.«

Hooper sagte nichts. Er warf das Bild zurück in den Koffer und ging zurück zum Fenster. Kingshaw wusste, dass er gewonnen hatte, aber er fühlte sich nicht wie der Gewinner; Hooper hatte ihm kein Zugeständnis gemacht.

»Wo gehst du zur Schule?«

»In Wales.«

Hooper zog die Augenbrauen hoch. »Es gibt vermutlich hundert Schulen in Wales. Mehr als hundert.«

»Sie heißt St Vincent's.«

»Ist es eine richtige Schule?«

Kingshaw antwortete nicht. Er hockte noch auf dem Boden neben seinem Koffer. Er hatte anfangen wollen auszupacken, aber nun wollte er es nicht mehr. Auspacken würde alles so endgültig machen, als ob er die Tatsache akzeptiert hätte, dass er hierbleiben würde, als ob an eine Zukunft zu denken wäre. Er war durch Hooper scharf zur Besinnung gebracht worden.

»Bilde dir gar nicht ein, dass ich überhaupt hierherkommen wollte.«, sagte er.

Hooper dachte nach. Er erinnerte sich daran, wie man ihm von dem Tod seines Großvaters erzählt hatte. Er hatte gesagt: »Ich will in diesem Haus nicht wohnen.«

Er stieß das Fenster auf. Es hatte aufgehört zu regnen. Der Himmel hatte die Farbe von schmutzigen Sixpence-Stücken. Der Rhododendron glänzte noch von der Feuchtigkeit, die ganze Einfahrt entlang.

»Mach lieber mal das Fenster zu«, sagte Kingshaw. »Das ist jetzt mein Fenster.«

Hooper wandte sich um, hörte den neuen Ton in seiner Stimme und überlegte, was das bedeutete, aber er hörte auch ein ängstliches Zittern. Er hob seine Fäuste und ging auf Kingshaw los.

Der Kampf war wortlos und heftig und rasch vorbei. Kingshaw putzte seine blutende Nase und untersuchte dann sein Taschentuch. Sein Herz klopfte. Er hatte nie vorher so gegen einen Jungen gekämpft. Er fragte sich, wie die Zukunft nun sein würde.

Draußen im unteren Flur hörte er die Stimme seiner Mutter, die Mr Hooper fröhlich antwortete, und dann das Schlagen einer Tür. Es ist ihre Schuld, dass wir hergekommen sind, dachte er, es ist ihre Schuld.

Hooper stand wieder neben dem Fenster. Es war noch offen. Eine Zeit lang sprach keiner von ihnen. Kingshaw wünschte sich, dass er ginge.

»Denk nicht, dass du immer bei mir sein musst«, sagte Hooper. »Ich habe meine eigenen Sachen zu tun.«

»Aber ich soll, hat dein Vater gesagt.«

»Du tust, was ich sage.«

»Sei nicht albern.«

»Ich verdresch dich noch mal, pass nur auf.«

Kingshaw trat zurück. »Du brauchst wirklich nicht zu denken, dass ich hierherkommen wollte«, sagte er. »Bilde dir nicht ein, dass ich gern hier bin.«

Obwohl er erwartet hatte, dass er sich eingewöhnen würde. Er hatte nicht mit Hooper gerechnet. Er fing an, die Sachen aufzusammeln, die aus seinem Schottenkoffer gefallen waren.

»Ist deine Schule ein richtiges Internat?«

»Ja.«

»Aber wie kann deine Mutter es sich leisten, ein Internat für dich zu bezahlen, wenn sie es sich nicht leisten kann, in einem Haus zu wohnen?«

»Ich glaube ... Ich weiß nicht. Ich glaube, es ist kostenlos.«

»Keine Schule ist kostenlos.«

»Doch, es gibt welche.«

»Nur Schulen für arme Leute. Internate sind nicht kostenlos.«

»Es ist ... Ich weiß es nicht. Ich glaube, mein Vater hat ihnen eine Menge Geld gezahlt, als ich dort eingetreten bin. Ich glaube, er hat die ganzen Gebühren auf einmal bezahlt, und deshalb kostet es jetzt nichts. Ja, das hat er gemacht, ich weiß es.«

Hooper sah ihn kalt an. Er hatte gewonnen, und Kingshaw wusste es. Jetzt konnte Hooper es sich leisten, sich abzuwenden und das Thema fallen zu lassen.

Kingshaw überlegte, ob nun so eine Art von Waffenstillstand zwischen ihnen bestand, ob er irgendwie ein Recht erworben hatte hierzubleiben. Er war hergekommen mit dem Vorsatz, sich mit Hooper zu vertragen, so wie er mit den meisten Menschen auskam, weil das sicherer war. Er war zu verletzlich, er konnte es nicht riskieren, sich Feinde zu machen.

Aber Hooper war anders, Kingshaw war einer solchen Feindseligkeit noch nie begegnet. Er war dadurch und durch Hoopers Selbstsicherheit verwirrt und wusste nicht, was er tun sollte, und er schämte sich, weil er es nicht wusste. Es war, wie als er zum ersten Mal zur Schule gegangen war und versucht hatte, sich zurechtzufinden, die anderen beobachtet hatte, um zu lernen, wie man sich verhielt.

Ich bin hergekommen, und es gefällt mir nicht, wollte er sagen. Ich will nicht hierbleiben, ich möchte irgendwo allein sein in unserer eigenen Wohnung, nicht in der von jemand anderem, wir leben immer in Wohnungen anderer. Aber ich kann nicht weggehen, ich muss hierbleiben, warum können wir nicht das Beste daraus machen? Er war bereit, sich Mühe zu geben, er würde sogar, wenigstens jetzt, sagen, dass er tun würde, was Hooper wollte, ihn als Herrscher in seinem Reich anerkennen würde. Aber er konnte nichts davon in Worte fassen, sogar sich selbst gegenüber nicht, es waren nur einzelne Gefühle, die wie kleine Wellen übereinanderschlugen. Er war verwirrt.

Hooper sah ihn über den Tisch hinweg an. Auf seiner linken Backe zeigte sich eine blaue Stelle, die leicht anschwoll, dort, wo Kingshaws Faust gelandet war. Hooper sah aus wie der ältere der beiden Jungen, obwohl er kleiner war. Aber es lag etwas Besonderes in seinem Gang und im Ausdruck seiner Augen.

Er wartete einen Augenblick und ging dann langsam aus dem Zimmer. An der Tür drehte er sich noch einmal um. »Du brauchst noch lange nicht zu denken, dass du hier erwünscht bist«, sagte er. »Dies ist nicht dein Zuhause.«

Nachdem Hooper gegangen war, stand Kingshaw lange Zeit einfach da. Ich habe niemanden, dachte er. Und der ganze Sommer lag noch vor ihm. Nach einer Weile musste er weinen, aber ganz lautlos, und er schluckte heftig und versuchte aufzuhören. Er konnte nicht aufhören. Aber er würde nichts sagen, er konnte auch niemandem etwas sagen.

Schließlich hörte er auf. Er sollte lieber seine übrigen Sachen auspacken und einräumen. Seine Mutter hatte ihn hergebracht, sie war darüber sehr aufgeregt gewesen und hatte ihm gesagt, dass ein Gebet erhört worden sei. Er schämte sich für die Art, wie sie gesprochen hatte.

Er ging langsam zum Fenster. »Es ist jetzt mein Fenster«, sagte er und zog es zu.

Als er sich wieder dem Zimmer zuwandte, dachte er daran, was Hooper ihm über seinen Großvater erzählt hatte, dass er hier, in diesem Zimmer, in diesem Bett, gestorben sei. Kingshaw kam nicht auf den Gedanken, das anzuzweifeln. Er versuchte, nicht daran zu denken, welche Ängste noch kommen würden.

»Edmund, warum hast du dich hier eingeschlossen? Öffne bitte sofort die Tür.«

Hooper stand ganz ruhig, drehte immerzu den Bleistift im Anspitzer herum und beobachtete, wie sich das Holz auf der Seite herauswickelte, wie ein Falter, der aus der Larve kriecht.

»Ich weiß genau, dass du da drin bist, du brauchst nicht so zu tun, als ob du nicht da wärst.«

Schweigen.

»Edmund!«

Irgendwann musste er die Tür öffnen.

»Was tust du hier und warum schließt du dich ein? Ich finde es nicht normal, sich so zu benehmen. Du solltest draußen sein und frische Luft schnappen, du solltest Charles Kingshaw das Dorf zeigen.«

Ein großes Blatt weißes Papier war an die Wand geheftet, es war mit seltsamen Linien und kleinen farbigen Punkten bemalt, die einzelne Blöcke bildeten. In einer Ecke stand:

Grün = Napoleons Infanterie
Blau = Napoleons Kavallerie
Rot =

Joseph Hooper betrachtete es. Aber er fühlte, dass er hier nicht erwünscht war, sein Sohn stand da, warf den Bleistiftspitzer von einer Hand in die andere und wartete.

»Aber so hat kein Schlachtfeld je ausgesehen, das …« Er machte eine Bewegung – denn er wollte reden, er wollte sich nicht wie ein Eindringling fühlen, wie ein Fremder im Zimmer seines Sohnes. Er dachte, wir sollten einander nahestehen, wir haben nur noch uns beide, ich sollte frei mit ihm reden können. Aber noch mehr als alles andere machte ihn die penibel gezeichnete Karte seines Sohnes wütend, er wollte sagen, es ist *nichts*, nichts, dieser ordentliche, saubere, sorgfältige kleine Plan, er wollte ihm sagen, wie es wirklich war, er wollte ihm ein Bild geben von Menschen und

Blut und Pferden, von dem Donner und dem Gestank der feuernden Kanonen und den Schmerzensschreien, dem furchtbaren Durcheinander. Aber er fand keinen Anfang. Edmund Hooper stand trotzig da und beobachtete ihn.

»Wo ist Charles Kingshaw?«

»Er kann überall sein. *Ich* weiß nicht, wo.«

»Das solltest du aber wissen, Edmund, du solltest bei ihm sein. Dein Benehmen gefällt mir gar nicht. Warum bist du nicht bei ihm?«

»Weil ich nicht weiß, wo er ist.«

»Bitte widersprich mir nicht.«

Hooper seufzte.

Joseph Hooper dachte, wenn er älter wäre, könnte ich mit ihm fertig werden, wenn er älter und anders wäre, könnte man alles verstehen und es sich mit seinem Heranwachsen erklären. So könnte man es wenigstens deuten. Aber er ist noch ein Kind, er ist noch nicht einmal elf.

»Dann such ihn eben, führ ihn herum, zeig ihm das Haus und das Dorf und so weiter, damit er sich – na ja, zu Hause fühlt. Es liegt mir sehr daran, dass er das tut. Ja. Dies ist jetzt sein Zuhause.«

»Oh. Sie bleiben also?«

»Sie werden bestimmt den Sommer über hierbleiben. Und ich bin ganz sicher …« Seine Stimme erstarb, als er in der Tür stand. Er wollte seinem Sohn nicht sagen, was er fühlte, wie sehr er wünschte, dass alles hier Mrs Helena Kingshaw gefallen würde.

Wie alt mein Vater aussieht, dachte Edmund Hooper. Er hat ein schmales Gesicht.

»Ich möchte, dass du dich mit Charles und mit Mrs Kingshaw verträgst. An manchen Tagen werde ich erst spät zurückkommen, und manche Nächte werde ich ganz in London verbringen müssen. Du wirst …«

»Was?«

»Nun – Die Kingshaws sind hier, es ist alles in Ordnung. Du wirst Gesellschaft haben.«

Hooper wandte sich ab.

»Edmund, du benimmst dich sehr unhöflich gegenüber einem Gast.«

»Ich dachte, du hast gesagt, es ist sein Zuhause. Wenn es sein Zuhause ist, kann er kein Gast sein, oder?«

Vielleicht sollte ich ihn schlagen, dachte Joseph Hooper, wenn er so mit mir spricht. Vielleicht ist es sehr unklug, ihn die Oberhand gewinnen und ihm seine Frechheiten durchgehen zu lassen. Ich mag seine hochmütige Art nicht. Ich sollte mich besser durchsetzen. Aber er wusste, dass er es nicht tun würde. Er hatte zu lange darüber nachgedacht, und nun konnte er nichts mehr tun. Ich habe versucht, die Fehler meines Vaters zu vermeiden, sagte er zu sich, aber ich habe nur erreicht, sie durch viele eigene zu ersetzen.

Seine Frau hatte sich ausgekannt, und sie war gestorben, ohne ihm Regeln zu hinterlassen, die er befolgen konnte. Er warf es ihr vor.

Er entfernte sich.

Hooper fügte noch zwei Kreise peinlich genau zu einem dreieckigen Block hinzu, auf der rechten Seite seiner Karte. Er malte sie sehr langsam aus, immer rundherum. Er steckte dabei seine Zunge aus dem Mund und atmete schwer auf das Papier wie ein kleines Kind. Dann ging er nach unten.

»Du musst jetzt mit mir mitkommen.«

»Wohin?«

»Das wirst du sehen.«

Er hatte Kingshaw im Gewächshaus gefunden, wie er mit einem Stock in den Geranientöpfen herumstocherte. Es war sehr heiß.

»Los, komm.«

»Wenn ich aber nicht will.«

»Du musst, ganz einfach, mein Vater hat es gesagt. Und wenn dich jemand dabei erwischt, wie du hier die Blumen schlägst, gibt es sowieso Ärger.«

»Ich habe sie nicht geschlagen.«

»Hast du wohl, hier sind Blütenblätter auf den Boden gefallen, guck.«

»Sie fallen runter. Sie fallen ganz allein runter.«

Die Sonne stach durch das Glas auf Kingshaws Gesicht. Die Haut an seinem Hals war schon rot verbrannt. Aber er mochte das Gewächshaus. Es roch nach altem, trockenem Laub und nach abblätternder Farbe, wo die Sonne auf eine morsche grüne Bank fiel. Es gab auch eine Menge Spinnweben. Niemand schien hierherzukommen.

Hooper wartete in der offenen Tür. Er hatte nicht erwartet, dass Kingshaw ihm nicht gehorchen würde.

»Also ihr geht jetzt beide das Grundstück besichtigen!«, sagte Mrs Kingshaw, als sie in der Tür erschien. Sie hatte den gleichen strahlenden, hoffnungsvollen Ausdruck, mit dem sie in Warings angekommen war. Es darf nicht schiefgehen, das ist meine Chance, und ich werde sie nicht verpassen. Ich will, dass wir alle glücklich werden.

Also mussten sie gehen, schlurften langsam aus dem Treibhaus hinaus und den Weg hinunter, einer hinter dem anderen, von Mrs Kingshaw beobachtet. Keiner sprach.

»Bilde dir nicht ein, dass ich dir irgendwas zeigen will. Ich laufe jetzt los, und du hältst besser mit mir Schritt.«

»Warum gehst du wieder ins Haus? Ich hab doch das ganze Haus gesehen, oder?«

»Mein Vater hat gesagt, ich soll dir alles zeigen, und tue ich nicht immer alles, was mein Vater sagt?« Hooper machte ein spöttisches Gesicht und lief los, durch die Haustür, über den Flur, das eichene Treppenhaus hinauf, in die Zimmer hinein und wieder heraus, eins nach dem anderen, und er knallte die Türen dabei. Dazu leierte er seine Erklärungen herunter.

»Das ist das Zimmer meines Vaters, das ist ein Gästezimmer, hier werden die Koffer aufbewahrt, das ist das Wohnzimmer deiner Mutter, jetzt gehen wir die hintere Treppe rauf, das ist das Badezimmer, das ist ein Schrank, das ist noch ein Badezimmer …« Bumm, Bumm, Bumm, Bumm, Knall, Knall, Knall …

Nach einer Weile hörte Kingshaw auf, ihm zu folgen. Er setzte sich auf die unterste Stufe der hinteren Treppe. Es war sehr dunkel und kühl.

Er dachte, ich möchte von Hooper wegkommen, ich möchte einen Bach oder einen Wald finden, ganz für mich allein. Alles, nur hier weg. Aber er traute sich nicht, einfach allein aus dem Haus zu gehen.

Er hörte, wie Hooper in dem Flur über ihm die Türen auf- und zuknallte. Dann war er plötzlich wieder da, stand oberhalb von Kingshaw auf der Steintreppe.

»Du solltest mir folgen.«

»Na und? Ich muss deinen Befehlen nicht gehorchen.«

»Ich zeige dir das Haus!«, sagte Hooper hochmütig.

»Du bist ein Idiot, es ist dumm, wie du dich benimmst.«

Hooper kam sehr langsam die Treppe hinunter, er setzte behutsam einen Fuß vor den anderen und zögerte bei jedem Schritt. Kingshaw hörte seinen Atem. Er wandte sich nicht um. Hoopers Beine in den Jeans tauchten hinter seinem Kopf auf. Hielten an. Kingshaw brauchte nur eine Hand zu bewegen, um ihn herüberzuziehen, ihn an den Knien zu packen und aus dem Gleichgewicht zu bringen, sodass er das Treppenhaus hinunterstürzen würde. Er war entsetzt, dass ihm dieser Gedanke kam. Er bewegte sich nicht.

Hooper ging weiter, mit gespielter Umsicht an ihm vorbei, vermied es sogar, dass sich ihre Kleider berührten. Irgendwo huschte eine Maus über die Dielen und verschwand unter einer Tür.

Hooper ging weg, die nächste Treppe hinunter und dann den Flur entlang, der zurück in den Hauptteil des Hauses führte. Nach einem Augenblick hörte Kingshaw das Öffnen und Schließen einer Tür. Von irgendwoher, wahrscheinlich aus der Küche, ertönte Musik im Radio.

Eine lange Zeit blieb er sitzen.

3

Ein Pfad führte durch das holprige Feld hinter dem Haus, und dahinter waren noch mehr Felder, die nach allen Richtungen hin abfielen und durcheinandergewürfelt waren wie Kopfkissen. Es waren vielleicht zwei Meilen bis zum Galgenholz, das oben auf dem Kamm entlanglief. Ein steiler Abhang, der mit lichtem Buschwerk bewachsen war, trennte es vom eigentlichen Wald.

Das war im Westen, östlich von Warings lag das Dorf Derne und sonst nur flaches Ackerland, das sich bis zur ersten Hauptstraße erstreckte.

Kingshaw hatte das alles studiert, aber nur auf der Karte, sorgfältig, Zentimeter für Zentimeter, bevor sie kamen. Er hatte noch nichts davon gesehen, war nur von der Einfahrt aus ein kleines Stück den Wiesenweg hinuntergegangen und hatte sich an ein Gatter gelehnt.

Heute wollte er weiter gehen. Sie waren seit mehr als einer Woche hier, er hatte es satt, im Haus herumzulungern und von Hooper beobachtet zu werden. Er ging zwischen den Eiben hindurch und zögerte vor dem Wäldchen. Große schwarze Schatten lagen über dem Eingang, und er konnte nicht weiter als ein paar

Meter hineinsehen. Wiesenkerbel und Brennnesseln wuchsen brusthoch und überwucherten den Pfad.

Er ging wieder zurück und um das Wäldchen herum und kam an einer Ecke des Feldes heraus. Dann marschierte er los.

Die Felder stiegen zunächst an. Es war sehr heiß, ein Traktor hatte riesige Furchen in die Erde gezogen, und die Furchen waren ausgetrocknet, sodass er mit seinem Fuß immer wieder darin stecken blieb. Er versuchte, auf der Grasnarbe zwischen den Furchen zu gehen, obwohl das unbequem war. Im Gras wucherten Büschel von Sauerampfer und Disteln, die in seine Füße stachen, durch die Sandalen hindurch.

Kingshaw blickte nicht zurück. Er hatte den Kopf gesenkt und trottete weiter in einem langsamen Rhythmus, eins-zwei, eins-zwei, eins-zwei. Es war ihm ziemlich egal, wohin er ging, aber er musste weg von diesem Haus und von Hooper. Und er musste sich selbst beweisen, dass er sich irgendwie allein an diesem Ort zurechtfinden konnte. Er kletterte über ein Gatter. Auf dem dritten Feld wuchs das Korn dicht, es war fast reif.

Er sah sich nach einem Pfad um, aber da war keiner, nicht einmal am Feldrain. Dann entdeckte er einen schmalen Trampelpfad, der schräg über das Feld lief. Dem folgte er. Das Korn stand ihm bis zur Hüfte. Aber auf halbem Weg wurde ihm klar, dass das nur die Spur eines Tiers war, oder einer Person, die vor ihm gegangen war. Etwas Korn war zertrampelt.

Kingshaw hielt an. Es konnte ihn jemand sehen, er richtete besser keinen weiteren Schaden an. Er sollte zurückgehen.

Das Kornfeld war hoch. Er stand jetzt genau in der Mitte, und die Sonne stach herunter. Er fühlte, wie ihm der Schweiß den Rücken hinunterrann und zwischen die Beine lief. Sein Gesicht brannte. Er setzte sich, obwohl die Stoppeln ihn durch seine Jeans stachen, und sah hinüber zu der dunklen Baumreihe am Rand des Galgenholzes. Sie schien sehr nah zu sein – man konnte die einzelnen Zweige klar erkennen. Die Felder um ihn herum waren völlig still.

Als er die Krähe zum ersten Mal sah, beachtete er sie nicht. Er hatte einige Krähen gesehen. Diese glitt auf ihren riesigen, gezackten schwarzen Flügeln hinunter in das Korn. Er nahm sie erst bewusst wahr, als sie plötzlich aufflog, über ihm kreiste und dann herunterschoss, um nicht weit von ihm zu landen. Kingshaw konnte die Federn auf ihrem Kopf sehen, sie schimmerten hell zwischen den butterfarbenen Kornhalmen. Dann erhob sie sich und kreiste und kam wieder herunter. Diesmal landete sie nicht ganz, sondern flatterte über seinem Kopf, schlug mit den Flügeln und machte ein Geräusch, wie wenn man Lederriemen gegeneinanderschlägt. Es war die größte Krähe, die er je gesehen hatte. Als sie zum dritten Mal herunterkam, schaute er auf und sah ihren Schnabel, der sich zu einem Krächzen öffnete. Das Innere des Schnabels war scharlachrot, sie hatte kleine glitzernde Augen.

Kingshaw stand auf und schlug mit den Armen um sich. Der Vogel entfernte sich und flog höher in den Himmel. Kingshaw ging los, ziemlich schnell auf dem Pfad durch das Korn zurück, blickte geradeaus. Dumm, vor so einem blöden Vogel Angst zu haben. Was konnte ein Vogel tun?

Aber dort mitten im Kornfeld fühlte er seine absolute Einsamkeit.

Für kurze Zeit konnte er nur das leise Auftreten seiner eigenen Schritte und das seidene Geräusch des Korns hören, das ihn streifte. Dann fühlte er einen Luftzug, als die große Krähe herunterschoss und über seinem Kopf kreiste. Der Schnabel öffnete sich und das heisere »Kraah« kam immer wieder heraus, mitten aus dem scharlachroten Inneren.

Kingshaw fing an zu laufen, kümmerte sich jetzt nicht darum, ob er das Korn zertrampelte, wollte nur weg, hinunter in das nächste Feld. Er dachte, dass das Korn vielleicht so etwas wie eine Vorratskammer für die Krähe war, in der er als Eindringling angesehen wurde. Vielleicht war dies nur die erste von einem ganzen Bataillon von Krähen, die sich erheben und auf ihn niederschießen würden. Ich muss auf das Gras kommen, dachte er, ich muss auf die Wiese kommen, dort werde ich sicher sein, sie wird dann wegfliegen. Ob sie ihn für ein feindliches Tier gehalten hatte, das im Korn lauerte?

Er kam im Kornfeld nur sehr langsam voran, die dicken Halme bildeten ein Dickicht und standen ihm im Weg, und er musste sie mit den Armen auseinanderschieben. Doch dann erreichte er das Gatter, kletterte hinüber und fiel in das Feld auf der anderen Seite. Der Schweiß rann ihm von der Stirn und in die Augen. Er sah hinauf. Die Krähe folgte, immer weiter. Er rannte.

Aber auch auf diesem Feld war es wegen der Traktorfurchen nicht einfach zu laufen. Er begann, über sie hinwegzuspringen, wie ein Wilder, immer hin und her, seine Beine streckten sich so weit wie möglich, und für kurze Zeit schien er schneller vorwärtszukommen. Die Krähe schoss wieder herab, und als sie sich erhob, fühlte Kingshaw die Spitze des schwarzen Flügels auf seinem Gesicht. Er schluchzte plötzlich trocken auf. Dann blieb sein linker Fuß in einer der Furchen hängen, er knickte um und fiel der Länge nach hin.

Er lag mit dem Gesicht in dem groben Gras, keuchte und schluchzte abwechselnd, und das Rauschen seines Bluts dröhnte ihm in den Ohren. Er spürte die Sonne im Genick; sein Knöchel war verstaucht. Aber er würde aufstehen können. Er hob den Kopf und fuhr sich mit zwei Fingern über das Gesicht. Es blutete ein wenig an der Stelle, wo er sich an einer Distel aufgekratzt hatte. Er stand unsicher auf und atmete tief und verzweifelt die stickige Luft ein. Er konnte die Krähe nicht sehen.

Aber als er weiterlief, flog sie in einiger Entfernung aus dem Gras auf und begann wieder zu kreisen und herunterzuschießen. Kingshaw fing an zu rennen, er schluchzte und wischte das feuchte Gemisch von Tränen und Schweiß mit einer Hand aus seinem Gesicht. Am Knöchel hatte er von dem Sandalenriemen eine Blase. Die Krähe flog ziemlich hoch, sie segelte leicht, um mit ihm gleichauf zu bleiben. Nun war er über das dritte Gatter geklettert und befand sich auf dem Feld neben dem, das zu Warings gehörte. Er konnte die Rückseite des Hauses sehen. Er rannte noch schneller.

Als er diesmal stürzte, lag er völlig außer Atem da. Durch den heruntertropfenden Schweiß und seine verklebten Haarsträhnen hindurch konnte er eine Gestalt sehen, die von einem der obersten Fenster des Hauses auf ihn herunterschaute.

Dann hörte er nur noch einen Krächzer und das furchtbare Schlagen der Flügel, und die Krähe schoss herunter und landete mitten auf seinem Rücken.

Kingshaw glaubte, dass sein Schreien sie schließlich verscheuchte, denn er wagte nicht, sich zu bewegen. Er lag da, die Augen geschlossen, fühlte die Krallen des Vogels, die sich durch das dünne Hemd in seine Haut klammerten, und er begann eigentümlich keuchend zu schreien. Kurz darauf flog der Vogel davon. Er hatte erwartet, dass er mit seinem Schnabel auf ihn einhacken würde, hatte sich an furchtbare Geschichten von Geiern erinnert, die sich auf die Augen von lebenden Menschen stürzten. Er hatte nicht an sein Entkommen geglaubt.

Er rappelte sich auf und lief weiter, und diesmal

schwebte die Krähe nur über ihm und nicht sehr hoch, sie folgte ihm immer noch, aber lautlos, und sie versuchte nicht mehr herunterzuschießen. Kingshaw fühlte die Schwäche in seinen Beinen, als er über den Zaun kletterte. Er war jetzt dort, wo er losmarschiert war, am Rand des Wäldchens. Er sah ängstlich zurück. Die Krähe kreiste ein paar Mal und schoss dann in das dichte Buchenlaub.

Kingshaw wischte noch einmal mit dem Handrücken über sein Gesicht. Er wollte zu seiner Mutter. Er zitterte am ganzen Körper. Aber er wandte sich nie an sie, er wollte allein zurechtkommen, er würde nicht wegen eines dummen Vogels zu ihr gehen. Da nahm er eine schnelle Bewegung wahr. Er sah nach oben. Hooper stand am Fenster seines Schlafzimmers. Er beobachtete ihn unentwegt.

Kingshaw schaute sofort wieder weg, wandte sich langsam um und ging zwischen den Eiben hindurch und durch die Hintertür ins Haus.

»Du hattest Angst, du bist weggelaufen.«

»Das ist mein Zimmer, du kannst hier nicht einfach reinkommen, wann es dir passt, Hooper.«

»Dann solltest du die Tür abschließen.«

»Ich hab keinen Schlüssel.«

»Angst vor einem Vogel!«

»Hatte ich gar nicht.«

»Du hast geweint, das weiß ich, das sehe ich.«

»Halt doch endlich die Klappe!«

»Nur eine Krähe, eine Krähe ist gar nichts, hast du

noch nie eine Krähe gesehen? Was sollte sie dir denn tun?«

»Sie …«

»Was? Was hat sie getan?« Hoopers Gesicht zog sich zusammen. »War es denn eine böse Krähe, hat sie Mummys kleinen Jungen erschreckt?«

Kingshaw schnellte herum. Hooper stockte. Die Erinnerung an Kingshaws Faust auf seiner Backe war noch lebendig. Er zuckte die Schultern.

»Warum bist du denn überhaupt weggelaufen? Wo wolltest du denn eigentlich hin?«

»Kümmer dich um deine eigenen Sachen. Ich brauch dir nicht alles zu erzählen.«

»Soll ich dir mal was sagen, Kingshaw?« Hooper kam ihm plötzlich ganz nah, drückte ihn rückwärts an die Wand und atmete ihm ins Gesicht. »Du wirst langsam ein sehr ungezogener Junge, was, bist plötzlich rotzfrech. Pass bloß auf, rate ich dir.«

Kingshaw biss ihn heftig ins Handgelenk. Hooper ließ ihn los, trat ein paar Schritte zurück, starrte ihn aber weiter an. »Ich werde dir mal was sagen, kleines Baby, du traust dich nicht, in das Wäldchen zu gehen.«

Kingshaw antwortete nicht.

»Du bist reingegangen, hast reingeschaut und bist stehen geblieben, weil du ein Angsthase bist, es ist so dunkel da drin.«

»Ich habe mich nur umentschieden.«

Hooper setzte sich rittlings auf einen Stuhl neben dem Bett. »Gut«, sagte er mit einer drohenden, künstlich liebenswürdigen Stimme. »Also gut. Geh hinein, ich fordere dich heraus. Und ich beobachte dich. Oder geh gleich in den großen Wald. Ja, du traust dich nicht, in den großen Wald zu gehen. Wenn du es tust, ist es in Ordnung.«

»Was denn?«

»Alles.«

»Ich hab keine Angst vor dir, Hooper.«

»Lügner.«

»Ich kann jederzeit in den Wald gehen.«

»Lügner.«

»Es ist mir egal, ob du es glaubst oder nicht.«

»Es macht dir wohl was aus. Lügner, Lügner, Lügner.«

Schweigen. Kingshaw bückte sich und fummelte an seinen Sandalenriemen herum. Eine so unbarmherzige Verfolgung hatte er noch nie erlebt.

»Ich fordere dich auf, in das Wäldchen zu gehen.«

»Ach, halt's Maul.«

Hooper legte seine Hände an den Kopf und wackelte mit den Fingern. Kingshaw enttäuschte ihn. Er war ratlos, wie er hinter diesen abweisenden, dumpfen, unbeweglichen Blick kommen sollte. Er konnte ihn nur immer wieder reizen und herausfinden, wie weit er gehen konnte, und sich etwas Neues ausdenken. Er verachtete Kingshaw, aber fand ihn auch interessant. Er hatte gesehen, wie er sich verändert hatte, schon während der Woche, die sie jetzt da waren. Er kannte ihn jetzt besser und war argwöhnischer. Hooper wollte wissen, was in seinem Kopf vor sich ging. Er setzte sich wieder auf den Stuhl und beobachtete ihn.

»Ich werde dich so lange anstarren, bis du es nicht mehr aushalten kannst«, sagte er kühl.

Kingshaw wünschte sich, dass er ginge. Aber er hatte keine Ahnung, was er dann tun sollte. Er war nicht sehr einfallsreich. Er könnte etwas basteln oder lesen. Wenn er das Modell einer Galeone bastelte, würde das lange dauern, es wäre sehr schwierig. Er konnte nicht weiterdenken als bis dahin.

Er hatte Angst vor dem Wäldchen und dem großen Wald. Aber er musste jetzt gehen. Er musste immer tun, wozu man ihn herausforderte. Schreckliche Dinge.

Als er ungefähr fünf war, war er mit seinem Vater in ein Freibad gegangen. Es war ein Junge dabei gewesen, der Turville hieß. Turville hatte gemerkt, dass er Angst vor dem Wasser hatte, nicht nur, weil er nicht schwimmen konnte, sondern auch aus anderen, ganz unerklärlichen Gründen. Das gläserne, künstliche Blau und das Aussehen der Gliedmaßen der Leute unter Wasser, so riesig und bleich und aufgedunsen. Aber je mehr er sich fürchtete, umso mehr wusste er, dass er hineinspringen musste. Sein Magen krampfte sich zusammen. Er fühlte sich krank. Als er dann hineingesprungen war, fühlte er sich nicht besser, sondern noch elender, die Wirklichkeit war noch schrecklicher gewesen, als er sie sich vorgestellt hatte.

Turville zwang ihn immer wieder dazu, bis er genug

hatte, und Kingshaws und Turvilles Väter hatten zugesehen und gelacht und wieder weggeschaut, blind und ahnungslos. Kingshaw war weiter getaucht und hatte sich weiter gefürchtet, die Furcht hatte ihn angetrieben, und die Scham darüber, dass er sich fürchtete.

Jetzt würde er in das Wäldchen gehen müssen oder in den großen Wald hinauf. Er seufzte und sah aus seinem Schlafzimmerfenster auf den eintönigen Rasen vor dem Haus. Wenn er bloß ginge, dachte er, wenn er bloß ginge.

Hooper ging, ganz plötzlich, er knallte die Tür zu, ohne noch etwas zu sagen. Kingshaw starrte weiter aus dem Fenster. Er dachte, wir gehen immer wieder in neue Häuser, schreckliche Häuser, und immer gehören wir nicht dazu. Ich möchte zurück in die Schule.

Er konnte gar nichts tun.

Hooper ging auf den Dachboden. Der Gedanke hatte ihn sofort begeistert, obwohl er auch erschrocken war, denn er hatte bisher noch nie so etwas getan. Er hätte sich nicht vorstellen können, wie sehr es ihn reizen würde, Kingshaw hier zu haben und sich Sachen auszudenken, die er ihm antun könnte.

Es gab verschiedene Räume unter dem Dach, von denen einer in den anderen führte, durch kleine, enge Torbögen wie Katakomben. Alles stand aufgehäuft herum, und die Haufen waren mit Staub bedeckt. Einen Nachmittag, bevor Kingshaw kam, hatte er hier oben verbracht und einen großen Koffer gefunden, voll mit seltsamen Felsklumpen von verschiedener Textur und Farbe. Die wollte er haben. Da waren auch Sachen von seinem Großvater, Lampen und Krüge und Netze, die alle mit dem Schmetterlingssammeln zu tun hatten. Die Netze waren vermodert. Sie rochen seltsam.

Das, was er jetzt suchte, war in dem hintersten Raum, auf dem Boden. Er erinnerte sich daran, dass er es am Tag vorher gesehen hatte, als er nach einem Briefmarkenalbum suchte. Die Sonne schien gerade durch die hohen Fenster, ließ den Staub tanzen und warf seltsame Umrisse auf den Dielenboden. Alles roch alt und trocken und heiß. Er schob einen Karton zur Seite, und eine riesige Spinne mit einem klumpigen, grünlich-grauen Rücken flitzte heraus und über einige Zeitungsstapel davon. Hooper spielte mit dem Gedanken, sie zu fangen. Aber das würde viel Mühe kosten, und sie starben immer. Er hätte sie gebraucht, um Kingshaw zu erschrecken, wäre ihm nicht die neue Idee gekommen.

Er schob den Karton weg, sodass der Staub aufwirbelte und ihn zum Niesen brachte. Dann bückte er sich und hob das Ding vorsichtig auf. Er fürchtete, dass es sich auflösen würde wie der Nachtfalter im roten Zimmer. Aber es war nur staubig. Er streichelte es. Es war sehr groß. Und vermutlich sehr alt. Kurz dachte Hooper daran, seine Absicht aufzugeben, denn er hatte jetzt selbst etwas Angst davor. Er hielt es behutsam und ziemlich weit vom Körper weg. Dann fand er einen Karton mit alten zerrissenen Hemden, nahm eins heraus und wickelte das Ding sorgfältig ein. Auch der Stoff roch seltsam. Er verließ den Dachboden.

Kingshaw wachte auf. Es war ganz ruhig in dem Zimmer. Er musste also geträumt haben.

Er lag auf dem Rücken, hielt die Augen fest geschlossen und dachte nach, warum Hooper für den Rest des Tages verschwunden war. Er hatte gewartet, dass er kam und sagte: »Du musst jetzt in das Wäldchen gehen, ich gehe ans Fenster und beobachte dich, geh mitten hinein, und wenn nicht …« Aber Hooper war nicht gekommen.

Kingshaw dachte, Hooper hat keine große Erfahrung im Schikanieren. Er probiert es aus, er lernt es erst. Weil er nicht wie die üblichen Leuteschinder war, die er in der Schule kennengelernt hatte. Mit denen konnte er fertig werden, sie hatten einfache, durchsichtige Gedanken. Und überhaupt kümmerten sie sich jetzt selten um ihn. Er hatte Mittel, mit ihnen zurechtzukommen. Aber bei Hooper konnte man nichts voraussagen. Er war zu schlau, zu erfinderisch.

Er hörte etwas draußen auf dem Treppenabsatz, so etwas wie ein Schlurfen. Aber Warings war so ein Haus, immer bewegte sich etwas und knarrte, es war alt, und die Türen und Fenster schlossen nicht mehr richtig.

Kingshaw wandte den Kopf und öffnete dann die Augen, um auf die Uhr zu sehen. In diesem Zimmer wollte er nachts nie die Augen öffnen. Er musste immer wieder an Hoopers Großvater denken, der hier auf dem Totenbett gelegen hatte.

Was er zuerst sah, war nicht die Uhr. Ein dünner Strahl Mondlicht drang ins Zimmer, und unten auf seinem Bett lag eine Gestalt. Er konnte absolut nicht ausmachen, was es war. Er lauschte. Jemand war in seinem Zimmer gewesen, aber man hörte draußen vor der Tür jetzt keinen Laut.

Er dachte, mach, dass ich das Licht anmachen kann, ich darf nicht so große Angst haben, das Licht anzumachen. Aber er traute sich nicht, seine Hand auszustrecken, er lag steif da, mit weit offenen Augen. Nichts bewegte sich. Er bewegte sich nicht.

Aber er musste es sehen, musste es wissen. Lass mich, lass mich das Licht anmachen …

Er streckte schnell seine linke Hand aus und fand den Schalter und betätigte ihn rasch, bevor er zögern konnte. Er schaute hin.

Er wusste sofort, dass die Krähe nicht lebendig war, dass sie ausgestopft und tot war. Aber das machte es irgendwie noch viel schlimmer. Ihre Krallen griffen in das Bettlaken. Sie war sehr groß.

Kingshaw lag steif da und schrie nicht, er gab keinen Ton von sich. Er war ganz ausgetrocknet und schwach vor Furcht vor dem Ding, obwohl sein Verstand noch arbeitete, er wusste, wer es hergebracht hatte, er wusste, dass Hooper noch draußen im Flur wartete, er musste gesehen haben, wie das

Licht anging. Hooper wollte, dass er erschreckte, dass er schrie und weinte und nach seiner Mutter rief. Er würde es nicht tun. Es gab nichts, absolut nichts, was er tun konnte, um sich zu helfen. Er wollte sein Bein schnell heben und den schrecklichen Vogel auf den Boden schubsen, außer Sichtweite, um ihn nicht mehr auf dem Bett zu haben, wo er auf seine Schenkel drückte. Aber wenn er sich bewegte, würde er vielleicht in die falsche Richtung fallen – vorwärts, näher zu ihm hin. Er würde ihn nicht anfassen können.

Er musste das Licht ausmachen. Hooper wartete noch und lauschte. Es gelang ihm schließlich, aber er wagte nicht, seine Hand ins Bett zurückzuziehen. Er lag mit zugepressten Augen und einem stechenden Schmerz in der Blase da. Er hatte Angst, dass er ins Bett machen würde. Er wollte tot sein, er wünschte, Hooper wäre tot. Aber es gab nichts, nichts, was er tun konnte. Endlich, gegen Morgen, fiel er in eine Art Halbschlaf.

Als er wieder aufwachte, war es kurz nach sechs. Die Krähe sah jetzt noch unwirklicher aus, aber viel größer. Er lag da und wartete, dass der Schnabel sich öffnete, sodass er das Scharlachrot in seinem Innern sehen könnte, oder dass sie sich erhob und auf ihn herunterschoss und nach seinen Augen pickte. Er dachte, es ist dumm, es ist dumm, es ist bloß ein alberner verwester Vogel. Er atmete tief ein, schloss dann die Augen und rollte sich aus dem Bett auf den

Boden. Dann rannte er. Er saß lange auf der Toilette. Das Haus war ganz ruhig.

Er überlegte, was er mit dem Ding machen, wie er es loswerden könnte. Jetzt bei Tageslicht hatte er sogar noch mehr Angst, es mit bloßen Händen zu berühren, aber er würde niemandem sagen, dass es in seinem Zimmer war. Es musste dann eben dableiben und auf dem Fußboden neben seinem Bett liegen, Nacht für Nacht, bis Mrs Boland zum Putzen kommen und es mitnehmen würde.

Aber als er zurückkam, war die Krähe verschwunden.

Hooper brachte den Vogel auf den Dachboden zurück. Er wusste, dass Kingshaw in der Nacht aufgewacht war, die Lampe angemacht und sonst nichts getan hatte, denn er hatte überhaupt keinen Ton gehört. Das Licht war wieder ausgegangen. Es war ganz still gewesen. Schließlich war Hooper aufgestanden und leise wieder in sein eigenes Schlafzimmer gegangen, ganz steif vor Kälte.

Beim Frühstück starrte er Kingshaw pausenlos an und versuchte, seinen Blick aufzufangen, irgendetwas herauszufinden. Kingshaw sah ihn nicht an und sprach nicht.

Unten in dem Cornflakes-Paket lag ein kleines U-Boot aus Plastik. Man konnte es in eine Badewanne unter Wasser legen, und dann stieg es langsam auf einem Strudel aus Blasen zur Oberfläche. Kingshaw erreichte den Boden des Pakets zuerst. Er zog den Beutel aus Butterbrotpapier heraus und fischte nach dem U-Boot. Hooper wartete.

Kingshaw untersuchte das Boot genau. Er las die Anleitung, die an einem Gummiband hing. Danach legte er es auf den Tisch, etwas entfernt von seinem Platz, aß seine Cornflakes und sah nicht auf.

»Es ist gut«, sagte Hooper. »Du kannst es behalten, wenn du willst.« Er lächelte müde.

Kingshaw hob langsam den Kopf und warf Hooper einen langen hasserfüllten Blick zu. Dann aß er weiter. Das Plastik-U-Boot blieb unberührt zwischen ihnen auf dem Tisch liegen.

»Es ist schön zu sehen, dass sie sich doch aneinander gewöhnen«, sagte Mr Hooper etwas später zu Mrs Kingshaw, nachdem die Jungen das Zimmer verlassen hatten. »Ich denke, sie werden Freunde.«

Hooper sah ihn, als er die Einfahrt hinaufging. Sofort trat er vom Kies auf den Rasen und ging vorsichtig am Rand entlang, bis er ein paar Meter von ihm entfernt war.

Kingshaw stand da, schirmte mit den Händen sein Gesicht ab und versuchte durch das Fenster ins rote Zimmer zu sehen. Hooper wartete und achtete darauf, dass er sich nicht in dem Glas spiegelte. Kingshaw verlagerte sein Gewicht etwas, stand auf den Zehenspitzen.

»Was spionierst du herum?«

Kingshaw wirbelte herum. Hooper kam auf ihn zu.

»Du kannst da nicht rein, es ist verschlossen. Es ist das rote Zimmer und es ist privat. Mein Vater verwahrt den Schlüssel.«

»Warum denn? Da sind doch nur viele alte Bücher und tote Fische.«

»Das denkst auch nur du.«

»Was denn noch?«

»Wertvolle Sachen, das hab ich dir schon mal gesagt. Sachen, die du noch nie gesehen hast.«

Kingshaw war neugierig, hatte versucht, sich vorzustellen, was die Schaukästen enthalten könnten. Aber er mochte trotz allem das rote Zimmer nicht, er wollte eigentlich gar nicht hinein. Er ging vom Fenster weg.

»Soll ich es dir zeigen?«

Kingshaw zuckte mit den Schultern. Er dachte, ich darf Hooper nicht wissen lassen, was ich wirklich denke, niemals, über gar nichts. Er wollte nicht in das Zimmer gehen.

»Du kannst nach dem Abendessen mit mir kommen«, sagte Hooper.

Kingshaw wartete auf dem Flur. Hooper kam nicht. Das war ihm eigentlich recht, er hatte es vielleicht vergessen oder es sich anders überlegt. Kingshaw wandte sich um.

»Ich hab jetzt den Schlüssel«, sagte Hooper, der plötzlich hinter ihm stand.

Es war sehr dunkel im roten Zimmer. Hinter den

Fenstern war der Himmel stahlgrau, es goss in Strömen. Die Eibenzweige schlugen gegen die Fenster.

Kingshaw ging nur ein paar Schritte in das Zimmer hinein und blieb dann stehen. Er hatte gewusst, dass es so sein würde, dass er es nicht mögen würde. Es roch modrig, und seine Schuhe quietschten leicht auf den gebohnerten Dielen. Hooper blieb an der Tür stehen, die Schlüssel in der Hand.

»Na, geh doch«, sagte er leise. »Sieh dich um. Du solltest froh sein, dass ich dich hergebracht habe. Los.«

Kingshaw gab sich einen Ruck und ging langsam bis zu dem ersten Schaukasten. Er zog scharf die Luft ein.

»Nachtfalter.«

»Ja, jede Faltersorte der Welt.«

»Wer … woher sind sie?«

»Von meinem Großvater. Hast du nie von ihm gehört? Du bist aber dumm. Mein Großvater war der berühmteste Sammler der Welt. Er hat tausend Bücher über Falter geschrieben.«

Kingshaw wusste nicht, was schlimmer war, lebende Nachtfalter mit ihren schwirrenden, klatschenden Flügeln oder diese Falter, plattgedrückt und aufgespießt und tot. Man konnte ihre vorstehenden Augen und die dünnen Venen auf ihren Flügeln sehen. Er bekam eine Gänsehaut. Seit seiner frühesten Kindheit hatte er sich vor Nachtfaltern gefürchtet. Sie kamen immer nachts in sein Schlafzimmer, als sie noch in ihrem eigenen Haus lebten, und sein Vater wollte, dass er sein Fenster öffnete. Er hatte in der Dunkelheit im

Bett gelegen und das leise Flattern der Flügel gegen die Wände und die Möbel gehört, und dann war es still geworden, und er hatte gewartet und gefürchtet, dass sie zu ihm kommen und in seinem Gesicht landen würden. Nachtfalter.

Hooper trat hinter ihn. »Öffne doch einen von den Kästen«, sagte er. »Ich erlaube es dir.« Er streckte ihm einen kleinen Schlüssel hin.

»Nein.«

»Warum nicht?«

»Ich – ich kann sie ja gut sehen, oder?«

»Ja, aber du kannst sie nicht anfassen. Du musst sie anfassen.«

»Nein.«

»Warum denn nicht? So ein Angsthase, hat Angst vor einem Falter!«

Kingshaw schwieg. Hooper kam näher, steckte den Schlüssel hinein, drehte ihn um und hob den schweren Deckel hoch.

»Nimm einen raus.«

Kingshaw wich zurück. Um nichts in der Welt hätte er einen anfassen können, und er wollte auch nicht sehen, wie Hooper es tat.

»Was ist denn los, kleines Baby?«

»Nichts. Ich will aber keinen anfassen, das ist alles.«

»Sie beißen dich nicht.«

»Nein.«

»Sie sind doch tot, oder? Sie sind seit vielen, vielen Jahren tot.«

»Ja.«

»Wovor hast du Angst? Hast du Angst vor toten Dingen?«

»Nein.«

Kingshaw wich immer weiter zurück. Er wollte nur aus diesem Zimmer heraus. Wenn Hooper versuchte, ihn zu packen und seine Hand mit Gewalt auf einen der Falter zu zwingen, würde er sich mit ihm schlagen, es war ihm egal, wie heftig der Kampf werden würde.

»Komm her und schau sie dir an, Kingshaw.«

»Ich will aber nicht.«

»Also ich traue mich, sie zu berühren, ich werde einen rausnehmen und in der Hand halten. Ich traue mich alles.«

»Das solltest du lieber lassen.«

»Warum?« Hooper sah ihm neugierig ins Gesicht. »Warum?«

»Du könntest sie beschädigen. Wenn sie wertvoll sind, könntest du doch Ärger bekommen?«

Er stellte sich vor, wie der pelzige Körper des Falters Hoopers Fingerballen berührte. Er schämte sich, dass er solche Angst hatte, aber er konnte es nicht ändern, er wollte nur hinaus, damit er die schrecklichen Falter nicht mehr sehen musste. Hooper beobachtete ihn.

Einen Moment lang standen sie beide ganz ruhig und warteten. Dann drehte sich Hooper blitzartig um, schob Kingshaw beiseite und war zur Tür hinaus. Der Schlüssel drehte sich scharf im Schloss. Nach kurzer Zeit verhallten seine Tritte in der Diele. Eine Tür schloss sich irgendwo.

Kingshaw ging sofort zum Fenster und wandte seine Augen von den Faltern ab. Der Regen trieb jetzt über den Rasen in die Eiben und schlug gegen die Fenster. Wegen der dichten Wolken war es schon dämmrig.

Die Fenster waren verriegelt. Er brauchte ziemlich lange, um den verkeilten Bolzen zur Seite zu schieben, und brach sich dabei ein Stück Daumennagel ab. Die Fenstersimse waren schmutzig. Er wagte nicht, sich umzudrehen und in das Zimmer zu sehen, auf die steifen Tierleichen, die toten Fische und die Reihen von aufgespannten Faltern unter ihren Glasdeckeln. Er riss und zerrte an den beiden hohen Fenstern, bis er meinte, sein Arm wäre ausgekugelt, und seine Brust schmerzte. Sie bewegten sich nicht, waren seit Jahren nicht geöffnet worden. Aber er versuchte es immer wieder, obwohl er wusste, dass es nutzlos war. Denn solange er verzweifelt an den Fenstern zerrte, musste er sich nicht umdrehen und in den schweigenden Raum sehen. Aber schließlich gab er auf und fing vor Mutlosigkeit an zu weinen.

Nach einiger Zeit dachte er, es ist erst acht Uhr, sie sind alle noch wach, wenn ich rufe und rufe, werden sie kommen und mich rausholen. Aber er wusste, dass er nicht rufen würde, er würde nichts tun, was Hooper fühlen ließe, dass er gewonnen hätte. Schließlich würde seine Mutter schlafen gehen, und dann würde er an die

Tür hämmern, und jemand würde zu ihm kommen. Er musste nur warten, das war alles.

Er saß auf dem Fensterbrett. Wenn Hooper jetzt zurückgekommen wäre, hätte er … Aber er konnte sich nicht vorstellen, was er getan hätte. Der Kampf mit Hooper am ersten Tag hatte ihn erschreckt, auch wenn er nicht verletzt worden war.

Ein Regenguss klatschte gegen das Fenster.

Als er auf den Rasen hinaussah, konnte er die Schatten der Eiben sehen, die vom Wind geschüttelt wurden. Er stellte sich Gestalten vor, die sich dort draußen versteckten, ihn beobachteten, ihm auflauerten. Der Rhododendron entlang der Einfahrt war in seltsamen Formen zusammengewachsen. Er wagte nicht mehr hinauszuschauen, drehte dem Garten den Rücken zu und ging weiter in den Raum.

Er dachte, ich sollte die Stehlampe anmachen und in den Schränken nach einem Buch suchen, ich darf kein Baby sein. Wenn sie vorbeikommen, werde ich rufen, das ist alles.

Er würde ihnen nichts von Hooper sagen.

Er wusste, dass die Lampe Schatten werfen würde, aber nur in dieser einen kleinen Ecke, der übrige Raum würde im Dunkeln liegen. Er glaubte, es würde ihm nichts ausmachen, wenn er dicht bei den Büchern säße, im Lichtkreis der Lampe …

Es war sehr wichtig, dass er sich Hooper gegenüber behauptete, selbst wenn nur er wusste, dass er es getan hatte. Es war das Allerwichtigste.

Kingshaw hob seinen Arm zu der Stehlampe. Als das Licht anging, kam eine Motte unter dem Schirm hervor, sie streifte seine Hand, als sie aufflog, und begann, im Lichtkreis umherzuschwirren.

Schließlich kamen sie doch noch, gingen durch die Diele nach oben und lachten zusammen. Er rief. Sie öffneten die Tür.

Er sagte nur: »Ich wurde eingeschlossen.«

Seine Mutter stand da, runzelte die Stirn, sah Mr Hooper fragend an. Mr Hooper trat ein paar Schritte näher an Kingshaw heran.

»Es geht mir gut«, sagte er. »Alles in Ordnung. Ich wurde nur eingeschlossen. Gute Nacht«, und, bevor sie anfangen konnten, Fragen zu stellen, rannte er die Treppe hinauf. Auf der Toilette übergab er sich heftig.

Hooper sagte am nächsten Morgen: »Er ist dumm. Warum hat er dann nicht gerufen? Ich wusste nicht, dass er da drin war, ich weiß nie, was Kingshaw tut.«

Das Einzige, was Kingshaw dachte, war, es kann nicht immer so weitergehen. Denn einmal würde die Zeit vorüber sein und es würde dieses schreckliche Haus und Hooper nicht mehr geben. Es war nur eine Frage des Wartens und Sich-Beschäftigens. Er würde nicht an die nächsten Ferien denken. Bis dahin könnte sich alles geändert haben, sie könnten irgendwo anders leben. Seit sein Vater tot war, änderte sich alles oft. Einmal hatten sie in einem Hotel gewohnt. Er hatte es gehasst.

Nachts betete er, lieber Gott, mach, dass Mr Hooper uns nicht leiden kann, mach, dass es ihm nicht passt, dass wir hier sind, mach, dass er uns bittet zu gehen. Allerdings überlegte er, was dann wohl geschehen würde, ob nicht der nächste Ort noch schlimmer sein würde.

Er dachte an die Schule. Da gehörte er hin, sie kannten ihn, er war die Person geworden, die zu sein sie für ihn entschieden hatten. Es war sicher. Am ersten Tag, als er dort angekommen war, als das Auto vor dem Haupthaus gehalten hatte, hatte er gewusst, dass es das Richtige war, dass er das gewollt hatte. Viele andere hatten geweint und bleiche Gesichter gehabt, ihre Mütter hielten sie an den Händen; er hatte nicht geweint. Er hatte hineingehen und alles sehen wollen, die Gesichter von denen sehen wollen, die schon dort lebten, die Wände und Türen berühren und seine Bettdecke und die fremden Gerüche riechen. Er war vor Aufregung ganz angespannt gewesen, hatte gefühlt, wie seine Füße auf dem Kies scharrten. Er hatte zu seiner Mutter sagen wollen: Geh weg, geh weg, damit es richtig anfangen kann.

»Wie tapfer!«, hatte eine andere Mutter gesagt.

»Oh, aber sie zeigen nicht immer alles, er verschließt es in sich. Er ist erst sieben, und das ist kein Alter, absolut kein Alter.«

Mrs Helena Kingshaw sagte: »Charles ist ein sehr vernünftiger kleiner Junge. Obwohl … Ach, ich überlege oft, ob wir das Richtige tun, ob er nicht noch zu jung ist …«

Aber es war das Richtige, sie hatten das Richtige getan, dachte Kingshaw und spielte an dem verzierten Abzeichen auf seinem neuen Blazer herum. Das war das Richtige, war genau das, was er wollte. Es war nur ganz anders, er hatte sich nicht vorstellen können, wie es sein würde.

In der dritten Trimesterwoche war er krank geworden. Er lag in einem besonderen Zimmer, und alle waren gekommen, um ihn zu besuchen, zu jeder beliebigen Zeit, und er hatte Bücher gehabt und Kekse und bekam zu trinken, was er wollte. Die Sonne hatte durch das Fenster auf sein Bett geschienen. Er dachte, das ist schön, hier bin ich gern. Als er aufstehen konnte, durfte er in das Haus des Direktors gehen und fernsehen und Obst essen.

Er schrieb nach Hause: »Ich bin sehr gern hier, es ist einfach toll hier.«

»Er ist ein tapferer kleiner Junge«, hatte Mrs Kingshaw gesagt und ein bisschen geweint.

In der St Vincent's School, hatte Kingshaw gesagt, möchte ich immer und ewig bleiben.

4

Eine Woche später fand Kingshaw den Raum. Hooper war für einen Tag mit seinem Vater nach London gefahren.

Er lag auf dem obersten Flur am Ostende des Hauses.

Niemand schlief hier. Es gefiel ihm, dass er so klein war und niemals richtig benutzt worden zu sein schien. Er hatte ein Fenster mit Blick auf die Wiesen, die zum Dorf hin lagen.

Es gab einen tiefen Sessel, dick gepolstert, aber ohne Armlehnen und mit verblichenem geblümtem Stoff bezogen. Am Fenster stand ein rechteckiger Tisch. Der Tisch hatte eine Schublade, und ein blauer Korbstuhl stand davor. An der gegenüberliegenden Wand befand sich eine Vitrine mit Glastüren, und darin standen Puppen, viele sehr kleine Puppen, alle weiblich. Sie waren aus Draht gemacht, der mit Wolle umwickelt war wie ein Pfeifenreiniger, und hatten gestickte Gesichter. Die Gewänder, Krinolinen und Schleier, die die Puppen trugen, waren verblichen, und die Gesichter waren fast nicht mehr zu erkennen.

Kingshaw hatte die Vitrine geöffnet und die Puppen untersucht, er hatte eine nach der anderen in die Hand genommen. Er hob ihre Röcke hoch und fand darunter Unterröcke und Hosen, die mit schwarzer Wolle auf den Körper gestickt waren, genauso wie die Gesichter. Er mochte sie, er mochte es, sie in seinen Händen zu fühlen. Er legte sie alle auf den Tisch und betrachtete sie.

Dieser Raum war vielleicht einmal ein Kinderzimmer gewesen, aber er glaubte es eigentlich nicht. Die Möbel schienen willkürlich hier abgestellt worden zu sein, sie hatten ihren Zweck in einem anderen Teil des Hauses erfüllt. Der Raum hatte keinen eigenen Charakter, weshalb er meinte, er könnte ihn vielleicht übernehmen. Er mochte das Schlafzimmer nicht, das man ihm gegeben hatte, er ging nur hinein, um dort zu schlafen. Er brachte die Baumaterialien für die spanische Galeone hierher und arbeitete daran. Die Tür hatte ein Schloss. Wenn Hooper sich einschloss, warum sollte er es nicht auch tun? Er empfand es als eine Art Selbstverteidigung.

Er war gern allein, weil er daran gewöhnt war, er fühlte sich sicher, wenn er allein war. Andere Menschen waren unberechenbar. Er hatte seinen Vater nie vermisst. Aber hier hatte er viel Zeit, und wenn er die Galeone fertig hatte, musste er sich etwas anderes ausdenken, was er machen könnte. Am Morgen war eine Postkarte von Devereux aus Norfolk gekommen:

Wir segeln jeden Tag. Es ist sonnig. Es sind ziemlich viele Leute hier und Motorboote. Ich weiß bald alles über sie. Bis bald.

Er wünschte, er hätte mit Devereux mitfahren können. Sie hatten ihn eingeladen. Mrs Devereux hatte einen Brief geschrieben, und andere Leute hatten ihn auch eingeladen, er hätte mit den Broughton-Smiths nach Italien fahren können. Aber sie waren nach Warings gekommen. Außerdem hatte seine Mutter gesagt, ihr gefalle der Gedanke nicht, dass er segeln würde, und ihr gefalle der Gedanke nicht, dass er ins Ausland führe, sie wollte nicht, dass er wegfuhr, wo sie so wenig von ihm sah. Sie sagte: »Du bist alles, was ich noch habe.« Er hatte sich abgewandt, verwirrt, er hasste es, solche Worte zu hören.

Er wusste, dass Hooper versuchte herauszufinden, wohin er immer ging. Aber er lernte, listig zu sein, er wollte nicht, dass man ihm folgte. Er konnte warten, bis Hooper auf der Toilette war, oder er konnte ihm sagen, dass jemand ihn gerufen hätte, zum Beispiel Mrs Boland oder sein Vater. Oder er konnte einfach in die falsche Richtung laufen, ihm auf den Fluren entwischen, in andere Räume gehen und sich dort verstecken, er konnte Hooper von der Spur ablenken und warten. Es war erstaunlich, wie oft es ihm gelungen war. Es würde nicht lange gut gehen.

Er wusste jetzt, dass er Hooper hasste. Er hatte bisher niemals jemanden gehasst, und es war wie ein sehr starker Geschmack im Mund, er war erstaunt über die Stärke. Man hatte ihnen gesagt, wie falsch es sei zu hassen, aber er hatte kaum zugehört, denn es schien ihm kein Gefühl zu sein, das er jemals empfinden würde. Er mochte die meisten Leute gern. Obwohl er zum Beispiel Crup nicht mochte – aber jemanden nicht mögen war etwas anderes, es war kein Hass, und er hatte herausgefunden, wie er mit Crup fertig werden konnte. Aber schon nach den ersten paar Tagen hatte er gemerkt, dass das, was er Hooper gegenüber empfand, Hass war. Er war erschreckt über das Gefühl, er wünschte es fort und wusste, dass es niemals verschwinden würde, nicht, solange er mit Hooper in diesem Haus sein musste.

Er dachte dann, vielleicht muss ich ja gar nicht hier bei ihm bleiben. Nachdenklich legte er das Plastikdreieck hin.

Im Zug nach London sagte Joseph Hooper: »Du bist hoffentlich freundlich zu dem jungen Charles Kingshaw. Ich sehe euch nicht sehr oft zusammen.«

Hooper sah von *Die Geißel des Sumpfungeheuers* auf.

»Ich kann doch nichts dafür, wenn er sich einschließt, oder?«

»In seinem Zimmer?«

»Irgendwo. In irgendeinem Zimmer. Ich weiß es nicht.«

»Das kommt mir ziemlich seltsam vor. Was soll denn das alles, was tut er denn?«

Hooper zuckte mit den Schultern.

Langsam und erbarmungslos trugen die riesigen Füße die ungeschlachte Bestie vorwärts. Der Gestank der Sümpfe haftete an ihr, und der Schlamm auf ihrem schuppigen Fell hatte sich in der Frühzeit der Geschichte gebildet. Das Blut und der Tod, die sie jetzt suchte, waren …

»Ich muss wohl mal mit seiner Mutter sprechen.«

Der Zug passierte ein paar Weichen.

»Aber er ist ja vermutlich etwas schüchtern. Du musst Verständnis dafür haben, Edmund, so eine Freundschaft ist immer ein Geben und Nehmen. Diese Lektion wird dich das Leben hoffentlich schnell lehren. Schließlich hat er keinen Vater.«

Hooper sah kurz auf und zog die Augenbrauen hoch.

Mr Hooper hustete, wandte sein Gesicht ab und rutschte auf seinem Sitz hin und her. Man kann nie wissen, dachte er, vielleicht erinnert er sich doch noch etwas an seine Mutter. Man kann die Gedankengänge von Kindern nicht erraten. Er war über sein Unverständnis beunruhigt. Er versuchte, im Gesichtsausdruck seines Sohns irgendeinen Anhaltspunkt dafür zu finden, was in seinem Kopf vor sich ging, aber da war nur Leere. Er konnte sich nicht mehr daran erinnern, wie es war, als er selbst so alt gewesen war, nur dass er seinen eigenen Vater verabscheut hatte.

Aber ich habe es doch geschafft, sagte er sich heute, ich kann sagen, dass ich ganz normal bin, nichts falsch mit mir ist. Ich werde mich deshalb nicht schuldig fühlen. Edmund ist wie jeder andere gesunde Junge. Man kann mir keinen Vorwurf machen.

Er sah in die dunkel werdende Landschaft und nach einer Weile wandte er sich wieder seiner Zeitschrift zu. Er war nun ruhiger. Er fühlte sich freigesprochen.

Edmund Hooper starrte auf seinen Finger, der auf dem Comicheft lag, auf die faltige Haut und den trockenen, unebenen Nagelrand. Er stellte sich vor, wie seine Hände aussähen, wenn sie eine flache, feste Fleischmasse ohne die Gliederung durch die Finger wären. Finger waren komisch. Aber es war erstaunlich, sich vorzustellen, was er dann alles nicht tun könnte. Unter seiner Hand lag die grausige Zeichnung des Sumpfungeheuers.

Er dachte, morgen werde ich herauskriegen, was Kingshaw tut, ich werde einfach warten und jedes Zimmer im Haus absuchen, eins nach dem anderen, ganz leise. Denn ihn ärgerte das Gefühl, dass ihm der Junge irgendwie durch die Finger geschlüpft war und die Initiative ergriffen hatte. Er war nun fast drei Wochen da.

Das hatte er nicht erwartet, es passte nicht zu Kingshaw. Hooper konnte genau sehen, dass ihm die Erfahrung, gequält und nicht gemocht und zurückgestoßen zu werden, neu war. Am Anfang war Kingshaw eine Weile überrascht und erschreckt gewesen, hatte sich zurückgezogen und überlegt, wie er damit fertig werden sollte. Aber er war schnell, er hatte jetzt seine Verteidigung ausgebaut.

Die Sache mit der ausgestopften Krähe hatte Hooper gegen seinen Willen Respekt eingeflößt, den er später aber zornig zurücknahm, als Kingshaw ihn am Morgen darauf verspottete. Und nun hatte er angefangen, sich in irgendeinen Teil des Hauses zurückzuziehen, ein Zimmer, das Hooper nicht kannte, war Kingshaws Festung geworden.

Joseph Hooper sagte: »Ihr beide solltet eigentlich einen Ausflug machen, das Wetter ist einfach zu gut, um sich lange zu halten. Ich kann mich nicht daran erinnern, dass ich in eurem Alter jemals in den Sommerferien hier nicht wusste, was ich machen sollte.«

Obwohl er sich erinnerte, dass er selten aus dem Garten hinausgehen durfte. Man hatte gesagt, die Mädchen würden ihm folgen, und es würde einen Unfall geben. Aber das war nicht der wahre Grund. Sein Vater hatte ihm befohlen, sich in das rote Zimmer zu setzen, um die Falter in der Giftflasche zu beobachten und den Geruch von alten Büchern und ausgestopften Wieseln zu riechen und die Sonne zu betrachten, die vor den hohen Fenstern im Garten schien.

Als er jetzt aufsah, wusste er plötzlich, was ihn an seinem eigenen Sohn so lebhaft an ihn selbst erinnerte.

Er war sehr blass. Die Dorfjungen von Derne waren immer halb nackt herumgelaufen, ihre Körper waren braun wie die von Indianern, den ganzen Sommer hindurch, aber Joseph Hooper war selten hinausgegangen und hatte niemals das Hemd ausziehen dürfen, deshalb war er sehr blass gewesen. Nun war sein eigener Sohn blass.

»Ihr solltet rausgehen an die frische Luft und in die Sonne und euch nicht im Haus verkriechen. Ich finde das sehr ungesund. Ich werde darauf achten, dass ihr morgen in den Garten geht, sofort nach dem Frühstück.«

Hooper hob sein Comicheft höher vor das Gesicht. Er hätte gern laut gesagt, ich will keinen Ausflug machen, ich will nichts mit Kingshaw unternehmen oder mit ihm irgendwo hingehen. Aber er sagte nichts und überlegte, ob Kingshaw sich nicht vielleicht weigern würde mitzugehen. Er glaubte, dass er Kingshaw jetzt Angst gemacht hatte.

Der Zug fuhr jetzt schneller, es ging durch einen Tunnel. In Warings ging Kingshaw früh ins Bett, er lag in der Dunkelheit und machte Pläne. Es wird alles gut sein, sagte er sich, ich weiß, was ich tun muss, es wird nicht immer so weitergehen.

Er schmiedete lange Zeit Pläne, fast eine Woche lang. Alles war festgelegt, nur noch nicht der Zeitpunkt. Er musste den richtigen Tag finden. Aber zunächst war es schwerer, als er gedacht hatte, die Sachen zusammenzukriegen. Er machte seine Pläne sorgfältig und er ging vorsichtig vor.

Gerade weil es etwas war, das er bisher noch nie getan hatte und das man von ihm nicht erwartete, wusste Kingshaw, dass man ihn ernst nehmen würde. Doch er tat es nur für sich selbst, es interessierte ihn nicht, was die anderen darüber dachten. Es kam ihm gar nicht in den Sinn, dass es schiefgehen könnte, obwohl er bei anderen Gelegenheiten regelmäßig Misserfolge erlebte. Wenigstens würde es ein Signal sein, und sie würden es auch so auffassen. Er hielt es nicht für ein verrücktes oder lächerliches Vorhaben, und es war bestimmt nicht einfach ein Spaß. Es war notwendig, das war alles. Er war weder mutig noch leichtsinnig.

Als er alles zusammenhatte, brachte er es in das Puppenzimmer, verschloss die Tür hinter sich und nahm den Schlüssel mit, wenn er ging. Obwohl er sicher war, dass Hooper es herausgefunden hatte. Es war nur eine Frage der Zeit gewesen.

An einem Tag, an dem es immerzu geregnete hatte, hatte Mr Hooper ihn auf der Haupttreppe getroffen.

»Ach, gut, ich habe dich schon gesucht!«

Kingshaw blieb stehen. Seine Mutter hatte gesagt: »Du musst sehr, sehr höflich zu Mr Hooper sein. Er ist immer so nett zu uns. Er gibt sich viel Mühe und interessiert sich für dich, Charles. Er hat schon mit mir über deine Schule und deine Zukunft gesprochen.« Ihre Augen hatten richtig geglänzt und ihre Armbänder glitten an ihrem Arm hinauf und hinunter.

Verdirb mir nicht alles, wollte sie sagen, nimm mir nicht meine Chance. Kingshaw gefielen dieser neue Eifer und diese Zuversicht nicht, die sie zeigte, seit sie in Warings war.

Sie hatte sich sehr verändert.

»Du musst höflich zu Mr Hooper sein.« Aber er wusste nie, was er zu ihm sagen sollte.

»Wo ist Edmund?«

»Er könnte … Ich weiß nicht, ich habe ihn nicht gesehen.«

Mr Hooper ging etwas vorgebeugt, er trug einen sehr dunklen blauen Anzug und strich sich immer wieder mit der Hand über sein zurückweichendes Haar. Er hatte einen kleinen spitzen Mund.

»Ich habe heute morgen zwei Sachen für euch gefunden. Ein Damespiel und ein Tivoli. Die Damesteine sind sehr ungewöhnlich, sehr kostbar, sie waren … Aber das interessiert dich bestimmt nicht, such mal lieber Edmund, und dann bringe ich euch die Sachen. Im vorderen Wohnzimmer ist ein Tisch, da könnt ihr spielen.«

Kingshaw ging langsam die Treppen hinauf. Er dachte, Mr Hooper kann uns befehlen, was er will, weil meine Mutter dafür bezahlt wird, dass sie für ihn arbeitet, und das nicht unser Haus ist. Ich werde mit Hooper ins Wohnzimmer gehen und Dame spielen müssen.

»Oh, wie nett von Ihnen! Was für eine gute Idee!«, sagte Mrs Kingshaw im Frühstückszimmer und lächelte eifrig. »Das ist genau das Richtige für einen regnerischen Morgen. Sie haben sich in den letzten Tagen gar nichts allein ausgedacht, ich kann mir nicht vorstellen … Aber jetzt können sie sich zusammen mit diesen Spielen beschäftigen, und dann werden wir wirklich sehen, wie ihre Freundschaft sich festigt. Das ist ein kluger Vorschlag von Ihnen!«

Joseph Hooper strich seine Haare glatt und war mit Mrs Helena Kingshaw zufriedener denn je.

»Du brauchst nicht zu denken, dass ich hier bei dir bleibe. Warte nur, bis mein Vater rausgeht. Dann weiß er nicht, was ich mache.«

»Meine Mutter wird aber hier sein. Sie wird es wissen. Du wirst hierbleiben müssen.«

Hooper grunzte höhnisch.

»Und was ist, wenn er nicht geht, was ist, wenn er den ganzen Tag hierbleibt und nicht nach London fährt?«

Hooper antwortete nicht.

Plötzlich dachte Kingshaw, es könnte alles gut werden.

Wir könnten immer Dame und andere Sachen spielen, er könnte sich ändern, wir könnten Freunde werden. Dann gehe ich zurück zur Schule, und alles kommt in Ordnung.

Aber ein Blick auf Hoopers Rücken sagte ihm, dass es niemals gut werden würde. Er konnte nicht noch einmal da anfangen, als er nicht herkommen wollte, aber gedacht hatte, er könnte Hooper dazu bringen, freundlich zu werden. Nichts konnte sich ändern, er hatte seinen Plan gemacht.

Nach diesem endgültigen Entschluss schien es ihm, als hätte sich eine dichte Wolke gehoben. Er war in Versuchung geführt worden, und das würde nun nicht mehr geschehen. Obwohl er Nacht für Nacht aufwachte und daran dachte, was er vorhatte, und ganz verrückt war vor Angst. Aber er würde es tun. Ganz gleich, was sonst noch zwischen ihm und Hooper geschehen würde.

»Das ist ein Tivolibrett«, sagte Hooper jetzt. »Es ist sehr alt. Es ist viel wert, so was zu besitzen, das kannst du mir glauben.«

Kingshaw warf einen Blick darauf.

»Wir könnten ja spielen.«

Es gab eine Pause. Die Knochen hinten an Hoopers dünnem Hals ragten über den runden Ausschnitt seines T-Shirts heraus. Kingshaw erstarrte, er dachte an die ausgestopfte Krähe auf seinem Bett und versuchte sich vorzustellen, was Hooper ihm sonst noch antun könnte.

»Okay«, sagte Hooper gleichgültig. »Können wir machen.«

Er ging rüber und holte das Brett. »Räum die Damesteine weg«, sagte er. Kingshaw zögerte. Dann tat er es, weil es egal war, es lohnte sich nicht, darüber zu streiten. Im Bewusstsein, dass er sich entschlossen hatte und dass die Zukunft klar war, konnte er es sich leisten, hier drinnen bei Hooper zu bleiben und Tivoli zu spielen, er konnte sich noch eine kurze Zeit entspannen.

Sie sprachen kaum. Hooper schrieb die Punkte auf, und sie spielten abwechselnd und sehr konzentriert. Die kleinen silbernen Kugeln klapperten gegen die Nägel. Draußen verdunkelte sich der Himmel, und es regnete stärker. Joseph Hooper fuhr tatsächlich nicht nach London.

Um elf kam Mrs Kingshaw mit zwei Gläsern Milch herein und sagte: »Was für ein herrliches Spiel, was könnte an einem Regenmorgen schöner sein!« Sie sprach mit fröhlicher Stimme.

Sie nahmen ihre Getränke und sagten »Danke« und sonst nichts.

Er musste noch zwei Dinge in das Puppenzimmer mitnehmen. Er wartete bis nach dem Essen. Und er musste sich auch einfallen lassen, wo er alles unterbringen könnte.

Er sah sich vorsichtig auf dem Treppenabsatz und der ersten Treppe um. Es war niemand da. Und überhaupt, wenn Hooper schon über das Zimmer Bescheid wusste, machte es jetzt kaum einen Unterschied.

Alle Türen hier oben waren braun gestrichen, und über dem ersten Treppenabsatz lag kein Teppich mehr. Kingshaw dachte, ich hasse dieses Haus, ich hasse es, es ist der schlimmste Ort, an dem wir je gelebt haben.

Vom ersten Augenblick an, als er es vom Wagen aus erblickt hatte, hatte er es gehasst. Es gab keinen Grund, stolz darauf zu sein.

Er ging durch einen kleinen dunklen Gang auf den Flur. Dann sah er Hooper. Er saß auf dem Fußboden, mit dem Rücken an die Zimmertür gelehnt, und hatte die Beine ausgestreckt. Kingshaw blieb wie versteinert stehen.

»Gehst du irgendwohin?«

»Hau ab, Hooper.«

»Wo ist der Schlüssel? Hör mal, das ist nicht *dein* Haus, weißt du, was bildest du dir eigentlich ein, wer du bist, rumzugehen und Türen abzuschließen?«

»Halt die Klappe.«

»Du kannst hier ohne meine Erlaubnis nicht mehr rein.«

Kingshaw stellte erschöpft den kleinen Karton ab. Hooper benahm sich kindisch.

»Und du brauchst dir auch nicht einzubilden, dass ich weggehe. Ich kann den ganzen Tag hierbleiben. Und die ganze Nacht auch, wenn ich will. Ich kann immer hierbleiben. Das ist mein Haus.«

»Warum wirst du nicht endlich erwachsen?«

»Ich möchte wissen, was hier drin ist.«

»Nichts.«

»Also etwas. Sag es mir besser.«

»Halt's Maul.«

»Ich will wissen, warum du immer hier raufgehst. Bilde dir nicht ein, dass ich nicht weiß, wo du hingehst, ich habe es schon seit Wochen gewusst, die ganze Zeit.«

Kingshaw schwieg. Er trat ein Stück zurück, Hoopers Gesicht lag jetzt im Schatten. Man hörte den Regen auf dem Dach. Er könnte Hooper ruhig reinlassen. Er würde doch irgendwie reinkommen, entweder kämpfen oder einfach stundenlang da sitzen bleiben. Er schätzte seine Chancen Hooper gegenüber nicht sehr hoch ein. Oder gegenüber sonst jemandem. Er war nicht feige. Nur realistisch, hoffnungslos. Er beugte sich den Menschen gegenüber nicht, er ging nur von vornherein davon aus, dass er besiegt werden würde. Das bedeutete, dass es für ihn keine Überraschungen oder Enttäuschungen gab.

Also konnte er Hooper genauso gut ins Zimmer lassen und es hinter sich bringen. Wenn er es herausfinden sollte, konnte er das auch, weil Kingshaw es ihm erlaubte. So behielt er irgendwie die Initiative in der Hand, und das war ihm wichtig. Hooper gewann immer.

Kingshaw griff langsam in die Gesäßtasche seiner Jeans und holte den Schlüssel heraus.

»Da ist ja gar nichts drin hier – so ein blödes Zimmer. Warum gehst du denn immer hierhin?«

Schweigen.

»War die Galeone schon hier?«

»Nein.«

»Hast du sie gemacht?«

»Ja.«

Hooper ging zu ihr und untersuchte sie genau. »Du hast sie nicht anständig geleimt. Man sieht die Fugen.«

»Na und?«

»Es wird eben brechen, das ist alles.«

»Lass sie doch in Ruhe, lass sie in Ruhe.«

»Was sind das für Sachen, Kingshaw?«

»Sachen.«

»Du hast Geheimnisse, was?«

»Ich brauch dir nicht alles zu erzählen.«

»Lass mich in die Tasche gucken.«

»Nein. Lass los, Hooper.« Er wehrte sich, aber Hooper streckte seine Arme so hoch, dass er sie nicht erreichen konnte.

»Ich werde sie aufmachen, ich mache sie auf, ich mache sie jetzt auf … Ich mache … Oh!«

»Gib sie her, das geht dich gar nichts an, es sind meine privaten Sachen.«

»Wofür brauchst du Streichhölzer?«

Kingshaw drehte sich um, steckte die Hände in die Taschen und sah zum Fenster hinaus. Er dachte, soll er doch weitermachen. Hinter ihm wühlte Hoopers Hand in dem Paket herum, riss eine Papiertüte auf. Er legte die Sachen auf den Tisch.

»Du hast das alles gestohlen. Dieb, Dieb, Dieb!«

»Hab ich nicht.«

»Du kannst das nicht gekauft haben.«

»Doch, habe ich, das hab ich.«

»Lügner.«

»Also – die Streichhölzer habe ich nicht gekauft.«

»Wo hast du sie denn her?«

»Sie waren …«

»Was?« Hooper kam und rückte mit seinem Gesicht bedrohlich nah an Kingshaws.

»Was?«

»Sie lagen herum. Wahrscheinlich hat meine Mutter sie gekauft.«

»Ich glaube nicht, dass sie es hat, Dieb. Die Sachen in diesem Haus gehören dir nicht, sie gehören uns, und wenn du sie nimmst, ist es Stehlen. Du bist ein Dieb.«

Hooper schritt plötzlich zurück, als Kingshaw sich umdrehte, sodass der Schlag ins Leere ging. Hooper starrte weiter die Sachen an, die auf dem Tisch lagen, sein Kopf arbeitete weiter. Plötzlich klärte sich sein Gesicht auf, seine Augen wurden groß, und er wurde rot vor Erregung, als ihm die Antwort aufging.

»Du willst …« Er hielt inne und starrte Kingshaw an.

Dann pfiff er laut.

»Raffiniert!«

»Du weißt nichts. Du weißt überhaupt nichts. Glaub nicht, ich sage es dir!«

Hooper machte ein seltsam triumphierendes Gesicht.

»Ich weiß sogar, warum du es tust. Meinetwegen. Du hast Angst vor mir, Kingshaw, du bist Mummys kleiner Angsthase. Du weißt nicht, was ich dir noch antun könnte, ich könnte dir noch einiges tun. Deshalb machst du es.«

»Sei nicht dumm!«

Aber Hooper lachte, er wusste, dass er richtig geraten hatte. Oder wenigstens teilweise, denn da steckte noch mehr dahinter, mehr als nur die Angst vor Hooper, da war noch viel mehr, viel Schlimmeres.

»Ich könnte es ihnen sagen.«

»Was könntest du ihnen sagen? Ich habe nichts getan, du weißt gar nicht, worum es geht.«

Schweigen. Kingshaw sah, dass Hooper hin- und herüberlegte, er war sich noch nicht sicher, wie er den Vorteil ausnutzen sollte. Er wusste, dass das, was Kingshaw sagte, teilweise stimmte. Er hatte nichts gesagt, und wenn Hooper zu Mrs Kingshaw und seinem Vater ginge, würden sie ihn auslachen.

Er hatte die Dinge in zwei ganz gleichmäßigen Reihen aufgestellt, wie Ausstellungsstücke im Museum, und er nahm jedes einzelne, sah es an und dachte nach. Kingshaw sagte sich, er kann gar nichts machen, es ist wirklich egal, dass Hooper jetzt etwas weiß. Es wird klappen, ich werde nicht hierbleiben müssen, auch jetzt nicht.

Hooper sagte, und er sah Kingshaw dabei mit zusammengekniffenen Augen von der Seite her an: »Ich werde mit dir kommen.«

Kingshaw wusste, dass er meinte, was er sagte. Er dachte eine ganze Woche darüber nach, erinnerte sich immer wieder an Hoopers Stimme und das seltsame Lächeln. Er lief weg, weil er von Hooper wegwollte – es war die einzige Möglichkeit. Solange er hierblieb, würde es immer schlimmer werden, Hooper konnte einfach alles tun, und dann würde er ihm auch etwas antun müssen, um sich zu verteidigen. Man konnte nicht wissen, wie das enden würde. Hooper wollte ihn nicht hier haben. Gut, dann würde er auch nicht bleiben.

Er hatte schnell gemerkt, dass es ein Waffenstillstand zwischen ihnen nicht möglich war. Sie hatten einander gemieden, hatten sich eingeschlossen. Aber das Abwarten war erst der Anfang, es konnte nicht so bleiben. Wenn es in der Schule passiert wäre, wäre es vielleicht besser abgelaufen, sie wären in der Menge geschützt gewesen. Aber hier nicht.

Er wusste, dass er so weit gegangen war, wie er konnte, um sich gegen Hooper zu verteidigen. Er war nicht gut darin, er würde immer weiter gegen ihn verlieren, würde nie mit ihm fertig werden. Hooper war durchtrieben. Er hasste Hooper.

Aber da waren noch andere Dinge. Die Art, wie seine Mutter sich jetzt benahm, strahlend und einschmeichelnd, ohne jeden Stolz. Er sah das nicht gern. Er selbst war stolz. Und dann das Haus, Warings, seine Dunkelheit und sein Alter und der seltsame Geruch. Er hatte, seitdem er hier war, die ganze Zeit Angst gehabt.

Er würde es nicht länger aushalten. Deshalb würde er weggehen. Es erschien ihm ganz einfach. Alles war geplant. Nur hatte es Hooper jetzt erraten und gesagt, dass er ihm folgen würde. Er würde warten und beobachten und lauschen, es war ausgeschlossen, aus diesem Haus zu entkommen, ohne dass er es merkte. Und Hooper dabeizuhaben, der ihn verhöhnte und tyrannisierte und zermürben wollte, das war das Schlimmste, was er sich vorstellen konnte. Sogar schlimmer, als allein zu gehen.

Joseph Hooper fühlte sich wie ein neuer Mensch. Er plante, die Maler kommen und den Dachboden ausräumen zu lassen, er wollte sogar an einem Sonntagmorgen eine Cocktailparty geben, die seine Ära als Hausherr von Warings einläuten sollte. Seine Freunde würden aus London kommen, er würde Kontakte zu seinen Nachbarn auf dem Land knüpfen, seine Stellung in dieser Gegend festigen.

»Sie haben mir eine Last von den Schultern genommen«, sagte er zu Mrs Kingshaw. »Sie haben mir neue Kraft gegeben. Ich fühle mich nicht mehr so allein.«

Er war von sich selbst überrascht, als er das sagte, denn er war ein zurückhaltender, ja verschlossener Mensch.

Sie waren zufrieden miteinander und mit dieser Neuordnung ihrer Leben, weshalb es ihnen leicht fiel, zu sagen: »Wie gut die Jungen sich aneinander gewöhnt haben! Wie schön zu sehen, dass sie sich amüsieren. Wie gut es ist, dass sie nicht mehr allein sind!« Sie sprachen lange über ihre Kinder und wussten doch nichts von der Wahrheit.

Mrs Helena Kingshaw stürzte sich eifrig in die Vorbereitungen für die Cocktailparty, zu der so viele wichtige Leute eingeladen waren. Sie dachte, mein Leben verändert sich, alles wendet sich zum Guten. Oh, wie recht ich hatte herzukommen!

5

Seine Mutter sagte: »Ich fahre für einen Tag mit Mr Hooper nach London.«

Kingshaws Herz klopfte. Er wusste, dass er nicht noch einmal eine Chance wie diese haben würde.

»Wir brechen früh auf, um den ersten Zug zu kriegen«, sagte Mrs Kingshaw, aufgeregt wie ein Mädchen. Sie mussten sehr viele Dinge für die Cocktailparty kaufen, und sie hoffte auch, ein elegantes neues Kleid zu finden. Der Ausflug würde ein richtiges Fest werden. Joseph Hooper hatte etwas gestockt und sie unsicher angesehen, als er es vorschlug, aber sie glaubte, dass ihre Begeisterung ihm gefiel, er hatte ihr ein leises, schüchternes Lächeln geschenkt.

»Oh, aber was ist mit den Jungen? Wir können sie doch nicht den ganzen Tag allein lassen?«

Sie war jetzt sehr bemüht, sie beide gleichmäßig zu umsorgen und ihren eigenen Sohn nicht vorzuziehen.

»Mrs Boland kann doch auf die Jungen aufpassen, und sie sind ganz vernünftig, finde ich, sie sind keine Kleinkinder mehr. Es wird ein kleines Abenteuer für sie, sie werden ihre Freiheit genießen.«

Mrs Kingshaw sah aus dem Wohnzimmerfenster und dachte, er mag mich, er nimmt mich mit nach

London. Obwohl sie eigentlich nur mit ihm im Zug hin- und zurückfuhr, denn den Tag würde er in seinem Büro in der Stadt verbringen.

Sie schämte sich ein wenig, dass sie Charles nicht mitnehmen wollte. Er sagte: »Ich möchte gar nicht fahren. Ich würde lieber hierbleiben.« Sie erlaubte sich nicht, es zu glauben, denn sie dachte viel über ihre Fähigkeiten als Mutter nach – ob sie das Richtige sagte und in seiner Gegenwart genug Ruhe ausstrahlte.

Nun muss ich ein bisschen mehr an mich denken, sagte sie sich, öffnete die Tür ihres Kleiderschranks und suchte sich etwas zum Anziehen aus.

Er würde sehr früh aufbrechen, schon vor ihnen, er würde in der Dämmerung losgehen. Sie würden nie daran denken, in sein Zimmer zu schauen. Dann hätte er den ganzen Tag, bis zum späten Abend, bevor irgendjemand überhaupt etwas merken konnte. Mrs Boland würde denken, er mache irgendwo ein Picknick, Mrs Boland merkte nie etwas.

Aber wenn seine Mutter aus London zurückkam, würde sie hinaufgehen und in sein Zimmer schauen. Er musste es riskieren, das war alles, oder er machte irgendetwas mit seinem Bettzeug. Nein, das würde nichts helfen, sie würde sich wie immer über ihn beugen und ihr Gesicht an seines legen; wenn sie ins Zimmer kam, würde sie es merken. Wenn sie es nicht tat, hatte er Zeit bis zum Frühstück am folgenden Morgen. Mehr als einen ganzen Tag und eine Nacht.

Er hatte genug Geld. Er sammelte das Geld, das er auf sein Postsparbuch einzahlen sollte, in einem marineblauen Baumwollbeutel, der in einem Legokasten versteckt war. Man schenkte ihm Pfund- und Zehn-Shilling-Noten zu Weihnachten und an Geburtstagen, gab ihm mehr, weil er keinen Vater hatte, und dazu kam noch das Taschengeld. Er gab nie viel aus. Er hatte fast sieben Pfund.

Wenn er auf der Straße zum Bahnhof Crelford ging, würde ihn bestimmt jemand sehen. Er würde quer übers Land und zuerst durch das Galgenholz gehen. Er musste den Wald erreichen. Und da konnte er sich verstecken, sie würden niemals zuerst dort suchen.

»Ich werde dir ein Geschenk mitbringen«, sagte Mrs Kingshaw an diesem Abend. »Ich bringe dir etwas ganz Besonderes mit, du darfst nicht denken, dass ich dich vergesse.« Das Armband rutschte an ihrem Arm auf und ab. Kingshaw hasste das Armband, er hasste die Art, wie sie ihren Arm schlenkerte, um es zu zeigen. Sie hätten niemals herkommen sollen.

Er nahm den blauen Becher mit Ovomaltine, den sie ihm hinhielt. »Gute Nacht.«

Als er die zweite Treppe hinaufging, sah er Hooper, der in seiner Tür stand und ihn beobachtete. Er trug einen flaschengrünen Pyjama, der seine Haut noch bleicher machte. Kingshaw ignorierte ihn, aber er wusste, dass Hooper nachdachte, vielleicht sogar in seinen Kopf sehen und alles herausfinden konnte. Es gab nichts, was Hooper nicht tun konnte.

Er dachte, morgen werde ich weg sein, morgen spielt nichts mehr eine Rolle.

»Ich habe ein schönes Feuer im Wohnzimmer gemacht«, sagte Mr Hooper und strich sein Haar zurück. Er stand zögernd in der Küchentür. »Vielleicht möchten Sie hereinkommen, sich an den Kamin setzen und mir Gesellschaft leisten. Einfach zur Abwechslung.«

Mrs Helena Kingshaw errötete und machte eine kleine Gebärde der Überraschung und des Vergnügens.

Er hatte den Wecker auf halb sechs gestellt, dann dachte er nach und stellte ihn auf fünf Uhr vor. Es würde dann schon hell sein, und er wollte so früh wie möglich gehen. Er hatte alle Sachen, die er mitnehmen wollte, aus dem anderen Zimmer hergebracht, spät am Abend zuvor, als Hooper im Fernsehen *Gunlaw* anschaute. Jetzt waren sie unter seinem Bett.

Nachdem er tagelang das ganze Haus durchsucht hatte, hatte er in einer Schublade in einem der Gästezimmer einen alten Schulranzen gefunden. Er hatte keine Riemen, aber er schaffte es, lange Schnüre daran zu befestigen, sodass er ihn über die Schultern hängen konnte.

Am schwierigsten war es gewesen, an Verpflegung zu kommen. Er hatte sie aus der Küche genommen, als seine Mutter draußen war, und hatte dann überlegt, ob das Diebstahl sei. In der Schule sagten sie, dass

Diebstahl eins der schlimmsten, der allerschlimmsten Dinge war, die man überhaupt tun konnte. Man hatte ihm das schon in der ersten Woche eingebläut. Aber schließlich entschied er, dass es kein Diebstahl war, die Verpflegung, die er nahm, war das, was er gegessen hätte, wenn er nicht weggegangen wäre, es war ein Teil von dem, was seine Mutter dafür bekam, dass sie hier arbeitete. Trotzdem nahm er nicht sehr viel. Kekse und zwei Päckchen Gelee, die er würfelweise essen konnte, einige Kartoffelchips und eine halbe Schachtel Käseecken. Er kaufte Schokolade im Dorf und eine Rolle Pfefferminz. Das erschien ihm genug. Er hatte Geld, er konnte mehr kaufen, wenn er weiter von Derne entfernt war.

Mit dem Wasser war es schwieriger. Er hatte kein Gefäß dafür. Eine Glasflasche wäre schwer und könnte brechen, und er konnte sowieso keine leere finden. Schließlich beschloss er, viel zu trinken, bevor er aufbrach, und dann musste er einen Bach finden oder einen Laden, der Limonade verkaufte. Er war noch nie draußen auf dem Land gewesen, aber er glaubte, es würde dort Bäche geben.

Außer der Verpflegung packte er eine Taschenlampe und sein Taschenmesser ein, etwas Heftpflaster, ein Paar Socken und eine Rolle Schnur. Er hatte keine Landkarte finden können, nur die eine, die Mr Hooper in seinem Schreibtisch hatte, die er sich ansehen konnte, die er sich aber nicht traute zu nehmen. Sonst fiel ihm nichts mehr ein. Außerdem war der Ranzen ganz voll, obwohl er sich sehr leicht anfühlte, als er ihn anprobierte. Er stand im Zimmer und hielt die Schnüre und dachte, ich gehe weg, ich gehe weg. Er hatte ein komisches Gefühl im Magen.

Er wachte nach vier Uhr auf. Es war noch dunkel.

Es hatte keinen Sinn, jetzt schon zu gehen. Er lag starr auf dem Rücken, die Augen offen.

Er hatte Angst. Er hatte gewusst, wie es sein würde. Es war eben nicht einfach nur ein Abenteuer. Das hätte Mr Hooper gesagt. Vielleicht würden andere Leute es nur so und aus Spaß machen, so wie Beverell und Blakey, als sie im vorigen Wintertrimester wegliefen und auf einen Berg kletterten, weil sie Aufsehen erregen wollten. »Abenteuer sind ja ganz gut«, hatte der Direktor hinterher gesagt.

Aber er war der Letzte, der so etwas tun würde, wenn er nicht musste. Während der ganzen Zeit, in der er die Wanderung geplant hatte, hatte er ein merkwürdiges Gefühl gehabt, er konnte nicht glauben, dass es wirklich so weit kommen würde. Er dachte, vielleicht stirbt Hooper, oder er hat eine Tante im Ausland, die ihn sehen will, vielleicht verkracht sich Mr Hooper mit uns, und wir müssen ganz plötzlich Warings verlassen. Sie hatten einmal in einem Haus in London nur vier Wochen lang gewohnt und hatten es dann sehr schnell wegen irgendetwas verlassen, das seiner Mutter nicht gefiel, irgendetwas Unangenehmes. Es war Weihnachten gewesen und sie hatten in einem Hotel wohnen müssen.

Er wusste, dass es in Wirklichkeit keine Hoffnung gab; dass Hooper hierbleiben würde und er gehen musste, das war alles. Er hatte nie Glück, immer Unglück. Schlimme Dinge geschahen, keine guten, und es kam gar nicht darauf an, was er dachte oder fühlte oder tat.

Er hatte Angst. Er fühlte sich stumpf und starr von der Tatsache, dass nun der Morgen gekommen war. Er dachte an die vielen schrecklichen Möglichkeiten und versuchte, ganz schnell an etwas anderes zu denken.

Er wusste, dass er eigentlich an seine Mutter denken sollte. Es sollte ihn beschäftigen, was sie empfinden würde, und er hatte das Gefühl, dass etwas bei ihm nicht stimmte, weil es ihm nichts ausmachte. Sie hatte ihn hierhergebracht, und nun fuhr sie nach London mit Mr Hooper, sah Kingshaw an und ahnte nichts. »Charles gewöhnt sich so schön ein«, hatte sie gesagt, und er war entsetzt gewesen, als er es hörte, obwohl es ihn nicht besonders überraschte. Sie hatte ihn nie verstanden, er hatte es auch nie gewollt. Er verschloss gern alles in sich. Die anderen Menschen schienen nie so klar zu sehen wie er, und er hatte sich daran gewöhnt, dass er allein mit den Dingen fertig werden musste.

Er lag da, bis die Dunkelheit im Raum sich kaum wahrnehmbar in Grau verwandelte. Es war zwanzig vor fünf. Er würde noch nicht gehen, er traute sich nicht, im Dunkeln zu gehen. Aber er konnte nicht still liegen. Er stand auf und zog sich an und stellte sich neben das Fenster und zwang sich, seine Atemzüge bis zehn zu zählen, einatmen, ausatmen, und wartete darauf, dass der Wecker klingelte.

Draußen war es eigenartig. Er war noch nie so früh aufgestanden. Er ging durch die Hintertür und den Pfad zwischen den Eiben entlang. Als er zu dem Zaun kam, der in das erste Feld unmittelbar neben dem Wäldchen führte, schaute er zurück. Das Haus erschien von hier aus sehr groß, alle Fensterläden waren zugeklappt und sahen aus wie geschlossene Augen. Kingshaw dachte: Ich hasse, hasse, hasse es.

Er wandte sich ab.

Es war viel kälter, als er erwartet hatte. Er trug seine Jeans, einen Jumper über seinem T-Shirt und seinen Anorak. Das schien nicht genug zu sein. Überall lag dünner grauer Nebel, er sickerte feucht durch seine Kleidung.

Er kletterte über den Zaun und erschrak, weil er nicht sehr weit über das Feld sehen konnte, der Nebel war ganz dicht. Aber von früher kannte er die erste Meile so ungefähr, von dem Tag, an dem die Krähe ihn verfolgt hatte. Er passte die Schnüre seines Ranzens an und ging über die Grasbüschel. Sie waren sehr nass. Der Sauerampfer streifte gegen seine Beine, die durch die Jeans hindurch schnell feucht wurden. Es war auch glitschig, er musste sehr aufpassen beim Gehen. Im Gras glänzte der Löwenzahn wie Goldmünzen.

Er kam zu einer tieferen Furche und erkannte sie als die Stelle, wo er gefallen war und die Krähe sich auf seine Schultern gesetzt hatte. Er konnte sich an das Gefühl gut erinnern, als die harten Krallen sich in sein Fleisch bohrten, an das Gewicht des Vogels und den Klang seines Krächzens. Er zitterte. Nach einem Augenblick drehte er sich um und schaute zurück. Er konnte das Haus überhaupt nicht mehr sehen, der Nebel hatte es völlig eingehüllt.

Er hatte noch nie solch eine Stille erlebt. Sie war seltsam undurchdringlich, zum Teil wohl wegen des Nebels und weil kein Wind ging, überhaupt keine Luftbewegung, nur Kälte lag auf seinem Gesicht. Er konnte nicht einmal Vögel hören, obwohl er mitten auf dem Feld war. Er hörte nur einen schwachen, schneller werdenden Ton tief in seinen Ohren. Und seine Füße raschelten und quietschten durch das nasse Gras.

Er erreichte den Zaun. Immer noch war alles vor ihm in dichten Nebel gehüllt, aber das Grau des Himmels war jetzt etwas heller. Er kam an eine Weißdornhecke, die mit beperlten Spinnweben behängt war. Kingshaw stieß den Finger mitten in eines hinein, und das feine Gewebe zerriss und blieb an ihm hängen, kalt und etwas klebrig. Ein schwarzes Insekt krabbelte über seinen Fingernagel und in die zerrissenen Spinnweben hinunter.

Er ging weiter. Er fühlte sich vollkommen allein, als gäbe es auf der ganzen Welt kein anderes Wesen. Während er durch den Nebel ging, dachte er, er könnte über irgendeinen Rand fallen, hinunter in ein Meer oder in eine tiefe Grube. Aber er hatte keine Angst mehr, er war zu sehr damit beschäftigt vorwärtszukommen. Er fühlte, wie die nassen Jeans ihm um die Knöchel klatschten.

Als er zu dem Kornfeld kam, schien der Nebel viel dünner zu sein, und er konnte gerade noch die dunklen Umrisse am Rand des Galgenholzes auf der anderen Seite ausmachen. Das Korn hatte eine seltsame schmutzig-beige Farbe in dem frühen Licht, es stand ganz ruhig.

Am Feldrand stand ein Traktor. Er tauchte plötzlich bedrohlich aus dem Nebel vor ihm auf. Es schien, als wäre er hier verwurzelt und aus dem Boden gewachsen, unwahrscheinlich, dass man ihn jemals hierhergebracht hatte, außer, um ihn loszuwerden und aufzugeben, wie etwas, das man auf dem Mond zurücklässt.

Er ging zu ihm. Er war voller Spinnweben, die zwischen den Speichen des Steuerrades und an den Metallnaben hingen. Nach kurzem Zögern trat er auf die Stufe und schwang sich hinauf. Der Sitz war sehr hart und kalt. Er lehnte sich nach vorn und griff nach dem Steuerrad. Es glitschte feucht durch seine Finger. Die Laufflächen der riesigen Reifen vorn waren mit Schlamm, Mist und zermalmten Stroh dick verschmiert. Der Traktor roch seltsam, nach kaltem Öl und Rost. Kingshaw fühlte sich sehr erhöht und irgendwie mächtig, es war, als ob er auf dem Rücken eines großen Tieres säße. Er konnte sich vorstellen, wie es sich unter seinem Körper anfühlen würde, wenn es sich vorwärtsbewegte, vibrierend und sich über den rauen Boden hebend und weiter durch einen dunklen Dschungel. Alles würde vor ihm fliehen, er wäre der Herr, der Eroberer.

Eine schwache Brise wehte plötzlich über das Kornfeld, und einen Augenblick lang verfing sich der lederne Ranzen an dem Schalthebel des Traktors, und er saß fest. Er fürchtete, irgendeinen Hebel bewegt zu haben, der den Motor in Gang setzen würde, der Traktor würde rückwärts rollen, und er würde abgeworfen werden und unter die großen Räder geraten. Er schwitzte, bewegte sich hin und her und reckte seinen linken Arm nach hinten, um die Strippe loszumachen. Sie gab nach, und halb fallend landete er auf dem nassen Boden. Er war nicht verletzt, aber die Schnur am Ranzen war zerrissen. Sie hatte schon angefangen, in seine Schultern einzuschneiden und eine dünne, scharfe Kerbe hinterlassen. Es hatte also doch nicht viel Sinn. Aber er musste ihn irgendwie tragen. Er band die Schnur zusammen und glättete den Knoten, so gut er konnte, dann schwang er sich den Ranzen auf den Rücken.

Als er durch den Stacheldrahtzaun in das Kornfeld gekrochen war, sah er wieder über seine Schulter zurück, und jetzt konnte er viel weiter sehen, der Nebel hob sich langsam. Der Traktor sah viel größer aus, als er sich entfernte, aber auch gewöhnlicher. Einfach Metall.

Vor sich konnte er die dunklen blau-grünen Umrisse der Eichen sehen, mit dem dunklen Zwischenraum zwischen ihren Stämmen. Er ging weiter durch das Kornfeld.

Der Wald am Galgenholz war gar nicht so groß, dachte er. Auf der anderen Seite fiel er ab. Er würde hindurchgehen und auf dem Feld mit den Büschen unten herauskommen. Am Ende des Wäldchens befand sich Barnards Wald, der sich ungefähr sieben Meilen hinzog, er lag da wie ein dunkles Tier, hingestreckt auf dem Landrücken, und reichte bis in die nächste Grafschaft. Er würde auf keinen Fall in seine Nähe gehen. Wenn er aus dem Galgenholz kam, würde er durch das Gebüsch gehen und dann nach Westen, in das offene Ackerland und über die ersten Hügel. Nach ungefähr zehn Meilen würde er wahrscheinlich auf eine Straße kommen. Er hatte keine wirkliche Vorstellung, wie weit zehn Meilen waren, aber das sollte er leicht schaffen. Wenn er über das Galgenholz hinauskam, würde er überhaupt alles schaffen.

Aufgeben kam gar nicht infrage. Er hatte es von Anfang an gewusst, es immer gewusst, obwohl er seine Gedanken drehte und wendete und dem, was ihn antrieb, zu entkommen versuchte. Es war etwas, vor dem er sich fürchtete, etwas in ihm selbst, das ihn ständig zu bestimmten Dingen zwang. Das Galgenholz. Hooper hatte darüber gesprochen. Er war hergekommen und hatte es sich selbst angesehen, an jenem Tag, an dem er von der Krähe gejagt wurde. Es beschäftigte seine Phantasie. Das Galgenholz.

Hooper hatte ihn herausgefordert, hierher oder in das Wäldchen beim Haus zu gehen. So hatte es angefangen.

Aber wenigstens war es der letzte Ort, an dem sie nach ihm suchen würden. Wenn sie doch nicht nach London gefahren waren oder wenn Mrs Boland und Hooper nach ihm suchen würden, würden sie zuerst ins Dorf hinuntergehen. Besonders Hooper, weil er wusste, wie viel Angst Kingshaw vor dem Wald hatte. Hooper würde natürlich sofort wissen, was geschehen war, er würde es in dem Augenblick merken, wenn Kingshaw nicht zum Frühstück kam. Aber bis dahin waren die anderen schon auf dem Weg zum Bahnhof.

Kingshaw ging schneller durch das Kornfeld. Er fühlte sich plötzlich schutzlos. Er war hier sehr weit oben, und wenn der Nebel sich erst einmal gelichtet hatte, könnte er von jedem gesehen werden, meilenweit. Man konnte das Kornfeld vom Haus aus sehen, und was er am meisten fürchtete, war, dass Hooper ihn finden würde.

Als er den Rand des Waldes erreicht hatte, war die Sonne aufgegangen und schien schwach durch den Nebel. Es war noch sehr kalt. Kingshaw sah, dass das Korn an dieser Seite, nahe bei den Bäumen, abgefressen und halbkreisförmig flachgetreten war. Er wusste nicht, von wem. Er dachte an die Krähen.

Er hatte leicht reden gehabt, in das Galgenholz gehen zu wollen. Nun sah er, dass es nicht leicht werden würde. Da war zunächst ein Graben, der mit dichtem Gras und Unkraut überwuchert war. Dahinter wuchs eine dichte, dornige Hecke. Stacheldraht gab es auch. Kingshaw tastete sich mit einem Fuß versuchsweise in den Graben. Das Gestrüpp reichte ihm fast bis ans Knie. Es war sehr nass. Danach aber kam die Böschung bis zur Hecke, dort hindurch schien es keinen Weg zu geben. Er konnte ein paar Meter in den Wald hineinsehen, zwischen die ersten Baumstämme. Er war dunkel, und er konnte ihn auch riechen, sogar von hier aus, ein kalter, erdiger Geruch.

Er trat wieder aus dem Graben heraus und ging langsam um das Kornfeld herum. Während der ganzen Zeit wurde der Nebel immer dünner und dünner, er konnte jetzt ganz klar den Traktor und den Stacheldraht auf der anderen Seite des Feldes sehen. Die Sonne schien stärker. Er schaute auf seine Uhr. Es war fast sechs. Man brauchte beim Wandern immer länger, als man dachte.

Im Haus mussten sie jetzt aufgestanden sein, zogen sich wahrscheinlich gerade an. Sollten sie ihn vor der Abreise vermissen, wäre das ab jetzt und während der nächsten halben Stunde. Er sah auf das Feld hinaus, erwartete das Auftauchen ihrer Gestalten, die auf ihn zumarschierten, seine Mutter in dem schicken grünen Kostüm und Mr Hooper, sehr groß und dünn und dunkel, wie eine Krähe.

Er fühlte sich jetzt wohler, weil er Geräusche hörte, meistens von Vögeln. Ein oder zwei Mal sah er einen flitzenden Schatten zwischen den Bäumen. Die Blätter raschelten.

Der Waldrand beschrieb einen Bogen, und er folgte ihm, bis er den Zaun und den Traktor nicht mehr sehen konnte. Es gab da noch viel mehr Kornfelder, sie erstreckten sich den Hügel hinunter und immer weiter, und so weit er sehen konnte, waren sie überall an den Rändern in diesen eigenartigen Halbmonden abgefressen. Irgendetwas, irgendetwas war dort gewesen. Er wollte nicht darüber nachdenken, es konnte alles Mögliche sein.

Der Himmel war von einem sehr blassen Perlgrau, und der Nebel lag in tiefen Schwaden an den Rändern des Feldes und dick am Horizont. Aber die Sonne schien hier schon hell. Er hielt an, nahm den Ranzen ab und zog seinen Anorak aus. Er passte nicht mehr in den Ranzen, Kingshaw musste das Knäuel Schnur und sein Taschenmesser herausholen, etwas Schnur abschneiden und den Anorak auf den Ranzen binden. Das brauchte Zeit.

Er war ziemlich stolz auf sich. Er hatte alles geplant, und nun führte er es aus. Es wurde ihm warm bei dem Gedanken, er sah unendliche Möglichkeiten, wie er weitergehen und die Probleme lösen würde, die auf ihn zukamen. Es gab keine Grenze für das, was er alles tun könnte.

Er war niemals in irgendetwas wirklich gut gewesen. Nicht schlecht. Nicht so zuverlässig hoffnungslos schlecht, dass jeder ihn als Beispiel nannte, wie Leek.

Leek kam einfach wegen seiner ungeheuren Untauglichkeit durch. Man spottete über Leek, aber man war auch seltsam stolz auf ihn, er war ein Freak, er war in allem unmöglich. Man lächelte nachsichtig, wenn man über ihn sprach. Leek war einer, dem alle halfen.

Kingshaw war nicht so. Er machte seine Sachen weder sehr gut noch sehr schlecht. Er gehörte zu den Jungen, deren Namen man vergaß. Man traf ihn auf den Fluren und schnippte mit den Fingern und erteilte ihm Aufträge. Immer musste er irgendetwas erledigen. In der Klasse sagten sie: »Du, ähm …«

Deshalb war er jetzt stolz auf sich, dass er den Rand des Galgenholzes erreicht hatte, und alles war planmäßig verlaufen, er war stolz darauf, dass er alles bedacht hatte, stolz auf den sauber gepackten Ranzen und was darin war.

Alles war also in Ordnung.

Aber als er den Ranzen wieder aufschnallte, bemerkte er eine Warze auf dem Rücken seines Mittelfingers. Die war vorher nicht dagewesen. Sein Magen krampfte sich vor Angst zusammen. Das war schon vorgekommen, das stimmte. Man hatte ihm gesagt, es könnte vorkommen.

Broughton-Smith hatte Warzen gehabt, Dutzende, auf seinen Knien. Sie waren so schlimm, dass man ihn zum Arzt geschickt hatte.

Casey sagte: »Sie geben einem eine Spritze.«

»Sie stecken eine heiße Nadel in die Mitte jeder Warze. Das machen sie.«

»Es tut höllisch weh.«

Broughton-Smith hatte bekümmert auf seine Knie voller Warzen gestarrt. Er war es gewesen, der, nachdem man ihm einen Zahn gezogen hatte, die ganze Nacht geweint hatte. Fenwick hatte ihn ausgelacht. Schließlich war Gough gegangen, um seinen Bruder zu holen. »Du musst nicht zum Arzt gehen«, sagte er. »Weil mein Bruder was von schwarzer Magie versteht; er kann was gegen Warzen tun, und dann gehen sie weg.«

Goughs Bruder hatte eines Abends vor dem Abendessen Broughton-Smith in das Labor der fünften Klasse im zweiten Stock mitgenommen. Die anderen hatten draußen im Dunkeln auf dem Treppenabsatz gewartet. Niemand sagte etwas oder traute sich gar, durch die Glastür des Labors zu schauen. Kingshaw konnte sich an den Geruch erinnern, wie sie da alle eng zusammenstanden. Er hatte Angst gehabt. Alles Mögliche konnte geschehen.

Schließlich war Broughton-Smith herausgekommen und hatte geheimnisvoll gelächelt.

»Was hat er gemacht?«

»Was ist passiert?«

»Ist es ein Zauber?«

»Man darf keine schwarze Magie betreiben, das ist eine schlimme Sünde.«

»Du wirst jetzt wahrscheinlich sterben.«

»Ja, er hat dich vergiftet, ich wette, du stirbst heute Nacht.«

»Lass doch mal sehen.«

Aber Broughton-Smith war aus ihrem Kreis in die Dunkelheit entschlüpft und die Steintreppe runtergelaufen. Es hatte gegongt.

Am nächsten Morgen waren alle seine Warzen bräunlich-schwarz. Broughton-Smith hatte immer wieder seine Knie unter der Bank hervorgeholt, um sie anzustarren. Er sah ängstlich aus. Zwei Tage später waren sie alle verschwunden. Er zeigte ihnen sein Bein, er streckte es im Bett im Schlafsaal aus und ließ jeden die runzlige, warzenlose Haut auf seinem Knie anschauen. Als das Licht ausgegangen war, hatten sie darüber gesprochen.

Clarke hatte gesagt: »Sie gehen jetzt auf jemand andern über. Das ist ein Teil des Zaubers. Um sie loszuwerden, muss man sie jemand anderm wünschen.«

»Wem?«

»Irgendjemandem?«

»Nein, man wünscht sie jemandem, den man nicht leiden kann.«

Kingshaw dachte, ich werde sie kriegen. Das war unvermeidlich. Broughton-Smith hatte ihn nie gemocht. Er sagte sich, dass er überhaupt nicht daran glaubte, aber er musste es doch, weil Broughton-Smiths Warzen verschwunden waren und weil Kingshaw am anderen Morgen merkte, wie er ihn immer wieder ansah. So musste es gewesen sein.

Jetzt starrte er lange Zeit auf seine Warze. Er überlegte, ob auch er machen könnte, dass sie schwarz würde und auf jemand anderen überging. Auf Hooper. Er konnte es versuchen. Er hatte Angst, er wollte sie nicht auf seiner Hand haben.

Als er die Lücke ganz unten am Ende des Waldes gefunden hatte, war die Sonne ganz herausgekommen, der Himmel war klar. In der Hecke war eine Öffnung, und hier waren die Bäume anders, eine Gruppe für sich innerhalb des Hauptwaldes. Kingshaw meinte, es seien Lärchen. Die Sonne schien direkt auf sie herunter, sodass er tief hineinsehen konnte. Es gab Farnkraut und gekräuseltes Laubwerk auf dem Boden, und das Licht, das durch die Zweige fiel, war seltsam kupfergrün, wie Licht unter Wasser. Es sah gut aus, fand er. Beruhigend.

Er stand einen Augenblick breitbeinig über dem Graben und fühlte die Sonne auf seinem Rücken, obwohl die Luft um ihn herum noch sehr kalt war. Überall lag Tau, seine Jeans waren jetzt sehr nass.

Dann sprang er über den Graben und ging mit geschlossenen Augen schnell einige Schritte vorwärts. Als er sie öffnete, war er in dem Wald auf dem Galgenholz.

6

Kingshaw hielt den Atem an. Er spürte die ganze Zeit eine rauschende Bewegung im Wald, und direkt über ihm raschelten die Blätter wie Seide. Sie waren von einem sehr blassen Grün, fast durchscheinend, wo die Sonne sie traf, er konnte das ganze Geäder sehen. Zwischen dem Blattgeflecht zu seinen Füßen lag welkes Laub, rostfarben und an der Oberfläche trocken, aber gleich darunter feucht und modrig zusammengeklumpt.

Direkt vor ihm lag der Stamm eines umgestürzten Baums. Er setzte sich darauf. Die Borke war mit grünlich-grauem Moos bedeckt. Es fühlte sich unter seinen Fingern wie die Haut eines Maulwurfs an. Ein Schwammpilz wuchs aus der Borke heraus und in den Rissen eines Zweigs, mit eigenartigen, schleimigweichen Formen.

Er fand es schön hier. Er war noch nie an einem ähnlichen Ort gewesen, und es war bei Weitem nicht so, wie er es sich vorgestellt hatte. Er mochte den Geruch und das Gefühl, völlig abgeschirmt zu sein. Alles um ihn herum machte einen friedlichen Eindruck, und er konnte ziemlich weit sehen, alles war in Ordnung. In der Sonne sahen sogar die dichten Stechpalmen und

Weißdornbüsche an den Rändern der Lichtung ganz harmlos aus. Er hörte ununterbrochen verschiedene Vögel zwitschern und konnte zwar keinen von ihnen sehen, aber ab und zu huschte eine braune Gestalt durch die Zweige. Die Tauben gurrten mitten im Wald. Er sah ein Kaninchen. Es kam nicht weit von ihm drollig aus dem Gebüsch hervorgehoppelt, setzte sich unter einen Sonnenstrahl und putzte sich wie eine Katze. Kingshaw hielt den Atem an.

Sie hatten in der Schule Kaninchen in Käfigen, dicke, weiße, mit leeren rosa Augen. Aber dieses war anders, es bebte und zuckte vor Leben. Er beobachtete es lange Zeit. Aber als er sich bewegte, um seinen Ranzen aufzumachen und sich etwas zu essen herauszunehmen, hoppelte das Kaninchen weg.

Bevor er das Haus verließ, war er in die Küche hinuntergegangen und hatte sich ein dickes Stück Brot und Butter geholt, und das aß er jetzt mit einer von den Käseecken. Als er fertig war, wollte er etwas trinken. Es war dumm gewesen, dass er sich nicht irgendeine Flasche gesucht hatte. Dann gab es eben nichts zu trinken, er musste versuchen, nicht daran zu denken. Stattdessen stand er auf und ging auf die andere Seite der Lichtung. Dort begann ein schmaler Pfad, aber er war ganz überwuchert. Tiefe Zweige und Büsche breiteten sich auf beiden Seiten aus, er musste über sie hinweg- und unter ihnen hindurchklettern und wilde Rosen- und Brombeerranken aus dem Weg räumen. Auch ein Stechpalmenbusch wuchs dort. Er stach sich aus Versehen seinen Daumenballen an einem Dorn. Als er den großen Blutstropfen aufsaugte, schmeckte er süß und metallisch. Dann kratzte eine Dornenranke sein Gesicht. Er merkte, dass er sich immer tiefer bücken musste. Aber schließlich kam er zu einer anderen Lichtung. Er richtete sich wieder auf.

Es war hier dunkler, er merkte, dass er ziemlich weit in den Wald hineingekommen war. Die Blätter schlossen sich jetzt enger über ihm zusammen, und die Sonne konnte nicht durchscheinen. Er konnte sehen, wie die Vögel erschreckt durch die Bäume vor ihm flatterten. Er wischte sich mit dem Arm über die Nase und die Oberlippe.

Dann hörte er das Geräusch. Sofort wusste er, dass es schon vor Sekunden dagewesen war, aber er hatte ihm keine Beachtung geschenkt, weil er es für eins der Geräusche gehalten hatte, die er selbst machte. Jetzt hörte er es wieder. Es kam von weiter her, vom Waldrand. Er hörte seinen eigenen Atem. Das war alles. Aber die Vögel waren verstummt. Er wartete. Nichts. Noch nichts. Dann ein leises, gleitendes Geräusch im Farnkraut.

Eine dichte Stechpalme stand direkt neben dem Pfad. Kingshaw beugte sich tief hinunter und kroch darauf zu. Er versuchte, sich nur auf den Fußballen zu bewegen, aber die Blätter raschelten. Er hatte keine Ahnung, wovor er sich versteckte. Es könnte ein Tier sein. Er wusste nicht, was hier im Wald war, bis auf das Kaninchen, das er gesehen hatte. Und die Tiere, die das Korn abgefressen hatten. Er dachte nicht, dass es jemand aus dem Haus sein könnte. Sie würden über die Felder kommen und rufen und schreien und in den Wald eindringen. Diese Geräusche klangen verstohlen. Vielleicht kamen Leute hierher, um zu schießen, oder es gab einen Wildhüter. Er hatte vielleicht den Wald unbefugt betreten.

Er kauerte sich tief hinter die Stechpalme. Ein kleines rostfarbenes Insekt lief über seinen Fuß. Das dunkle Innere der Stechpalme roch bitter. Von tief im Wald her hörte er einen Vogel kreischen und dann, nach einer Pause, noch einmal. Es klang, als ob ein Verrückter lachte. Dann nichts mehr, nicht einmal das Knacken eines Zweigs.

Als er gerade aufstehen und hinter dem Busch hervorkommen wollte, wurden Zweige zur Seite geschoben, und da stand Hooper.

Er hatte kaum ein Geräusch gemacht und überhaupt nichts gesagt, hatte nicht einmal Kingshaws Namen gerufen. Es war, als wüsste er genau, wohin er wollte, als ob er es die ganze Zeit über gewusst hätte.

Kingshaw empfand nur ein dumpfes Gefühl von Unvermeidbarkeit. Er hatte keine große Angst, war nicht einmal wütend. Sein Glück hatte nicht vorgehalten, war wahrscheinlich nie dagewesen. Dass er aus dem Haus herausgekommen und alles bisher so leicht gewesen war, war vielleicht eine Täuschung gewesen. Von irgendwoher hatte Hooper ihn beobachtet.

Er hatte keine Ahnung, was er jetzt tun könnte.

Hooper war stehen geblieben. Seine Arme und Beine sahen in dem wässrigen Licht des Waldes seltsam weiß aus. Er horchte und schaute sich um, ohne seinen Kopf zu bewegen. Einen Augenblick lang hoffte Kingshaw wieder. Er dachte, vielleicht ist er mir gar nicht gefolgt, vielleicht geht er nur allein spazieren, vielleicht kann ich hierbleiben und er sieht mich nicht, und schließlich wird er einfach wieder nach Hause gehen.

Hooper sagte ruhig: »Du kannst rauskommen, Kingshaw.« Kingshaw erstarrte. Schweigen. Man hörte wieder das kehlige Gurren der Tauben vom Wald her.

»Du stehst hinter der Stechpalme, das weiß ich, ich kann deine Füße sehen, du brauchst also nicht so zu tun.«

Sehr langsam richtete Kingshaw sich auf, zögerte und trat dann ein wenig vor. Die beiden Jungen standen sich auf dem Pfad gegenüber.

»Ich hab dir doch gesagt, dass ich dir folge. Ich hab dir gesagt, du kannst nicht entwischen.«

»Wie hast du es gesehen?«

»Was glaubst du denn? Es gibt doch Fenster, oder?«

»Ja, aber ich bin nicht …«

Hooper seufzte. »Du bist dumm, was? Es war doch ziemlich klar, dass es heute sein musste.«

Kingshaw antwortete nicht. Er dachte, ich bin dumm, ich bin dumm. Weil er diesen Tag ausgewählt hatte, musste Hooper es wissen, es war die einzige

Chance, die es seit Wochen gegeben hatte. Außerdem wusste Hooper immer alles, so war es eben.

»Du kannst auf jeden Fall nicht mit mir kommen.«

»Ich kann tun, was ich will.«

»Sie werden dich suchen kommen.«

»Und dich dann auch.«

Dann sah Kingshaw, dass Hooper einen kleinen Leinenbeutel über der Schulter hängen hatte. Er hatte also vor mitzukommen.

»Nur weil du dir nichts allein ausdenken kannst«, sagte er mit hoher Stimme. »Du musst tun, was ich tue.«

Hooper grinste höhnisch.

»Du hättest an dem Ort, wo ich hingehe, kein Interesse, Hooper. Die Leute würden *dich* nicht haben wollen.«

»Wohin gehst du denn?«

»Sag ich nicht.«

»Woher weißt du, dass sie dich wollen?«

»Weiß ich.«

»Wie?«

»Ist ja egal.«

»Also Kingshaw, du kannst dir die Puste sparen, bilde dir nicht ein, dass du mir irgendwas vorschreiben kannst. Du bist nur hierhergekommen, es ist nicht dein Haus, du musst tun, was ich sage, weil deine Mutter für uns arbeitet.«

»Nein, so ist das nicht, halt's Maul, Hooper.«

»Sie ist eine Bedienstete, das ist alles, sie wird bezahlt,

und sie muss tun, was mein Vater sagt, und das bedeutet, du musst tun, was ich sage.«

»Wer hat das gesagt?«

»Mein Vater.«

Kingshaw dachte, das könnte stimmen. Denn, wo immer sie bisher gelebt hatten, hatte er sich danach richten müssen, was man ihm sagte, hatte seine Mutter gesagt: »Du musst höflich sein, du darfst niemandem zur Last fallen, es ist ihr Haus, nicht unser Haus.«

»Wenn ich also mit dir kommen will, dann komme ich mit.«

Kingshaw sagte verzweifelt: »Aber warum? Ich verstehe nicht, warum du mitkommen willst. Du willst nicht weglaufen, und du willst nicht mit mir irgendwo hingehen, oder? Du magst mich nicht.«

»Nein.«

»Warum also?«

Hooper schwieg, lächelte nur wissend. Kingshaw wäre gerne auf ihn losgegangen, und dann war er erschrocken, dass Hooper solche Gefühle in ihm weckte und jeden vernünftigen, klaren Gedanken zerstörte. Es wirbelte und kochte in seinem Kopf, als Hooper so vor ihm stand, sodass er nur wild um sich schlagen wollte in alle Richtungen und doch nicht treffen würde, er konnte sich nicht stoppen und sprach wie ein Baby. Nun musste er prahlen. »Aber ich bin hierhergegangen, oder? Du hast gesagt, ich traue mich nicht in das Wäldchen zu gehen, aber das hier ist viel größer, ich wette, du hast nie gedacht, dass ich mich traue, allein herzukommen.«

Hooper zuckte mit den Schultern. »Denk nicht, dass das irgendwas ist.« Er bückte sich und stocherte im Gebüsch herum, bis er einen dicken kurzen Stock fand. Er schlug ihn durch die Luft, es gab einen pfeifenden Laut.

»Was willst du damit?«

»Irgendwas. Man hat immer einen Stock, wenn man in den Wald geht.«

Er sprach kühl und schien alles zu wissen. Sie standen sich mehrere Minuten gegenüber. Dann, obwohl Kingshaw die Frage nicht stellen wollte, sagte er: »Hast du irgendwas zu trinken dabei, Hooper?«

»Du nicht?«

»Nein.«

»Bist du durstig?«

»Ein bisschen.«

»Du bist dumm.«

»Es macht auch nichts. Ich dachte nur.«

»Denk nicht, dass ich dir was abgebe, du hättest selbst dran denken sollen, wenn du so schlau bist.«

Kingshaw drehte sich um und lief so schnell er konnte über die Lichtung zum nächsten Dickicht los. Er wusste, er würde Hooper hören, wenn er hinter ihm herkam. Kurz darauf hörte er ihn. Aber er sprach eine Weile nichts.

Er fühlte sich nicht mehr entspannt und glücklich, weil er im Wald war, hatte alles Interesse an dem verloren, was er sah und hörte. Er dachte jetzt nur über die Tatsache nach, dass er allein mit Hooper war und was Hooper ihm antun könnte. Obwohl er hier vielleicht viel weniger tun könnte als in seinem eigenen Haus. Dort war sein Revier, er war der Herr. Hier waren sie irgendwie gleich.

Nach einer Weile merkte Kingshaw, dass der Pfad verschwunden war. Jetzt war da nur noch der dicke, grünlich-braune Laubteppich, die Stümpfe und Zweige und die verzweigten Wurzeln der Bäume, die wie Seile aus dem Boden kamen. Alles sah gleich aus, sie hätten in jede Richtung gehen können. Er ging geradeaus. Es war möglich, dass man auf diese Weise auf der anderen Seite herauskam. Aber er hatte keine klare Vorstellung, wie weit es noch war, er erwartete ständig den Waldrand zu sehen, aber er sah ihn nicht.

Die Sonne brach ab und zu durch das Blätternetz und warf Wellenlinien über die Baumstämme wie über einen See. Aber meistens standen die Blätter zu dicht, um Licht durchzulassen. Es war auch sehr schwül, hier mitten im Wald, die Luft, die er durch den Mund einatmete, fühlte sich warm an und irgendwie dicker als normale Luft. Kingshaw fühlte, wie die Haut an seinem T-Shirt klebte. Bald musste er anhalten und seinen Jumper ausziehen.

Man kam schwer vorwärts. Er musste sich durch eine Menge Unterholz und eng zusammenstehende Büsche seinen Weg bahnen, konnte kaum mehr als nur ein paar Meter vor sich sehen, und dann stand er plötzlich auf einer neuen, weiten Lichtung. So ging es eine ganze Zeit lang weiter. Ständig hörte er Hooper hinter sich. Aber sie hatten beide ein Gefühl für den Wald bekommen und bewegten sich jetzt leiser vorwärts.

Als sie sich duckten und sich ihren Weg durch ein dichtes Gewirr von Dornenhecken bahnten, in denen sich ihre Kleidung verfing, und sie anhalten mussten, um sich zu befreien, da hörte Kingshaw zum ersten Mal das Geräusch. Es war ein seltsamer Laut, fast ein Schrei, wie von einem Schwein oder einem Pferd, aber doch wieder nicht wie eins von beidem. Er blieb stehen. Hinter ihm ging Hooper noch ein paar Schritte und blieb dann auch stehen, als er sehr dicht bei ihm war. Kingshaw spürte seinen Atem. Da war der rufende Laut wieder, und dann vernahm man eine Bewegung und das Knacken eines Zweigs.

»Was ist das?«

Kingshaw wandte seinen Kopf leicht und sah Hoopers Gesicht. Er hatte viereckige, gezackte Zähne, zwischen den beiden Vorderzähnen war eine Lücke. Auf seiner Oberlippe lag eine dünne Reihe Schweißtropfen. Kingshaw dachte, er ist wirklich, er hat Blut und Wasser in sich. Er fühlte sich irgendwie sicherer durch Hoopers Gegenwart, durch seinen vertrauten Geruch. Gab es denn überhaupt etwas, wodurch er ihn verletzen könnte?

»Da ist ein Geräusch. Da drüben ist irgendwas.«

»Was?«

»Weiß ich doch nicht.«

»Es kann kein Mensch sein, das ist kein Geräusch von einem Menschen.«

»Nein.«

»Es hat jetzt aufgehört.«

»Vielleicht ist es dann weggegangen.«

Die Zweige knackten wieder, und dann hörten sie leise, dumpfe Schritte im Torfmull auf der anderen Seite der Büsche.

»Geh und sieh nach.«

»Es könnte sein …«

»Was?«

»Ich weiß nicht.«

»Geh und sieh nach.«

Schweigen.

»Du hast Angst.«

»Du ja auch.«

»Sei doch nicht blöd.«

»Warum traust du dich nicht rauszugehen?«

»Ich hab zuerst gesagt, dass du gehen sollst. Geh schon …«

Sie flüsterten. Kurz darauf bewegte Kingshaw sich ein bisschen weiter, er schob die Zweige vorsichtig mit seinen Händen zur Seite und wusste nicht, was er sehen würde. Er hatte die plötzliche Vision, dass ihn etwas hinter den Bäumen beobachtete, mit glitzernden Augen und wurfbereiten Speeren. Es lag eine Spannung im Wald, eine lebendige, geheimnisvolle Stimmung. Er erinnerte sich, dass er von wilden Ebern gelesen hatte, die durch die Wälder gerast kamen, und wie die Jäger warteten und dann heraussprangen und Messer in die Kehlen und Herzen und Augen der Tiere stießen. Es gab auch Schweine mit schmutzigen, giftigen Stacheln. Das Schreien ertönte wieder. Er ging sehr vorsichtig noch einen Schritt vorwärts.

Es war eine kleine Lichtung, auf die ein paar Sonnenstrahlen fielen, und ihm gegenüber, zwischen zwei Bäumen, stand ein Hirsch. Er war sandfarben, er bebte am ganzen Körper, seine Augen waren groß und glänzend. Kingshaw merkte, dass er Angst hatte, sogar mehr als er selbst. Er glitt zurück in die Büsche.

»Es ist Wild.«

»Was für Wild?«

»Weiß ich nicht – so wie alle. Es hat so verzweigte Hörner.«

»Geweih, Dummkopf.«

»Ja.«

»Ich hab noch nie so was gesehen.«

»Sicher hast du, im Zoo.«

»Ich war noch nie im Zoo.«

Kingshaw pfiff vor Erstaunen. Er hatte nie erwartet, dass er Hooper in irgendeiner Erfahrung übertreffen könnte.

»Was sollen wir denn tun?«

»Na, es wird uns nichts tun.«

»Gut, dann sollten wir lieber weitergehen«, sagte Hooper.

Kingshaw trat zur Seite. Er dachte daran, dass er gar nicht mit Hooper zusammen sein wollte. Hooper schob sich an ihm vorbei. Die Zweige schlugen hinter ihm zusammen und verdeckten ihn fast ganz. Eine Sekunde lang fühlte Kingshaw sich wieder allein. Dann fing das Tier wieder an zu röhren.

»Warum tut es das?«, flüsterte Hooper ihm durch die Büsche zu.

»Es ist vermutlich erschrocken. Vielleicht warnt es die andern.«

»Oh. Glaubst du, da sind mehr davon?«

»Ich weiß nicht. Ich dachte, du wüsstest über alles Bescheid.«

»Halt's Maul.«

»Es ist bestimmt nicht nur eins allein, oder? Jeder weiß das.«

»Nein. Also los, Kingshaw, wir können ihm folgen, wir können vielleicht Hunderte von ihnen sehen. Wir könnten alles Mögliche sehen.«

Kingshaw hörte, wie Hooper schnell davonging und danach das plötzliche Geräusch des Hirschs, wie er durch das Farnkraut brach. Er trat nach vorn auf die Lichtung. Im gleichen Moment raste ein Fuchs vor ihnen her durch die Bäume davon.

»Los«, sagte Hooper.

Kingshaw folgte ihm. Sie gingen zwischen den Eichenstämmen hindurch, wo der Hirsch gestanden hatte, und drangen tiefer in den Wald ein.

Nach einer Weile sagte Hooper: »Hör auf, so einen Lärm zu machen. Man muss an sie ranschleichen und ganz ruhig sein, so machen es die Jäger.«

»Wir sind keine Jäger.«

»Doch, das sind wir. Du willst ihm doch folgen, oder? Du siehst nichts, wenn du solchen Krach machst.«

Kingshaw antwortete nicht. Er war wütend auf Hooper, weil er so plötzlich die Führung übernommen hatte und vor ihm herging und ihm Befehle gab. Es war jetzt seine Sache. Aber wenigstens war er fürs Erste mehr daran interessiert, den Hirsch aufzuspüren, als Kingshaw irgendetwas zu tun. Für ihn bedeutete es nur eine Expedition, ein Abenteuer, es war nichts Ernsthaftes. Nach einer Weile fand Kingshaw Gefallen an Hoopers Spiel. Als Hooper anfing, über eine der Lichtungen zu laufen, lief er auch, dabei machten sie so viel Lärm, dass das Wild inzwischen weit entfernt sein musste. Hooper machte seltsame Bewegungen und Sprünge und schlug von Zeit zu Zeit um sich. Dann fiel er auf alle viere und fing an, um einen Baum zu kriechen.

»Wir sind Jäger«, sagte er. »Du musst jetzt totenstill sein. Da sind wilde Eber. Und Bären.«

»Die sind nicht zusammen im gleichen Wald. Das kann nicht sein.«

»Bück dich, bück dich.«

Kingshaw tat es. Die Zweige und welke Stechpalmen ritzten seine Knie. Der Wald wirkte aus dieser Sicht anders, die Blätter schienen höher und viel weiter entfernt zu sein, und die Stämme standen in einem seltsamen Winkel. Ihm wurde ganz schwindlig, wenn er sie von der Seite ansah. Der süße, faulige Geruch des Torfmulls kam zwischen seinen Knien und unter seinen Handflächen hervor, wenn er sie auf den Boden presste. Er sah eine Menge Insekten, Spinnen und glänzende Gliederkäfer, die zwischen den Zweigen hin- und herliefen. Auch an ihnen war Moos. Ein Teil davon schimmerte rosa und sah aus wie Seetang. Es fühlte sich schleimig an.

Plötzlich ließ sich Hooper platt auf den Bauch fallen und lag da, mit seinen Füßen fast in Kingshaws Gesicht. Er spähte durchs Gebüsch.

»Da ist er!«

Kingshaw robbte vorwärts. Der Hirsch stand etwas weiter entfernt, fluchtbereit. Sein Hals sah so angespannt aus, als ob er gleich platzen würde.

»Es muss noch mehr geben«, sagte Hooper. »Ich glaube, sie gehen runter ans Wasser.«

»Welches Wasser?«

»Na, da ist doch ein Bach oder so was, oder? Es könnte sogar ein Fluss sein.«

»Ich weiß nicht.«

»Natürlich, das gibt's immer in Wäldern.«

»Oh.«

Hooper stand wieder auf, kroch weiter und folgte dem Hirsch. Der Boden fiel jetzt leicht ab, und obwohl die Lichtungen immer größer wurden, verfilzte sich das Dickicht immer mehr, an einigen Stellen wuchsen kniehohe Brennnesseln und Kletterefeu. Es war feucht hier. Wenn Kingshaw einen Fuß anhob, gab es einen leichten, saugenden Ton. Es war sehr warm. Kaum ein

Lüftchen schien zu wehen. Kingshaw wischte sich den Schweiß vom Gesicht.

»Ich muss anhalten. Mir wird zu heiß in dem Jumper.«

Er überlegte sofort, warum er es für nötig gehalten hatte, das zu sagen. Er war allein, er war nicht mit Hooper zusammen, Hooper war ihm nur nachgelaufen und hatte dieses Jägerspiel angefangen, er brauchte ihm nicht zu sagen, was er tun wollte. Aber er merkte, dass er jetzt Hoopers Anwesenheit akzeptiert hatte, dass er sogar froh darüber war, weil sie so tief im Wald steckten. Aber er war auf sich selbst wütend, dass er Hoopers Führung akzeptiert hatte. Er überlegte, wie er wieder die Kontrolle übernehmen konnte.

Als er den Jumper auszog, sah er auf seine Uhr. Es war nach acht Uhr, sie waren schon mehr als zwei Stunden im Wald. Der Gedanke erschreckte ihn.

Hooper stand ein paar Meter entfernt, er kratzte mit der Fußspitze den Torfmull auf.

»Komm weiter, Kingshaw.«

»Ich will dein Spiel nicht mehr spielen.«

Hoopers Gesicht zuckte vor Verachtung. »Was für ein Spiel? Wir verfolgen Wild, oder? Ich wenigstens. Du kannst tun, was du willst.«

»Ich will weitergehen. Es wird Zeit, dass ich hier rauskomme.«

»Wo raus?«

»Von hier. Ich gehe über die Felder hinter dem Wald und dann …«

»Was dann?«

»Ist ja egal. Nirgendwohin. Du musst auf jeden Fall zurückgehen.«

Hooper schüttelte den Kopf.

»Ich gehe weiter.«

Kingshaw hatte seinen Jumper in den Ranzen gestopft. Hinter ihm lagen die Büsche, durch die sie eben gekommen waren. Er ging geradeaus.

»Wohin gehst du?«

»Ich hab's dir doch gesagt, ich muss jetzt hier rauskommen.«

»Nach Hause?«

»Kümmre dich um deine eigenen Sachen. Nein.«

»Dann auf der anderen Seite des Waldes raus?«

»Ja.«

»Das ist nicht der richtige Weg.«

»Ist es wohl.«

»Ist es nicht. Wir waren da drüben. Wir sind umgekehrt.«

Kingshaw zögerte. Überall um ihn herum waren Büsche. Er versuchte, die Richtung zu bestimmen. Wenn er über die Lichtung auf seiner Linken ging, würde er herauskommen. Er müsste jetzt fast am Rand sein. Er ging ein Stück weiter. Nach einer Weile hörte er Hooper hinter sich.

Die Lichtung wurde schmaler, aber hier war kein Gestrüpp, man konnte aufrecht gehen. Die Zweige der Bäume über ihnen waren dicht zusammengewachsen. Es war sehr düster. Kingshaw blieb stehen. So weit er sehen konnte, blieb es so dunkel. Wenn er in der Nähe des Waldrandes wäre, müsste es heller werden.

Er wandte sich langsam um. Dort sah es genauso aus. Überall sah es genauso aus.

»Was ist jetzt?«

Zum ersten Mal hörte Kingshaw eine Spur von Angst in Hoopers Stimme und wusste, dass er selbst nun wieder der Führer war.

»Warum bist du stehen geblieben?«

Sehr bedächtig steckte Kingshaw die Zeigefinger unter die Schnur und nahm den Ranzen vom Rücken. Er band seinen Anorak los und breitete ihn auf dem Boden aus und setzte sich darauf. Hooper stand über ihm, seine Augen flackerten nervös, sein Gesicht war in dem düsteren Licht so blass wie seine Arme und Beine.

Kingshaw sagte: »Wir haben uns verirrt. Wir sollten lieber hierbleiben und überlegen, was wir tun sollen.«

Hooper sackte zusammen. Er kniete ein Stück weiter weg auf dem Boden und fing an, nervös mit gebeugtem Kopf im Laub herumzustochern. »Das ist deine Schuld«, sagte er. »Dein verdammter blöder Fehler, Kingshaw. Du hättest tun sollen, was ich sagte.«

»Ach, halt's Maul.«

Dann hörten sie plötzlich einen kreischenden Schrei und ein lautes Flügelschlagen wie von hölzernen Klappern.

Kingshaw sah auf. Zwei Eichelhäher kamen durch den Wald geflogen, ihre Flügel schwirrten in der Luft.

Als sie weg waren, war es sofort wieder ganz still, und es schien auch dunkler geworden zu sein. Dann wehte ein leichter Wind ihnen durch den Wald entgegen und ging vorbei, er bewegte nur die warme Luft ein bisschen. Wieder Schweigen. Eine Amsel fing an zu singen, ein lautes, helles, warnendes Lied. Hooper sah voller Angst auf. Von irgendwoher weit in der Ferne kam das erste Donnergrollen.

7

Es hat gedonnert.«, sagte Hooper nach mehreren Minuten des Schweigens.

»Ja. Wenn es ein richtiges Gewitter gibt, müssen wir Schutz suchen. Es wird Regen geben.«

Kingshaw bemerkte, dass Hooper merkwürdig erstarrt zu ihm rübersah, während er sprach. Als er antwortete, spitzte er die Lippen, als hätte er etwas Saures im Mund.

Er sagte mit eigenartiger Stimme: »Mir wird immer übel bei Gewitter. Ich hasse es. Ich kann bei Gewitter nicht draußen sein.«

Die dunklen Pupillen seiner Augen waren klein geworden. Kingshaw dachte: Er hat Angst, Todesangst. Ich habe noch nie gesehen, dass er Angst hat, aber jetzt hat er sie.

Wenn er rachsüchtig gewesen wäre, hätte er jetzt seine Chance gegenüber Hooper gehabt. Aber das war er nicht. Er wollte nur selbst in Ruhe gelassen werden.

»Ich meine, wir sind hier ziemlich sicher.«

»Wir sind unter Bäumen. Man sollte nicht unter Bäumen sein, das ist das Allergefährlichste.«

»Das gilt nur, wenn ein Baum allein steht, auf einem Feld oder so. Hier ist es schon okay, es ist anders.«

»Warum denn?«

»Ich weiß nicht. Wahrscheinlich, weil die Bäume dichter zusammenstehen. Es ist etwas anderes.«

Es donnerte wieder, nicht mehr weit weg.

»Ich hasse das, mir wird übel.«

»Du kannst dich ja übergeben, oder? Ist doch egal.«

»Kingshaw, warum können wir nicht weglaufen? Wenn wir rennen, können wir rauskommen, das Gewitter fängt vielleicht noch nicht richtig an, bevor wir nach Hause kommen.«

»Natürlich fängt es vorher an, wir sind doch schon meilenweit gegangen. Und überhaupt wissen wir nicht, wie wir hier rauskommen, oder? Wie sollen wir also nach Hause laufen, Dummkopf?«

»Wir könnten es versuchen, wir könnten einfach den Weg zurückgehen, den wir gekommen sind.«

»Aber wir wissen nicht, welcher Weg das war. Und überhaupt, ich gehe nicht zurück nach Hause. Du kannst tun, was du willst, du kannst gehen.«

»Ich bleib nicht allein im Gewitter.«

Hoopers Stimme hatte sich vor Panik erhoben. Seine ganze Selbstachtung war verschwunden, es machte ihm nichts aus, dass Kingshaw sah, dass er Angst hatte – er *wollte*, dass er es wusste, er wollte beschützt werden.

Kingshaw empfand kein Mitleid. Er war ganz distanziert. Aber er würde Hooper nicht verlassen, er wusste, dass er jetzt die Sache in die Hand nehmen musste.

Es herrschte eine gespannte Stimmung im Wald, als der Himmel dunkler wurde. Jede kleinste Bewegung der Vögel hörte man ganz deutlich, selbst wenn sie weit entfernt war. Kingshaw war heiß. Er wollte, dass das Gewitter losbrach, er wünschte sich Regen und Kühle. Dieses Warten war unangenehm, er fühlte, dass hinter allem um ihn herum eine Art Gewalt lauerte. Aber er hatte gar keine Angst. Er fühlte nichts. Sein Kopf war ganz klar, und er konnte genau planen, er wusste, was zu tun war. Er dachte an seine Mutter. Vielleicht waren sie inzwischen in London. Er stellte sie sich vor, wie sie in ihren Schuhen mit den hohen Absätzen und in dem schicken grünen Kostüm an Mr Hoopers Seite trippelte. Aber das war jetzt egal, sie gingen ihn nichts an, er ging weg, alles würde gut werden.

Der Wald ließ alles sehr weit entfernt erscheinen, nicht nur im Raum, sondern auch in der Zeit. Er fühlte sich hier von allen anderen Menschen abgeschieden, auch von den Städten und der Schule und von zu Hause. Der Wald hatte ihn schon verändert, hatte seine Erfahrung so sehr erweitert, dass er das Gefühl hatte, ein Geheimnis zu entdecken, von dessen Existenz der Rest der Welt nichts ahnte.

Da krachte ein schwerer Donner fast direkt über ihnen, und es gab ein reißendes Geräusch, als ob der Himmel aufgeplatzt wäre. Hooper sprang auf und schaute um sich, wild vor Entsetzen.

»Los«, sagte Kingshaw nüchtern. »Wir sollten uns

besser ein Schutzdach machen.« Er zog den Reißverschluss seines Anoraks auf und trug ihn zu einem der Büsche hinüber. Hooper beobachtete ihn, er zitterte leicht und blieb wie angewurzelt stehen. Es blitzte nun, die Bäume schimmerten weiß im zuckenden Licht.

Kingshaw breitete seinen Anorak vorsichtig über die Büsche und zog ihn so weit wie möglich auseinander. Die Büsche waren sehr dicht. Er bückte sich und kroch darunter.

»Komm her«, sagte er. »Hier sind wir gut aufgehoben, vielleicht bleiben wir sogar trocken.«

Hooper zögerte und kam dann zu ihm, er kroch auf Händen und Knien. Er zog sich ganz in die hinterste Ecke zurück, wo es dunkel war, kauerte sich zusammen und presste die Hände vors Gesicht. Als der Donner durch den Wald dröhnte, stopfte er seine Finger in die Ohren und duckte sich.

»Es ist gut«, sagte Kingshaw. »Das ist bloß Krach.«

Der Blitz flackerte in den Augen eines Vogels, der irgendwo in den Zweigen über ihnen saß, und eine Sekunde lang schimmerten sie gelb-grün wie Fackeln. Der Donner folgte dem Blitz unmittelbar.

»Oh Gott, oh Gott.«

Hooper war völlig außer sich, er ging ganz auf in seiner Furcht, hatte bis auf das Gewitter und seine panische Angst davor alles vergessen. Kingshaw dachte daran, wie ihm selbst zumute gewesen war an dem Tag, als die Krähe ihn verfolgt hatte. So musste Hooper sich fühlen. Er hatte sich selbst davon befreien wollen, er hatte solche Angst gehabt.

»Schau, es wird nicht lange dauern, es ist gleich vorbei«, sagte er verlegen. Aber Hooper konnte ihn nicht hören, er saß zusammengekrümmt, mit gebeugtem Kopf, sein Gesicht zwischen den Knien vergraben.

Der Regen kam zuerst langsam herunter, fiel in großen, flachen Tropfen auf die Blätter. Aber dann setzte ein heftiger Wolkenbruch ein, Kingshaw fühlte, wie es durch den Busch regnete. Der Anorak nützte fast gar nichts. Er guckte hinaus und sah die große silbrige Wasserwand, die riesige Pfützen auf dem Boden der Lichtung bildete.

Es dauerte lange, bis der Regen schwächer wurde, er fiel nur noch wie Nadeln, aber Donner und Blitz kamen immer noch gleichzeitig, so laut, dass sogar Kingshaw erschrocken aufsprang. Es klang, als ob eine Bombe direkt hinter dem Busch eingeschlagen hätte, und der ganze Wald war für eine lange, zäh verstreichende Sekunde in grün-weißes Licht getaucht. Hooper wimmerte und wiegte sich leicht vor und zurück.

Kingshaw überlegte, was danach geschehen würde und ob Hooper sich schämen würde. Er dachte, jetzt kann er mich nicht mehr erschrecken, er ist nicht mehr der Führer.

Es schien lange zu dauern, bis das Licht wieder in den Wald drang. Der Donner grollte weit entfernt langsam weiter. Kingshaw berührte sein Haar. Es war nass. Auch seine Kleider waren durchnässt.

Dann erfüllte plötzlich Sonnenschein die Lichtung, es war, als ob ein Vorhang vor einer hell erleuchteten Bühne weggezogen würde. Feiner Dunst stieg aus dem aufgeweichten Boden und den Baumstämmen auf, und der Geruch stieg Kingshaw in die Nase. Regentropfen glänzten auf den Büschen.

Er kroch heraus und untersuchte seinen Anorak. Er hing in der Mitte runter, weil sich da eine große Wasserpfütze gesammelt hatte. Er drehte ihn um, und etwas von dem Wasser tropfte durch den Busch auf Hooper.

»Es hat aufgehört«, sagte Kingshaw.

Er entfernte sich ein bisschen. Der Boden war sumpfig, und das nasse Laub durchweichte wieder den Saum seiner Jeans. Jetzt stand er im Sonnenschein. Hoch oben schimmerten Flecken blauen Himmels durch die Blätter.

»Komm, Hooper, es ist alles okay.«

Die Vögel zwitscherten wieder, und man hörte leise plumpsende und raschelnde Geräusche, wenn Regentropfen herunterrollten und durch die Bäume fielen.

Kingshaw rieb seine Beine. Er hatte unter dem Busch einen Krampf bekommen. Hooper würde noch lange nicht herauskommen, obwohl er seine Hände jetzt von den Ohren genommen und seinen Kopf gehoben hatte. Er saß da und bemühte sich zu hören, wo das Gewitter war.

Dann hörte Kingshaw das Wasser. Nicht Regen, sondern fließendes Wasser, irgendwo rechts, jenseits der

Stelle, wo das Gelände abzufallen begann. Er wandte den Kopf in die Richtung. Es musste ein Bach sein, der nach dem Regen nun schneller floss. Sein Mund zog sich zusammen, er dachte an seinen Durst.

Er ging zu dem Busch zurück und zog den Ranzen heraus. Das Leder war nass, aber als er hineinsah, war alles ganz trocken.

»Da ist ein Bach oder so was«, sagte er zu Hooper. »Ich kann ihn da unten hören. Ich versuche, ihn zu finden.«

Hooper sah ihm offen ins Gesicht, zum ersten Mal seit Ausbruch des Gewitters.

»Warum?«

»Ich habe Durst.«

»Ich auch.«

»Du hast gesagt, du hast was zu trinken mitgebracht.«

»Hab ich nicht gesagt.«

»Hast du wohl, du hast gesagt, dass ich dumm bin, weil ich nichts mitgenommen habe.«

Hooper sagte nichts, er stand nur langsam auf. Er kam unter dem Busch hervor, ging einen Meter weiter und drehte Kingshaw den Rücken zu, machte den Reißverschluss an seinen Jeans auf und pinkelte in das Farnkraut. Kingshaw beobachtete ihn. Es dauerte sehr lange. Er muss schreckliche Angst gehabt haben, dachte Kingshaw. Dann sagte Hooper: »Ich hab nichts mitgebracht, weil ich wusste, dass da ein Bach ist.«

»Lügner, du bist noch nie hier gewesen, du hast keine Ahnung.«

»Oh doch, habe ich.«

Kingshaw ließ das Thema fallen. Er glaubte, dass das Gewitter die Dinge geändert hatte und ihm Macht über Hooper gegeben hatte. Er brauchte ihn jetzt bloß anzusehen.

Aber er hatte vergessen, was für ein Mensch Hooper war. Der ging jetzt mitten auf die Lichtung und sah sich kurz um. Dann sagte er: »Gut, ich höre ihn, er ist da drüben. Ich gehe zuerst, weil ich der Führer bin.«

Kingshaw folgte ihm wortlos.

Ein schmaler Pfad führte zwischen den Büschen hinunter. Der Hang fiel nicht sehr steil ab. Es hatte sich nach dem Regen abgekühlt, aber als sie weitergingen und tiefer unter die Bäume kamen, wurde die Luft wieder warm und schwül und schwer von der Feuchtigkeit. Die Erde war noch nass, was das Gehen erschwerte, und das feuchte Gras klebte an ihren Knöcheln. Aber das Geräusch des fließenden Wassers wurde lauter.

Kingshaw war nun genauso hungrig wie durstig, er wollte anhalten und den Ranzen öffnen, um ein Stück Schokolade zu essen. Plötzlich bemerkte er, dass sein Fuß gegen etwas im Gras stieß. Er bückte sich. Vor ihm blieb Hooper stehen und wandte sich um.

»Was ist los mit dir? Komm weiter.«

»Ich hab etwas gefunden.«

»Was?«

Kingshaw antwortete nicht. Er tastete umher, und seine Hand fuhr über weiches, nasses Fell. Er strich das Gras zur Seite.

Das Kaninchen war tot. Hooper kam zurück und stand neben ihm, dann hockte er sich dazu.

»Was ist das?«

»Ein Kaninchen.« Kingshaws Finger strich leicht über den kalten Hals.

»Es ist erschossen worden.«

»So? Da ist kein Blut.«

»Nein.«

Die Ohren des Tiers standen steif aufgerichtet, angespannt, als sei es beim Lauschen gestorben, aber seine Augen waren gläsern, leer und weit weg, wie die Augen eines Fischs auf einer Platte.

»Du kannst nichts damit anfangen, oder?«

»Nein.«

»Also, dann komm weiter. Ich dachte, du bist durstig.«

Kingshaw ignorierte ihn. Er hob das Kaninchen vorsichtig auf. Es fühlte sich ganz schwer an und ziemlich schlaff, als ob innen nichts seine Gliedmaßen zusammenhielte.

»Hast du noch nie etwas Totes angefasst?«

»Nein. Eigentlich – nur Vögel. Nichts Großes.«

»Das ist nicht groß.«

»Doch. Ich meine, ich habe nie ein totes Säugetier angefasst.«

»Hast du auch nie einen toten Menschen gesehen?«

Kingshaw sah nervös auf. »Nein.«

»Nicht mal deinen Vater? Haben sie dich ihn nicht in seinem Sarg ansehen lassen?«

»Nein.«

»Ich habe meinen Großvater gesehen, als er tot war. Das ist nicht lange her.«

»Oh!« Kingshaw konnte nicht beurteilen, ob das wahr war. Er kraulte das nasse Fell des Kaninchens.

»Komm, wirf es weg, Kingshaw.«

Aber er zögerte. Er mochte, wie es sich anfühlte. Er hatte nicht gewusst, wie es sein würde, ein totes Wesen zu halten. Er drückte es an sich. Hooper sagte: »Es ist doch tot. Tote Dinge sind erledigt, sie bedeuten nichts mehr.«

»Doch, tun sie. Zumindest tote Menschen tun es.«

»Natürlich nicht. Da gibt es keinen Unterschied.«

»Doch, den gibt es.«

»Was denn?«

»Weil ... weil sie menschliche Körper haben.«

»Menschen sind nur Tiere.«

»Ja – nur ... nur sie sind es nicht. Sie sind anders.«

Hooper seufzte. »Guck, wenn du atmest, bist du lebendig, oder? So ist es mit allem. Und wenn du aufhörst zu atmen, hört dein Herz auf zu schlagen, und du bist tot.«

Kingshaw zögerte, es beunruhigte ihn, und er wusste nicht, wie er es widerlegen sollte. Hooper riss die Augen weit auf. »Du wirst doch wohl nicht all den Quatsch über Seelen und Geister und das alles glauben?«

»Nicht Geister …«

»Wenn du tot bist, bist du tot, du bist erledigt.«

»Nein.«

»Schau … Du kannst es sehen.« Hooper stupste das Kaninchen mit dem Finger an. Sein Kopf fiel schwer zur Seite.

»Es ist tot«, sagte er.

Kingshaw starrte es traurig an. Er konnte nicht klar denken. Was Hooper sagte, musste wahr sein, und doch wusste er, dass es nicht wahr war.

»Wenn du an all das über die Seele glaubst, glaubst du auch an Geister und Spuk.«

»Nein, tu ich nicht.«

»Geister sollen Menschen sein, wenn sie tot sind, oder?«

»Ich weiß nicht.«

»Doch, das sind sie.«

»Du hast gerade gesagt, dass man, wenn man tot ist, erledigt ist.«

»Oh, ich glaube an überhaupt keine Geister. Aber du tust es, das musst du, wenn du an das andere glaubst.«

Kingshaw sagte nichts. Aber es beunruhigte ihn noch.

»Du solltest also etwas besser aufpassen, oder? Aber es ist wirklich alles Humbug.«

Als Kingshaw auf das Kaninchen heruntersah, entdeckte er plötzlich eine große staubbedeckte Wunde in seinem Ohr, voll von Eiter und Blut und Maden. Er schleuderte den Körper heftig von sich. Er landete mit einem weichen, dumpfen Geräusch im Unterholz.

Als er wieder aufsah, waren Hoopers Augen auf ihn gerichtet, zusammengekniffen und spöttisch. Er hatte es Kingshaw heimgezahlt, für seine eigene Angst während des Gewitters. Ohne noch etwas zu sagen, drehte er sich um und ging weiter den Pfad entlang.

Kingshaw musste immer weiter über die Wunde voller Maden nachdenken. Das tote Kaninchen, das zuerst so ein sauberes Wesen zu sein schien, war nun völlig abstoßend, entweiht und beschmutzt. Er sah ängstlich an seinem T-Shirt herunter, ob es vielleicht einen Fleck hinterlassen hatte.

Im nächsten Augenblick begann Hooper plötzlich wahllos vorwärtszurutschen, er fuchtelte mit den Armen, um das Gleichgewicht zu halten.

»Kingshaw … Kingshaw … Oh Gott …«

Der Pfad endete, er fiel zwischen zwei Böschungen ziemlich steil ab, die mit hüfthohem Farnkraut überwuchert waren. Darunter war der Boden sehr nass und glitschig vom Regen. Hooper konnte nicht anhalten, stürzte jetzt auf Händen und Knien, taumelte durch das Gestrüpp und schrie vor Angst.

»Kingshaw …«

Aber Kingshaw konnte nichts tun, nur sehr vorsichtig hinter Hooper hergehen, er prüfte den Boden bei jedem Schritt. Man hörte ein Krachen von unten und einen Schrei. Im gleichen Moment stoben Vögel erschreckt aus den Büschen und flogen durch den Wald davon.

»Ist alles okay?«

Schweigen.

»Hooper? Was hast du gemacht?«

Kingshaw rutschte etwas vorwärts, beugte sich dabei leicht vor.

»Hooper? Was ist passiert?«

»Da ist der Bach, ich habe ihn gefunden, ich kann sehen, wo er fließt.«

Wütend krabbelte Kingshaw die letzten paar Meter durch das tropfnasse Gras nach unten. Er schabte sich an einem vorstehenden Zweig etwas Haut an seiner Handfläche ab.

Hooper kniete und schaute in ein dunkles Schilfdickicht.

»Du hast dich ja überhaupt nicht verletzt!«

»Oh nein!«

»Ich dachte, du bist halb tot, so einen schrecklichen Lärm hast du gemacht. Warum hast du denn so gebrüllt, wenn du dich gar nicht verletzt hast?«

Hooper schüttelte ungeduldig den Kopf. »Ich dachte, ich würde mich verletzen. Guck, hier ist das Wasser, und es muss irgendwo hinfließen.«

»Warum?«

»Das tut es immer. Bäche und Flüsse tun das. Wenn wir ihm einfach folgen, kommen wir raus. Klar?«

»Woher weißt du das?«

»Das ist doch klar.«

»Ich finde nicht, es kann auch nicht rausführen, der Bach kann einfach tiefer und tiefer in den Wald fließen.«

»Das tut er nicht. Du bist dumm, Kingshaw, er kommt raus, wir haben ihn doch gesehen, oder? Unter der Brücke im Dorf.«

»Es braucht nicht derselbe zu sein.«

»Ist es aber.« Hooper stand auf. »Los, wir gehen diesen Weg. Hier kann man nicht gut trinken, es ist ganz zugewuchert von Unkraut.«

»Du bist dreckig. Deine Beine sind ganz voll Schlamm.«

»Na und? Lass uns gehen.«

Kingshaw bewegte sich nicht. Er wollte genauso dringend aus dem Wald heraus wie Hooper. Aber nicht mit Hooper. Außerdem war er nicht sicher, ob er ihm glaubte, dass man nur dem Bach folgen musste und bestimmt aus dem Wald kommen würde.

Aber ihm war es egal, was Hooper tat oder wohin er gehen wollte. Früher oder später, sobald sie den Weg hinausfanden, musste Hooper nach Hause zurückgehen. Kingshaw ging nie wieder dorthin.

»Los, beeil dich, steh da nicht rum.«

»Ich tue, was mir passt.«

Hooper blieb stehen und sah zu ihm zurück. Er sagte: »Du wirst allein sein, wenn du hierbleibst. Das wird dir nicht guttun, oder? Du wirst hier drin sterben, du wirst niemals einen Weg raus finden.«

»Warum denn nicht? Ich kann ihn genauso gut finden wie du.«

»Wir müssen zusammenbleiben, es ist gefährlich, wenn wir es nicht tun.«

»Es war deine Schuld, dass wir uns verirrt haben, es war dein blödes Spiel.«

»Ach, hör auf. Folg mir lieber.«

Kingshaw zögerte noch. Er hatte den plötzlichen Wunsch, umzudrehen und in die andere Richtung zu gehen, seine Chance zu ergreifen. Aber er war unsicher, ob er es hier unten mochte. Er wusste nicht, wie sehr das Wasser alles verändern könnte, ob es vielleicht alle möglichen Hindernisse mit sich brächte, die sie bisher noch nicht hatten bewältigen müssen. Sie hatten einiges über den Wald gelernt, als sie noch oberhalb des Bachs waren. Hier war es anders.

Es roch dunstig und feucht, wie im Dschungel, und dann nahm er noch einen weiteren Geruch wahr, süßlich und verwest. Es war stickig. Kingshaw wollte wieder das Ufer raufklettern und immer weiterklettern, an einer der Ulmen hinauf, bis er den weiten Himmel sehen konnte. Sie schienen hier schon stundenlang, für immer eingeschlossen zu sein. Das Wasser floss langsam zwischen den überwachsenen Ufern hin.

»Also kommst du oder kommst du nicht, Kingshaw? Ich gehe gleich allein, mir ist egal, was du machst.«

Kingshaw wusste, dass es nicht so war. Hooper hatte Angst vor dem Gewitter gehabt. Er würde es nie schaffen, allein im Wald zu sein. Er sagte nichts, ging nur langsam wieder los.

Ein langes Stück, vielleicht zwei Meilen, folgten sie dem Bach durch das Unterholz, und nichts veränderte sich. Es war sehr glitschig und schlammig unter ihren Füßen. Hier unten schien es kein Lebewesen zu geben, keine Vögel und keine Schmetterlinge, es war wie in einem dunklen, feuchten Tunnel. Wilder Knoblauch wuchs um die frei liegenden Wurzeln und stank durchdringend.

Plötzlich blieb Hooper stehen.

»Was ist?«

»Nichts.«

»Warum bist du stehen geblieben?«

»Ich hab es satt.«

»Was?«

Kingshaw trat hinter ihn. Vor ihnen sah es genauso aus, ein Tunnel.

»Wir kommen nirgendwohin, er fließt nicht ins Freie, es wird immer dunkler und dunkler«, sagte Hooper missmutig. »Mir stinkt es.«

»Aber du wolltest dem Wasser folgen.«

»Ich will aber nicht mehr, ich hab meine Meinung geändert.«

»Wir können nicht den ganzen Weg zurückgehen.«

»Warum nicht?«

»Weil das dumm ist, man sollte nie zurückgehen, niemals. Außerdem gab es da hinten auch keinen Weg aus dem Wald.«

»Woher weißt du das?«

»Weil wir dort gewesen sind.«

»Doch nicht den ganzen Weg. Wir könnten wieder das Ufer raufklettern.«

»Das können wir auch hier tun.«

»Nein, hier sind lauter Dornenhecken und anderes Zeugs. Ich will zurückgehen.«

»Es ist meilenweit.«

»Das ist mir egal, ich will es.«

»Schau, ich kann ja vorn gehen, wenn du solche Angst hast.«

»Ich mag es hier unten nicht, Kingshaw, es ist komisch. Es ist gruselig.«

»Du bist ein Baby. Wir müssen irgendwo rauskommen, du hast es selbst gesagt.«

»Sag doch nicht immer wieder, du hast gesagt, du hast gesagt.«

»Na, hast du doch. Pass auf.«

Kingshaw schob sich grob an ihm vorbei. Hooper war ihm jetzt egal, er wusste mittlerweile, wie er mit ihm sprechen musste.

So weit er sehen konnte, ging der grüne Tunnel weiter. Es war ihm auch nicht wohler als Hooper, aber er sagte nichts. Ein bisschen früher hätte er auch fast vorgeschlagen, zurückzugehen oder das hohe Ufer am Bach raufzuklettern. Nun wollte er nur noch vorwärtsgehen. Er hasste es, eine Entscheidung zu treffen, mit einer Sache anzufangen und sie dann nicht zu Ende zu bringen. Es war Verschwendung. Er wollte die Sache zu Ende bringen. Außerdem, wenn er nun wieder an der Spitze ging und der Führer war, wollte er es auch bleiben. Hooper konnte folgen, wenn er wollte.

Sie gingen weiter. Aber nicht lange. Der Bach machte eine Biegung und floss unter einem langen, niedrigen Bogen aus Weißdornhecken weiter. Sie mussten hier am Ufer hochklettern und sich an Wurzeln und Stämmen festhalten, um nicht das Gleichgewicht zu verlieren, sie bewegten sich seitwärts die Böschung entlang. Aber dann endeten die Büsche, und sie erreichten plötzlich eine Lichtung.

Hier war der Bach sehr breit, er hatte zwischen den Bäumen an einem Ende der Lichtung einen Teich gebildet. Die Ufer waren allmählich flacher geworden und waren nun ganz eben, Wasser und Land waren wieder auf gleicher Höhe. Es war auch viel heller. Die Bäume waren Ulmen, sehr hoch und mit breiten Wipfeln, sie waren bis oben hin belaubt.

Hinter dem Teich floss der Bach weiter, so weit sie sehen konnten, und dann kam wieder mehr Gebüsch.

»Guck, es ist ein Badeteich«, sagte Kingshaw.

»So etwas Ähnliches. Bisschen klein.«

»Meinst du, jemand hat das Wasser eingedämmt und den Teich gemacht?«

»Ich weiß nicht. Nein, das glaube ich nicht. He, guck mal, an diesem Ufer sind überall im Schlamm Hufspuren. Das Wild muss hier runtergekommen sein.«

»Hab ich dir ja gesagt.«

Einen Moment lang standen sie herum und spürten, dass sie irgendwie angekommen waren, aber sie wussten noch nicht, was sie hier nun tun sollten. Es schien nicht näher zum Waldrand zu sein, die Bäume um sie herum standen sehr dicht.

Dann kam die Sonne durch, und die Lichtung war von bleichem, gelb-grünem Licht erfüllt. Das Wasser im Bach und im Teich sah völlig durchsichtig aus.

»Ich weiß, was ich mache, ich gehe schwimmen.«

Hooper hatte den Leinenbeutel von der Schulter genommen und warf ihn zur Seite. Nun zog er seine Kleider aus und schmiss sie ins Gras. Kingshaw beobachtete ihn. Er bewegte sich nicht. Er hatte nicht herumtrödeln wollen. Aber wieder einmal hatte Hooper bis auf das Neue, das Abenteuer, alles vergessen. Er lief nackt zum Bach, sah aus wie ein bleiches Tier zwischen den Bäumen. Das Wasser spritzte auf beiden Seiten hoch, als er reinsprang und dann anfing herumzuplanschen, er hopste und tanzte und warf seine Arme hoch.

»Los, komm, Kingshaw, es ist toll!«

Er spritzte Fontänen in die Luft.

»Was ist los mit dir? Kannst du nicht schwimmen? Es ist nicht kalt.«

Kingshaw bewegte sich immer noch nicht. Er dachte an das glänzende, künstliche Blau des Schwimmbeckens, in das Turville ihn hatte springen lassen.

»Hast du Angst?«

Er dachte, nein, nein, denn das hier ist anders, es ist gut. Der andere Ort hatte etwas Böses gehabt; es hatten so viele Leute herumgestanden, und es war ein so schrecklicher Lärm gewesen. Er hatte geglaubt, er könnte vor ihrer aller Augen ertrinken und sie würden einfach weitermachen, herumstehen, lachend und schwatzend, und nichts bemerken. Er fühlte sich plötzlich viel älter und überwältigend stark und mächtig, er konnte überhaupt alles tun. Er fing an sich auszuziehen, aber weniger ungezwungen als Hooper. Er legte alles in einem ordentlichen Haufen oben auf seinen Ranzen.

Er kam sich komisch vor, dass er nichts anhatte und im Freien war. Er sah an sich herunter und krümmte seine Zehen, er fühlte, wie die kalten Blätter zwischen ihnen zermanscht wurden. Hooper beobachtete ihn, wartete ungeduldig und planschte weiter im Wasser. Dabei heulte er wie ein Indianer.

Einen Augenblick stand Kingshaw am Ufer und sah hinunter. Dann packte ihn wilde Aufregung, er fühlte wieder die enorme Wichtigkeit, das zu sein, was er war, und dort zu stehen, wo er stand, mitten im Wald. Er steckte einen Finger in den Mund, antwortete Hooper mit einem Pfiff und rannte dann mit großen Sätzen ins Wasser.

Seltsam warm platschte es zwischen seine Beine und über seinen Bauch. Eine Weile lang stand er nur da und fühlte es und zitterte vor Vergnügen. Dann tauchte er seinen Kopf unter und fing an zu schwimmen. Er konnte seine Augen unter Wasser öffnen. Es war sehr düster und grün-blau. Er sah sogar Fische. Er sah Hoopers Beine wedeln wie die Tentakel von Seeanemonen. Er schwamm weiter hinaus.

Sie blieben stundenlang im Wasser. Kingshaw dachte,

hier will ich nie wieder raus, dies ist das beste Gefühl auf der Welt. Sie wuschen sich den Schlamm ab, der von ihrem Sturz am Bachufer noch an ihnen klebte, und dann tollten sie herum, hoben ihre Knie und spritzten und schrien. Im Teich war das Wasser ganz tief. Kingshaw tauchte unter die Oberfläche, kam in Abständen wieder hoch und bespritzte Hooper mit Wasser.

Schließlich verschwand die Sonne. Hooper saß am Ufer und untersuchte seinen Zehennagel. Die Bäume, die weiter entfernt standen, sahen schattig und fast schwarz aus, und der Bach war plötzlich undurchsichtig und wirbelte um Kingshaws Oberschenkel. Er fröstelte.

»Er ist abgebrochen«, sagte Hooper. »Ich hab ihn an einem Stein gestoßen.«

»Blutet es?«

»Nein, aber er sieht komisch aus. So irgendwie schwammig darunter, wo der Nagel ab ist. Rosa.«

»Willst du ein Pflaster?«

»Du bist wohl verrückt?«

»Warum? Ich hab doch was da.«

»Pflaster?«

»Eine ganze Dose. Verschiedene Größen.«

Hooper sah auf. »Okay«, sagte er beiläufig.

Kingshaw watete langsam zum Ufer und hievte sich aus dem Wasser.

Hooper sagte: »Du siehst ja vielleicht komisch aus.«

Kingshaw zögerte, er kniete noch und tropfte.

»Deine Arme und Beine schlottern so.«

»Deine auch. Das ist immer so.«

»Aber nicht so. Du siehst wie eine Marionette aus, bei der alle Fäden locker sind.«

Kingshaw wurde rot. Ohne Hooper noch mal anzusehen, ging er zu seinem Kleiderhaufen. Seine Zähne klapperten, seine Arme waren oben bläulich angelaufen, er hatte überall Gänsehaut.

»Ach, zum Teufel, wir haben nichts zum Abtrocknen«, sagte er erschöpft.

Hooper stand oben auf dem Ufer und schaute auf seinen Zeh hinunter.

»Ich friere.«

»Wir können ein Feuer machen«, sagte Kingshaw. »Ich hab Streichhölzer.«

»Nein, das wäre gefährlich.«

»Warum? Wir könnten Steine sammeln und eine Feuerstelle bauen. Da sind viele Steine im Wasser. Außerdem ist es hier unten ziemlich feucht, wir würden nicht die Bäume oder so in Brand stecken. Wir könnten auch was kochen.«

»Was denn? Ich hab nur Kekse und ein paar Tomaten. Und eine Tüte Pfefferminz. Das kann man alles nicht kochen.«

»Die Tomaten wohl. Wir könnten auch was fangen. Jagen.«

»Ich dachte, das sei ein blödes Spiel gewesen?«

»Jetzt ist es kein Spiel, oder? Wir wollen ein Feuer machen, weil wir frieren, und wenn man ein Feuer hat, kann man kochen. Ich habe Hunger.«

»Was können wir denn wohl zum Kochen finden? Das ist nicht so leicht.«

»Ach, da gibt es viel.«

»Was denn? Hast du schon jemals ein Feuer im Freien gemacht?«

»Nein. Aber es ist doch ganz klar, wie man's macht. Man steckt es einfach an. Aber zieh dich jetzt lieber an, wenn du nicht erfrieren willst.«

Kingshaw rollte seine Hosen zu einem Knäuel zusammen und rieb sich schnell damit ab, damit er etwas trockener wurde. Er zitterte jetzt heftig, und ihm war leicht übel. Seine Jeans klebten beim Anziehen eklig an seinen Beinen. Als er sie zugemacht hatte, bückte er sich und rollte die Hosenbeine so weit wie möglich hinauf.

»Schau, mach du's auch so, und dann können wir reinwaten, um Steine zu sammeln«, sagte er zu Hooper.

Im Wasser hatte er sich wohlgefühlt. Aber nun hatte er plötzlich Angst, dass er sich zu sehr zum Narren gemacht hatte. Hooper dachte immer noch, es wäre alles ein Spiel, er hatte das Gewitter schon vergessen und wie sehr er sich gefürchtet hatte, er hatte vergessen, dass sie sich verirrt hatten und warum sie überhaupt hergekommen waren. Jemand musste sich konzentrieren, dachte Kingshaw. Und ihm war es sehr wichtig, möglichst bald aus dem Wald herauszukommen.

Aber er genoss es, Hooper zu befehlen, was er tun sollte. Gestern, sogar noch heute Morgen, hatte er keine Ahnung gehabt, wie er das anstellen könnte, er war nicht einmal sicher gewesen, ob er das wollte. Jetzt weiß ich, wie Hooper wirklich ist, dachte er. Er ist ein Baby. Und dumm. Und ein Tyrann. Kingshaw fühlte sich viel älter und ganz anders, fühlte mehr Verantwortung.

Hooper war hinter ihm und hob einen flachen Stein auf. Kingshaw sagte: »Beeil dich doch.« Schweigen. Er wusste sofort, dass er zu weit gegangen war. Er sah sich um. Hooper beobachtete ihn, er hielt den großen tropfenden Stein in den Händen. Er hatte wieder den alten verschlagenen Ausdruck auf seinem Gesicht.

»Versuch nicht, mich rumzukommandieren, Kingshaw.«

»Hör auf, wir müssen die Feuerstelle bauen, das ist alles.«

»Ich muss gar nichts, was du mir sagst.«

Kingshaw ließ seinen eigenen Stein fallen, bückte sich und fing an, ein Loch im Boden zu kratzen. Hooper kam mit sehr langsamen, gemessenen Schritten vom Bachufer herauf.

»Du vergisst immer alles, was?«, sagte er.

»Wir brauchen viel mehr Steine, größere. Ungefähr zwanzig, schätze ich. Wir müssen es schon anständig machen.«

»Ich kann Vieles tun, was du nicht willst. Du weißt schon.«

Kingshaw sah ärgerlich auf und verlagerte sein Gewicht hinten auf die Fersen. »Also willst du nun diese Feuerstelle bauen oder nicht, Hooper?«

»Tu nicht so, als ob du mich nicht gehört hättest.«

»Ach, hör auf, so schlau zu tun. Du redest bloß Quatsch, Hooper.«

»Wirklich?«

Nein, dachte Kingshaw, nein. Oh Gott, ich habe Angst vor ihm, ich habe Angst.

»Du hast Angst vor mir. Deshalb bist du in Wirklichkeit weggelaufen. Du hast immer Angst vor mir gehabt. Versuch jetzt nicht, frech zu werden.«

Kingshaw stand wortlos auf und ging zum Bach zurück, um noch einen Stein zu holen. Hoopers Schritte kamen hinter ihm her.

»Du weißt ja wohl, was passiert, wenn wir die ganze Nacht hierbleiben«, sagte er.

»Was denn? Nichts.«

»Wir werden das Feuer brennen lassen müssen.«

»Vielleicht.« Kingshaw hob seinen Stein auf, und wieder sah er Hooper nicht an.

»Es gibt eine Menge Motten«, sagte Hooper. »Die gibt es immer in Wäldern. Und zwar ziemlich große.«

Kingshaws Magen zog sich zusammen. Er konnte den Muff des roten Zimmers riechen. Hooper hatte den Ausdruck auf seinem Gesicht gesehen. Nun ging er schweigend zurück zu der Feuerstelle.

»Ich hab keine Angst vor den blöden Motten«, schrie Kingshaw hinter ihm her. »Du kannst mir keine Angst einjagen.«

Hooper schaute zurück und lächelte.

Er kann mir gar nichts tun, gar nichts, es gibt nichts, was er mir tun könnte, sagte Kingshaw zu sich. Er redet bloß so daher, er ist dumm.

Aber er wusste und Hooper wusste, dass es nicht eigentlich darum ging, etwas zu tun. Hooper musste nur Erinnerungen wachrufen, durch seinen Gesichtsausdruck, das war genug. Kingshaw machte wieder den gleichen Schrecken durch, wenn er sich erinnerte, wenn er an seine Angst nur dachte.

Er hätte vor Enttäuschung darüber verrückt werden können; alles schien gegen ihn zu sein. Hoopers eigene Angst im Gewitter war bedingungslos gewesen, aber sie war vorbei. Es war, als ob er sie gar nicht gehabt hätte, und Kingshaw wusste, dass er völlig machtlos war, sie als Waffe zu gebrauchen. Wenn er darauf anspielte, könnte er Hooper vielleicht ärgern, obwohl er selbst das bezweifelte, in jedem Fall würde er es nie sicher wissen, Hoopers Gesicht blieb gleichgültig. Aber er konnte diese Angst niemals wieder in ihm auslösen, das könnte höchstens ein weiteres Gewitter tun oder sonst etwas Unvorhergesehenes, über das er selbst keine Kontrolle hatte. Hoopers Angst war eine einfache Reaktion auf eine äußere Situation. Aber seine eigene war ganz anders, und Hooper konnte sie ermessen, das hatte er von Kingshaws erstem Tag in Warings an getan.

Kingshaw wusste, dass er der Verlierer war. Sein kurzzeitiger Jubel und sein Gefühl der Überlegenheit

Hooper gegenüber zählten nicht, sie waren immer nur vorübergehend. Es ging ganz einfach darum, wer von ihnen eine Zeit lang vorn ging. Kingshaw war an seinen Mangel an Selbstvertrauen gewöhnt und an das Bewusstsein, dass er nichts sehr gut konnte. Bisher hatte ihm das nicht viel ausgemacht, er war durchgekommen. Jetzt machte es ihm etwas aus, sein Stolz war erwacht, er konnte nicht mehr so fügsam sein wie früher. Alles war unfair.

Sie schichteten das Feuerholz auf und legten einen Zweig auf den anderen.

»Wie spät ist es?«

Kingshaw nahm seine Uhr aus dem Ranzen. Er hatte absolut kein Zeitgefühl.

»Oh, es ist spät, es ist drei Uhr.«

Hooper setzte sich abrupt neben die Steine. »Also, was passiert jetzt? Was sollen wir machen?«

»Wir machen Feuer.«

»Aber was dann?«

»Dann essen wir was. Ich fange einen Fisch, das hab ich dir ja gesagt. Wir stecken dann einen Stock durch und braten ihn.«

»Ich meine *danach*. Wie sollen wir hier rauskommen?«

»Einfach immer weitergehen, bis wir an den Rand kommen. Schau mal, wir müssen einfach bald rauskommen, wir können ja nicht immer nur weitergehen.«

»Ich seh nicht ein, warum nicht. Er geht meilenweit.«

»Was?«

»Das hier. Barnards Wald.«

»Sei doch nicht blöd! Da sind wir doch gar nicht! Wir sind nur im Galgenholz.«

»Da sind wir nicht, wie könnten wir auch. Das Galgenholz ist klein. Wir sind hier schon stundenlang durchgelaufen.«

»Vielleicht sind wir ja immer im Kreis gelaufen. Wir können auf keinen Fall im Wald sein.«

»Warum denn nicht? Ich verstehe nicht, wieso du das wissen kannst.«

Kingshaw seufzte. »Weil man erst aus dem Galgenholz rauskommen muss, ich hab's mir auf der Karte angesehen. Man kommt raus und dann über so 'n Feld und dann erst kommt man in den Wald.«

»Nicht, wenn man anders langgeht.«

»Welchen anderen Weg?«

»Nicht, wenn man durch den Teil geht, wo sie ineinander übergehen. Das ist ganz oben. Da ist überhaupt kein Feld, man geht geradewegs in den Wald, und das haben wir getan.«

Sie schwiegen beide. Kingshaw setzte sich ebenfalls auf den Boden und dachte nach. Nach einer Weile sagte er: »Bist du sicher?«

»Ja.«

»Oh.«

»Ich dachte, du müsstest das wissen. Jeder weiß das.«

»Nein.«

»Es wäre einfach, wenn wir nur im Galgenholz wären, das wäre eine Kleinigkeit. Aber da sind wir nicht. Wir haben uns verirrt, als wir dem Wild gefolgt sind.«

»Das war deine Schuld.«

»Du musstest ja nicht mitkommen.«

»Aber jetzt könnten wir immer tiefer und tiefer in den Wald hineingeraten.«

Hooper stocherte mit einem Zweig in den Blättern herum. »Ja. Und wir wissen nicht, welcher Weg heraus- und welcher Weg hineinführt.«

»Nein.«

»Man kann es auch gar nicht feststellen. Wir können es nicht rausfinden. Wir können überall sein.«

»Ja.«

Hoopers Gesicht war aschfahl. »Sie werden uns nie finden«, sagte er, und seine Stimme wurde lauter. »Selbst wenn sie wüssten, wo wir sind, selbst wenn sie hundert Leute ausschicken, werden sie uns vielleicht nie finden.«

Kingshaw antwortete nicht. Plötzlich warf Hooper sich nach vorn und fing an, mit den Fäusten auf den Boden zu trommeln und krampfhaft mit seinen Nägeln in den Blättern und auf dem Boden herumzuwühlen. Er stieß einen heiseren Schrei aus, der tief aus seiner Kehle kam. Er schlug immer heftiger mit den Beinen.

Kingshaw beobachtete ihn entsetzt. Er sagte: »Hör auf. Hör doch auf, Hooper, dein Benehmen ist dumm.«

Aber Hooper war schon viel zu sehr außer sich, um ihn noch zu hören, sein Schreien wurde immer lauter, und er fing an zu schluchzen. Kingshaw war erschüttert, er fühlte, wie auch er wieder in Panik geriet. Er musste etwas tun, mehr seinetwegen als wegen Hooper. Er wollte aufstehen und weglaufen, irgendwohin, in den Wald hinein, aber er hielt an sich, er würde sich sicher verirren, und außerdem glaubte er, dass er bei Hooper bleiben müsste. Schließlich stand er auf, beugte sich über ihn und fasste seine Beine.

»Hör auf! Halt's Maul, halt's Maul, halt's Maul!« Er presste die Beine nach vorn und stieß sie immer wieder heftig auf den Boden. Es half nichts, Hooper schrie weiter und schlug hysterisch um sich. Seine Stimme hallte überall aus der Lichtung zurück, sehr hoch und hohl.

Verzweifelt drehte Kingshaw ihn hart auf den Rücken um und schlug ihm immer wieder ins Gesicht. »Halt's Maul, halt's Maul, Hooper. Oh Gott, hörst du endlich auf, hör auf!«

Hooper hörte auf. Er lag auf dem Rücken, die Knie bis an den Bauch hochgezogen. Der Wald war absolut ruhig. Kingshaw entfernte sich langsam. Er konnte fühlen, wie sein Herz raste. Er hatte Hooper noch nie berührt. Er mochte es nicht.

Einen Moment lang dachte er, Hooper würde wieder anfangen, oder er würde aufstehen und auf ihn losgehen. Aber er bewegte sich gar nicht, lange Zeit nicht. Der Wald war sehr ruhig, und die Sonne war wieder herausgekommen. In den Bäumen über ihnen hörte er einen Vogel seltsam krächzend schreien.

Hooper rollte sich langsam wieder auf den Bauch, drückte sein Gesicht in den Boden und weinte. Er heulte immer weiter, wimmernd und schluchzend. Kingshaw beobachtete ihn, er trat gegen eine Wurzel und wusste nicht, was er sagen sollte. Aber Hooper schien ihn gar nicht zu bemerken, und schließlich beschäftigte er sich wieder mit dem Feuer.

Er hatte eine runde, flache Mulde gegraben und die Steine im Halbkreis wie eine Mauer dahinter aufgeschichtet. In die Mulde hatte er einen Haufen trockenes Laub und dann Zweige gelegt, immer kreuz und quer übereinander, mit vielen Lücken dazwischen. Kingshaw fand einen langen geraden Stock und hatte die Idee, ihn abzuschälen, um einen Fleischspieß daraus zu machen. Er saß mit gekreuzten Beinen auf dem Boden, sein Messer in der Hand. Es war wieder ganz ruhig, bis auf Hoopers Schluchzen und das Geräusch des Wassers.

Kingshaw versuchte, nicht darüber nachzudenken, was Hooper gesagt hatte. Er konnte ja auch unrecht haben, sie waren vielleicht gar nicht in dem Wald. Nichts würde passieren. Sie waren noch nicht mal einen ganzen Tag hier und hatten noch viel zu essen. Sie könnten vielleicht sogar ganz nah am Waldrand sein, soweit er es beurteilen konnte. Aber er beschloss, dass sie, wenn sie die Nacht hier verbringen mussten, auf der Lichtung bleiben würden. Hier war Wasser, und sie würden ein Feuer haben. Wenn es regnete, könnten sie unter die Büsche gehen. Im Großen und

Ganzen war es ein guter Platz. Er war mit sich zufrieden, dass er das alles durchdenken konnte und nicht zusammenbrach wie Hooper.

Dann dachte er an die Schnur. Als es ihm einfiel, konnte er nicht verstehen, warum er nicht schon vorher darauf gekommen war. Er legte den geschälten Stock über die Steine und ging zu seinem Ranzen. Er hörte hinter sich, wie Hooper unsicher aufstand. Kingshaw sah sich zunächst nicht nach ihm um. Er prüfte die Schnur. Es war ein dickes Knäuel, sehr fest aufgerollt. Die Schnur musste ziemlich lang sein.

Als er sich dann doch umdrehte, sah er, dass Hooper über den Bach gebeugt war und sich übergab. Kingshaw beobachtete ihn besorgt. Als es vorbei war, wischte sich Hooper mit dem Ärmel über den Mund.

»Geht's wieder gut?«, fragte Kingshaw.

Hooper richtete sich auf und zuckte mit den Schultern. Aber er starrte weiter ins Wasser. Kingshaw ging ein paar Meter näher zu ihm hin.

»Hör mal, Hooper, ich hab mir was ausgedacht. Ich könnte versuchen rauszufinden, ob wir nah am Waldrand sind oder woanders.«

Hooper blickte um sich, die Augen weit geöffnet vor Angst, die Haut grau-weiß, wie Farbe von saurer Milch.

»Das kannst du nicht, du verirrst dich.«

»Nein, tu ich nicht. Ich binde die Schnur an einen Baum und wickele sie dann auf, so weit ich gehen kann. Jemand hat das schon früher mal gemacht, und so sind sie einem Bullen entkommen. Oder irgend so was. Auf jeden Fall klappt das. Die Strippe ist ziemlich lang. Wir könnten fast draußen sein, das kann man von hier aus nicht beurteilen. Ich gehe abwechselnd in jede Richtung, schaue mich um und gucke, ob es irgendwo heller wird. Auf jeden Fall wissen wir dann ein bisschen genauer, wo wir sind. Das ist eine gute Idee.«

»Ich finde sie blöd. Ich dachte, du hast gesagt, wir sollten ein Feuer machen und uns was kochen.«

»Das tun wir, wenn ich zurückkomme. Du kannst das Feuer jetzt anzünden, wenn du willst.«

Hooper sah ins Wasser. »Ich könnte versuchen, einen Fisch zu fangen.«

»Okay«

»Aber du solltest lieber doch nicht gehen, Kingshaw.«

Kingshaw zögerte. Er dachte: Er will nicht allein sein. Er sagte: »Es wird nicht lange dauern.«

»Es kann alles Mögliche passieren. Die Schnur könnte reißen.«

»Dann kann ich immer noch zurückkommen …«

»Es könnten da …«

»Was? Was könnte da?«

»Ich weiß nicht. Dinge.«

»Was für Dinge?«

»Es ist doch ein Wald, oder? Da könnte alles Mögliche sein.«

»Nichts, was einem etwas antun könnte. Das glaube ich nicht.«

Hooper kniete sich hin und fing an, seine Hand durch das Wasser gleiten zu lassen und nach einem Fisch zu tasten. »Also gut. Geh schon los, wenn du so blöd bist. Denk nicht, mir macht es was aus, wenn du dich verirrst.«

Kingshaw sagte: »Ich lasse dir die Streichhölzer für das Feuer hier.«

Hooper beachtete ihn nicht.

Er ging geradeaus, im rechten Winkel von dem Bach weg, zwischen den Bäumen hindurch. Am Rand der Lichtung befestigte er die Schnur am Zweig eines Baums mit einem halben Dutzend Knoten. Dann ging er weiter und wickelte ihn zwischen den Fingern ab.

So weit er sehen konnte, waren da nur Bäume. Sie standen dicht zusammen, und etwas weiter weg mischten sie sich wieder mit Brombeeren und Gebüsch. Hier war er im hellsten Teil, er schaute in die Dunkelheit. Dort konnte also noch nicht der Waldrand sein. Es war sehr still. Die Luft roch hier aber weniger feucht, und es gab mehr Vögel, die hin- und herflogen und zwitscherten. Er wandte sich um, die Lichtung war nicht mehr zu sehen, aber die Schnur wand sich zurück zwischen den Bäumen. Vor ihm wuchsen mehr und dichtere Büsche, und er dachte, er sollte lieber nicht hindurchgehen, damit die Schnur nicht an einem Zweig zerriss. Den Waldrand sah er nicht, in welche Richtung er auch sah. Er fühlte sich eingeschlossen und erstickt von dem ewigen dunklen Grün über ihm, das den Himmel verdrängte.

Ein Kaninchen saß auf einer frei liegenden Baumwurzel, fast vor seinen Füßen. Kingshaw blieb stehen. Er dachte, ich könnte ein Kaninchen töten. Das könnten wir braten. Er hatte sein Taschenmesser dabei. Er musste es tun, wenn er das mit dem Jagen ernst gemeint hatte. Wenn sie in ihren Taschen nichts mehr zu Essen hatten, und wenn sie dann noch immer keinen Weg nach draußen gefunden hatten, würden sie es tun müssen.

Das Kaninchen hatte ihn nicht gesehen. Er machte vorsichtig einen Schritt vorwärts und atmete ganz leise. Das Tier wandte seinen Kopf und sah ihn entsetzt an. Er sah, wie seine Nüstern bebten und zuckten. Die Augen glänzten und waren fast durchsichtig. Kingshaw stürzte sich blitzschnell auf das Kaninchen und hielt es am Boden fest. Unter seinen Händen kämpfte und bäumte sich sein weicher, loser Körper und wurde dann ganz still. Es fühlte sich sehr warm an. Er dachte an das andere Kaninchen, das er berührt hatte. Langsam zog er seine Hände zurück, immer ein bisschen weiter, bis er es an jeder Seite fest im Griff hatte, und dann hob er es hoch und drückte zu. Die Beine und Füße zuckten wie verrückt, und er sah, dass die Augen blutunterlaufen waren und vor Furcht hin- und herrollten. Er wusste, dass er es nicht töten würde. Es wäre ihm leichter gefallen, Hooper zu töten.

Er beugte sich hinunter und ließ das Kaninchen los. Für den Bruchteil einer Sekunde blieb es gelähmt da sitzen, wo er es abgesetzt hatte, sein Fell zeigte noch die Druckstellen seiner Hände. Dann raste es weg in die Büsche und wirbelte das tote Laub auf.

Er wandte sich dann nach rechts und ging so weit, wie die Schnur es erlaubte. Hier wuchsen Eichen mit riesigen Stämmen, zerfurcht und grau wie Elefantenbeine. Zwischen ihnen standen verkümmerte dünne Bäume, die abstarben, weil sie nicht genug Licht und Raum hatten, sie waren übersät von Raupen und Schwämmen, die wie bleiches Wildleder aussahen.

Kingshaw dachte, ich könnte einfach weitergehen. Ich könnte die Schnur fallen lassen und gehen, immer weiter.

Der Gedanke begeisterte ihn. Er würde nichts bei sich haben, würde ganz frei und allein sein, ohne Hooper hinter sich und auch ohne den Ranzen. Er hatte überhaupt keine Angst. Den ganzen Tag lang hatte er gelernt, dass es nicht so sehr die Natur oder drohende Naturerscheinungen waren, die ihn erschreckten. Mit denen konnte er fertig werden, er war erfinderisch. Er wollte jetzt allein im Wald sein, er hatte eine neue Welt entdeckt.

Aber da war Hooper. Kingshaw setzte sich einen Augenblick ins Gras und dachte daran, wie er in den Bach gekotzt hatte. Hooper konnte nicht allein zurechtkommen, weder mit sich selbst noch mit etwas, was ihm zustoßen könnte. Er würde verrückt vor Angst werden, würde sich wie ein Baby benehmen. Am Ende würde er anfangen umherzulaufen, unfähig, vernünftig zu denken oder zu planen, wohin er gehen sollte. Aus irgendeinem Grund hatte Hooper ihm hierher folgen wollen. Es hatte ihm nicht gepasst, dass er weglaufen wollte. Und doch hatte er noch Angst vor Hooper, er hatte Züge, die er nicht verstand. Hooper war falsch, man konnte sich nicht auf ihn verlassen oder ihm trauen.

Trotzdem fühlte Kingshaw sich für ihn verantwortlich, er war eigentümlich besorgt, er kannte nun seine eigene Stärke in Fällen, wo es darauf ankam, er wusste, dass er der Einzige war, der sie beide wohlbehalten aus dem Wald führen könnte. Wenn er jetzt allein wegginge, würde Hooper etwas Schreckliches passieren, und es wäre seine Schuld.

Er stand auf und begann, auf seiner Spur zurückzugehen, wickelte die Schnur zu einem Knäuel auf. Es dauerte lange. Er erwartete, dass Hooper einen Fisch gefangen hatte, der auf dem Feuer braten würde. Er war sehr hungrig.

Irgendwie gefiel ihm der Gedanke. Hooper würde es als Spiel betrachten, und plötzlich erschien es ihm auch so.

Er fand die Lichtung wieder, aber zunächst sah er Hooper gar nicht. Die Feuerstelle war noch so, wie er es verlassen hatte, nicht angezündet. Er dachte, verdammt, er ist allein losgegangen oder irgend so was, er wird sich verirren, ich werde ihn suchen müssen. Zum Teufel!

Er formte die Hände zu einem Trichter. »Hooper!«

Dann sah er einen Fuß am Bachufer. Er musste also noch fischen.

»Es ist hoffnungslos mit dir, Hooper, ich hätte in dieser Zeit schon mindestens zehn Fische gefangen, mehr als zehn, du bist …«

Er blieb plötzlich stehen.

»Oh Gott!«

Hooper lag mit dem Gesicht nach unten, seine Beine auf dem Ufer ausgestreckt. Im Wasser schwamm Blut, es sah aus, als ob es von seinem Kopf herkäme.

»Oh Gott, oh Gott!«

Kingshaw ging auf die Knie und zog heftig an Hoopers Beinen. Er war sehr schwer und schien irgendwie eingekeilt, er konnte ihn nicht bewegen. Er rutschte schnell das Ufer hinunter ins Wasser und schob seine Hände unter Hoopers Kopf. Er hatte eine dicke Beule auf der Stirn, wo er gegen einen Stein geschlagen war. Daher kam das Blut. Aber der Stein hatte auch sein Gesicht über Wasser gehalten. Kingshaw keuchte, als er ihn ungeschickt umdrehte, aber er schaffte es, ihn halb aufs Ufer zu ziehen. Er musste ihn mit einer Hand festhalten, damit er nicht zurückrollte, während er seine Beine nach oben zog. Als er aus dem Wasser kletterte, stöhnte er vor Anstrengung.

Hooper lag ganz still auf dem Boden. Sein Gesicht glänzte seltsam. Aber es hatte aufgehört zu bluten. Kingshaw hatte keine Ahnung, was er tun sollte. Er glaubte, dass Hooper wahrscheinlich nicht viel Wasser geschluckt hatte, aber er wusste es nicht genau, und wenn er Wasser geschluckt hatte, müsste er es irgendwie aus ihm herauskriegen. Er wusste nicht einmal, ob er noch atmete.

Schiebend und stoßend bekam er ihn irgendwie auf die Seite und fing an, mit unbeholfenen Bewegungen seinen Rücken zu klopfen und in Kreisen zu reiben. Er machte immer weiter. Nichts geschah. Dann krümmte Hooper sich, fiel auf die andere Seite und aus seiner Kehle drang ein furchtbares Geräusch. Kingshaw zog an ihm, sodass sein Gesicht wieder frei wurde, und sah, dass Wasser und Erbrochenes ihm aus Mund und Nase liefen. Hoopers Augen öffneten sich und schlossen sich wieder.

Er hatte gehört, was man in solchen Fällen tun sollte, in den Mund atmen oder die Arme irgendwie auf und ab bewegen, aber er dachte, wenn Hooper sich erbrach, musste er ja atmen können. Seine Augen öffneten sich immer wieder.

Schließlich schleifte er ihn halb ziehend und halb tragend über den Boden zur Feuerstelle. Hoopers Hemd und die obere Hälfte seiner Jeans waren durchweicht, und es schien unmöglich, sie ihm auszuziehen, er war so leblos und schwer. Der Stoff klebte an seiner Haut. Schließlich schaffte Kingshaw es. Seine eigenen Kleider waren nass, aber er hatte den Jumper und den Anorak zurückgelassen, als er losgegangen war, um den Wald zu erkunden. Nun zog er Hooper den Jumper über den Kopf und deckte ihn mit dem Anorak zu. Er wusste nicht, was er sonst noch tun konnte. Er wünschte, es wäre noch jemand da, der die Verantwortung übernehmen könnte, er hatte Angst, dass Hooper sterben könnte.

Wenn er das Holz zum Brennen bringen konnte, dachte er, würde er selbst allmählich trocken werden, aber er zitterte am ganzen Körper, sodass das Wasser von seiner Kleidung auf die Zündhölzer tropfte, als er sie ansteckte. Als es ihm gelungen war, eines anzuzünden, legte er sich hin und versuchte, in die Zweige zu pusten, damit sie anbrannten.

Er glaubte sicher, dass Hooper sterben würde. Er war vielleicht gerade erst gestürzt, aber andererseits konnte er auch gleich ins Wasser gefallen sein, als Kingshaw von der Lichtung weggegangen war. Er blies stärker auf das Flämmchen. So hatte er etwas zu tun. Er wagte nicht, Hooper noch einmal anzusehen, und musste sich auch selbst aufwärmen.

Wenn Hooper starb, war es seine Schuld. Er hätte nicht gehen sollen. Hooper hatte vorher gesagt, dass sie zusammenbleiben sollten. »Es ist gefährlich.«

»Oh Gott, oh Gott …« Kingshaw schluchzte vor Panik.

Aber das Feuer brannte nun, und die Flammen züngelten grün und orange zwischen den Zweigen empor. Er musste vom Rauch wegrücken.

Wenn Hooper starb, wenn Hooper starb, wenn … Er wusste nicht, was dann geschehen würde, nur, dass er allein sein würde. Warum hatte er überhaupt herkommen müssen, warum war er nicht auf der Straße entlanggegangen, er wäre inzwischen am Ziel gewesen, ihm wäre nichts passiert, Hooper hätte ihn nicht gefunden, er wäre sicher gewesen. Es war fünf Uhr vorbei. Er starrte in das aufflackernde Feuer und gab sich Mühe, nicht zu weinen.

Als er Hooper würgen hörte, fuhr er entsetzt herum, es war, als hörte er einen Toten.

Hooper hatte sich aufgesetzt und beugte sich vor. Kingshaw ging hin und kauerte sich neben ihn.

»Es ist gut, es ist alles gut.«

Hoopers Augen waren offen, aber zuerst schien er nicht richtig mit ihnen sehen zu können.

Kingshaw sagte: »Guck, das Feuer brennt, rück etwas näher ran. Es ist okay. Du wirst dich erholen, Hooper. Oh Gott, ich dachte, du bist tot, du hast ausgesehen, als ob du tot wärst.«

Hooper zog die Knie hoch und kauerte sich zusammen. Er sagte: »Ich hab keinen Fisch gekriegt, beinahe hätte ich einen gehabt, Kingshaw, glaub nicht, dass ich es nicht versucht habe, ich konnte ihn nur nicht festhalten, er ist weggeschlüpft, ich konnte nicht …«

»Okay. Das macht nichts, kümmer dich nicht mehr um den Fisch. Leg dich jetzt lieber hin. Du solltest schlafen oder so was.«

»Mein Kopf tut weh.«

»Also, du hast ihn dir an einem Stein gestoßen, darum tut er weh. Aber ich hab ihn mir angesehen, ich glaube, er ist in Ordnung.«

»Mein Hals tut weh. Ich will was trinken, ich will

was zu trinken haben.« Hooper fing wieder an zu zittern.

»Ich könnte dir mit den Händen etwas Wasser bringen …«

»Da ist eine Tasse, ich hab eine Tasse mitgebracht. Sie ist in meinem Beutel.«

Kingshaw zögerte, dann hob er die Leinentasche dort auf, wo Hooper sie hingeworfen hatte, als er schwimmen gegangen war.

Die Tasse war klein, eine ganz winzige. Kingshaw leerte den Inhalt der Tasche auf dem Gras aus. Da war das Essen, von dem Hooper ihm vorher erzählt hatte: Kekse, Tomaten und Bonbons und etwas Salz in einem Stückchen Papier. Es gab auch eine Landkarte von ganz England, eine Taschenlampe, einen Drehbleistift und eine Rolle Klebestreifen. Kingshaw vermutete, dass Hooper in seiner Eile einfach alles genommen hatte, was er gerade finden konnte. Ganz auf dem Grund der Tasche fand er drei kleine weiße Tabletten. Sie waren etwas schmutzig. Er roch an ihnen und probierte ihre Oberfläche dann mit der Zungenspitze. Er dachte, dass es wahrscheinlich Aspirintabletten wären.

»Ich weiß was, ich kann dir was Heißes zu trinken machen. Wenn ich den Becher oben auf das Feuer stelle, wird das Wasser kochen. Ich hab ein Aspirin gefunden, das du nehmen kannst.«

»Davon wird mir übel.«

»Na, dir kann nicht schlechter werden, als es dir

schon ist. Das ist gut für dich, es wird deinen Kopfschmerzen helfen. Ich weiß was, ich tue etwas von den Geleewürfeln in das Wasser. Die schmelzen und sind dann wie Zucker.«

Stolz auf seinen eigenen Unternehmungsgeist und weniger ängstlich, weil Hooper nun doch nicht tot war, lief Kingshaw los und füllte die Tasse mit Wasser. Als er zurückkam, holte er das Paar Socken aus seinem Ranzen und wickelte einen um den Henkel des Bechers. Dann balancierte er ihn vorsichtig oben über dem Feuer.

Hooper sagte: »Du bist endlos lange weg gewesen. Hast du einen Weg aus dem Wald gefunden?«

»Ich bin nicht ganz sicher.« Er dachte, es sei besser zu lügen. Er hatte Angst, dass Hooper wieder in Panik geriet und anfangen würde zu schreien und zu toben.

»Du hast den Weg gefunden, du hast ihn gefunden. Wo sind wir, Kingshaw?«

Kingshaw hockte am Feuer und antwortete nicht.

»Versuch nur nicht, heimlich abzuhauen und den Weg allein zu finden, rate ich dir. Wenn du das tust, bringe ich dich um.«

Kingshaw sah ihn an. Er sagte milde: »Das wirst du nicht. Wenn du es genau wissen willst: Ich habe keinen Weg gefunden, ich habe keine Ahnung, wo wir sind.«

Er wandte seine Aufmerksamkeit wieder Wasserbecher zu.

8

Kingshaw, es wird dunkel.«

»Ich weiß.«

»Wie spät ist es?«

»Du solltest eine eigene Uhr haben, ich hab's satt, dir laufend zu sagen, wie spät es ist.«

»Mein Vater schenkt mir eine neue zu Weihnachten, sogar eine goldene, mit so 'nem Ding mit dem Datum drauf und römischen Zahlen, die man im Dunkeln sehen kann. Die wird eine Menge kosten. Ungefähr fünfzig Pfund, nehme ich an. Mehr als fünfzig Pfund.«

»Lügner! Keine Uhr kostet so viel.«

»Tun sie wohl, tun sie wohl. Sie können manchmal Hunderte von Pfund kosten. Du hast doch überhaupt keine Ahnung.«

»Kein Vater würde seinem Kind eine Uhr kaufen, die fünfzig Pfund kostet.«

»Aber mein Vater doch, weil ich das Wichtigste bin, was er in seinem ganzen Leben besitzt, sagt er. Deshalb würde er mir alles kaufen, was ich will.«

Kingshaw schwieg, er war beeindruckt von Hoopers Selbstvertrauen.

Das Licht war zusehends fahler geworden, es hatte die Farbe aus den Bäumen und Büschen gesogen, bis alles um sie herum blassbraun aussah wie eine alte Fotografie. Es ging überhaupt kein Wind. Es war noch sehr warm.

»Auf jeden Fall, wie spät ist es?«

»Es ist nach acht Uhr. Ungefähr zwanzig nach acht.«

Kingshaw kratzte sich am Kopf.

»Du hast Läuse.«

»Es sind Mückenstiche.«

»Wenn du das Feuer viel größer machst, fliegen sie weg. Mücken mögen kein Feuer.«

»Nein, der Rauch tötet sie.«

»Er tötet sie nicht, sie mögen ihn nur nicht, deshalb fliegen sie weg.«

»Er tötet sie doch, man kann sehen, wie sie reinfallen. Sie ersticken.«

»Die Nachtfalter kommen auch.«

»Hör auf. Wir haben genug zu überlegen.«

»Wenn ein kleiner Falter käme und an dir rumkriechen würde, würdest du dir in die Hosen machen.«

»Ich hab gesagt, du sollst aufhören.«

»Angsthase.«

»Halt's Maul.«

»Hast du?«

»Was?«

»Angst?«

»Wovor?«, fragte Kingshaw vorsichtig.

»Vor allem. Wenn es dunkel wird.«

»Nein.«

Hooper schaute ihm ins Gesicht, er versuchte herauszufinden, ob Kingshaw log. Er saß ganz aufrecht, dicht beim Feuer.

»Die Beule an deinem Kopf ist geschwollen. Sie ist ganz schwarz geworden.«

»Das ist deine Schuld.«

»Red keinen Blödsinn. Tut sie noch weh?«

Hooper hob seine Hand und untersuchte sie vorsichtig mit den Fingern.

»Wenn ich draufdrücke, tut's weh.«

»Oh!«

Kingshaw kratzte weiter an seinen Mückenstichen.

Er hatte selbst einen Fisch gefangen. Zuerst hatte er vorgehabt, ihn mit seinem Messer zu töten, aber als er ihn aus dem Wasser gezogen hatte, brachte er es nicht fertig. Der Fisch würde vielleicht nicht sofort tot sein und außerdem würde Kingshaw sich mit Blut beschmieren. Wenn Fische Blut hatten. Er war sich nicht ganz sicher. Sie sahen nicht so aus.

Es war ein ziemlich großer Fisch mit bräunlichen Streifen auf der Unterseite. Das Einzige, was er tun konnte, war, ihn im Gras liegen zu lassen, wo er sich hin- und herwand, und etwas beiseite zu gehen.

»Wo ist er?«

»Er wird in einer Minute tot sein.«

»Du hättest ihn aufschneiden sollen.«

»Warum tust du's denn nicht?«

»Weil du für mich sorgen musst. Außerdem tut mein Kopf weh.«

»Baby.«

»Ich hätte tot sein können, weil du weggegangen bist und mich allein gelassen hast; und wenn ich gestorben wäre, wärst du ein Mörder, du hättest nicht allein weggehen sollen.« Hooper konnte nicht aufhören, darüber zu jammern.

»Oh, halt's Maul, du bist nicht tot, du hast dich bloß gestoßen.«

»Du bist ein Tyrann.«

Kingshaw starrte ihn an, wütend über die Ungerechtigkeit dieser Bemerkung, aber unfähig, irgendetwas zu entgegnen.

»Du kannst doch nicht einfach einen Fisch liegen und ersticken lassen, das ist auch Mord, das ist schrecklich.«

»Warum denn? Es ist nicht anders, als wenn ich ihn mit einem Taschenmesser totstechen würde.«

»Doch, das könnte dir jeder sagen, es ist grausamer. Du bist ein brutaler Kerl.«

Kingshaw ging los, um mehr Holz für das Feuer zu sammeln. Als er zu dem Fisch zurückkam, war er tot. Er versuchte, nicht daran zu denken, wie er sich weiter gewunden und gezuckt hatte. Er nahm ihn auf. Er lag schwer und klebrig in seinen Händen.

»Du musst ihm jetzt den Kopf abschneiden.«

»Nein, muss ich nicht, ich stecke den Stock durch ihn durch. Es ist wie beim Bratrost. So macht man das.«

»Was ist mit den Eingeweiden? Die kann man nicht essen.«

Kingshaw zögerte. Dann sagte er: »Wir müssen das Fleisch von den Gräten abessen. Die Eingeweide machen nichts aus, bis zu denen kommen wir nicht.«

»Und wenn er nun giftig ist?«

»Kein Fisch ist giftig.«

Aber er hatte nicht gut geschmeckt. Die Haut war sofort verbrannt, aber gleich unter der Oberfläche war das marmorgraue Fleisch noch kalt und roh. Hooper hatte einen Mundvoll gegessen, den Rest hatte er ins Gras gespuckt.

Kingshaw aß mehr. Aber schließlich brannte der Stock an.

»Das war ein scheußliches Zeug. Du bist verdammt nutzlos, Kingshaw.«

»Du hättest es auch nicht besser machen können.«

»Du solltest für mich sorgen, weil ich mich verletzt habe.«

»Kleines Baby Hooper!«

»Warte nur, warte nur …«

Kingshaw hatte den Ranzen und Hoopers Leinenbeutel geöffnet, und sie aßen ein paar Kekse und fast alle Tomaten.

»Morgen müssen wir Rationen machen«, sagte Kingshaw. »Ich teile alle Nahrungsmittel ein. Sie werden nicht sehr lange reichen.«

»Und was passiert dann?«

»Bis dahin werden wir hier raus sein.«

»Und wenn wir es nicht schaffen?«

»Wir werden es schaffen.«

»Ich wünschte, wir wären überhaupt nicht hierhergekommen.«

»Du brauchtest nicht zu kommen, du bist mir nur gefolgt.«

»Es war deine Schuld, dass wir uns verirrt haben.«

»War es nicht, du hast angefangen, wie ein Verrückter rumzurennen.«

Ganz plötzlich wurde es dunkel. Als Kingshaw kurz zuvor hinaufgeblickt hatte, konnte er noch ein beigefarbenes Stückchen Himmel erkennen, weit oben, aber in der nächsten Minute war schon nichts mehr zu sehen. Das Feuer prasselte.

»Sie werden jetzt nach Hause kommen«, sagte Hooper. »Sie sind bestimmt im Zug.«

»Ich glaube auch.«

»Bald fangen sie an, uns zu suchen.«

»Nein, glaub ich nicht. Bestimmt nicht heute Nacht.«

»Natürlich tun sie das. Warum denn nicht?«

»Wie sollen sie denn wissen, dass wir nicht im Bett sind? Wenn sie erst sehr spät zurückkommen, werden sie nicht mal nach uns sehen.«

»Aber Mrs Boland ist da, und sie wird es ihnen sagen.«

»Nein, sie geht um vier Uhr. Sie wird denken, dass wir nur ein Picknick machen oder so was. Sie kümmert sich nicht um solche Sachen. Niemand wird es wissen.«

»Deine Mutter geht nach oben, um dich zu sehen,

das weiß ich, weil ich sie höre. Sie muss ihrem kleinen Baby doch einen Gutenachtkuss geben.«

»Halt die Klappe. Sie kommt nicht immer.«

»Doch, tut sie. Küsschen, Küsschen, Küsschen. Oh, du mein kleiner Liebling, du mein liebes kleines Baby, Mummy liebt ihren kleinen Jungen, Mummy knutscht, knutscht, sie knutscht jeden Abend ihr kleines süßes Baby.«

»Nur weil du gar keine Mutter hast.«

Aber Hooper blieb ungerührt. »Ich möchte gar keine haben.«

»So was zu sagen ist dumm.«

»Väter sind besser. Jeder, der keinen Vater hat, ist unnütz.«

Kingshaw stand auf und ging näher ans Feuer. Hooper sah ihn an. Kingshaw hielt einen langen dicken Stock in der rechten Hand. Einen Augenblick lang rührte sich keiner von ihnen. Er sah, wie Hoopers Augen groß wurden.

»Versuch besser nicht, mich zu schlagen.«

Kingshaw sah verächtlich auf ihn hinunter und schleuderte dann den Stock ins Feuer. Die Flammen loderten auf und warfen Schatten hinter ihn aufs Gras.

»Wenn du nicht anbrennen willst, solltest du lieber weiter weggehen.«

Hooper starrte nur weiter in das Feuer. Dann sagte er beiläufig: »Ist deine Mutter vielen Leuten nachgelaufen?«

»Was meinst du?«

»Ich meine, wie sie meinem Vater nachläuft.«

Kingshaw fühlte, wie ihm das Blut ins Gesicht stieg. Ihm wurde heiß. Er dachte, ich war dumm. Ich hätte ihn mit dem Stock schlagen können, ich hätte ihm den Kopf einschlagen können.

Jetzt lehnte sich Hooper zurück, stützte sich auf seine Ellbogen und sah im flackernden Licht des Feuers hochmütig zu ihm auf. Hämisch.

»Darum seid ihr doch hergekommen. Du hast doch nicht etwa an einen anderen Grund geglaubt, oder? Sie will meinen Vater heiraten. Er ist reich.«

»Lügner, Lügner, Lügner! Dein Vater ist gar nichts, sie kann deinen Vater nicht mal leiden. Sie hasst ihn.«

Hooper lächelte. »Ich sehe Dinge, die du nicht siehst.«

»Was denn? Was für Dinge?«

»Ist ja egal. Aber du kannst es mir glauben.«

»Dein Vater ist gar nichts.«

»Ach, ist ja gut, Kingshaw. Frauen sind nun mal so. Wenn sie keinen Mann hat, muss sie eben einen suchen.«

»Warum muss sie das?«

»Na, weil er ihr Geld gibt und ein Haus und Sachen, so geht das doch immer.«

Kingshaw entfernte sich vom Feuer. Er konnte nicht immer wieder antworten und dumme Auseinandersetzungen führen. Hooper wollte das immer stundenlang. Aber es war alles wahr, das wusste er.

Er hasste seine Mutter mehr als sonst jemanden, nun

sogar mehr als Hooper. Sein Magen verkrampfte sich. Hooper wusste Bescheid. »Ich sehe Dinge, die du nicht siehst.«

Er konnte nichts dagegen tun. Nur weglaufen. Es war eigentlich die Schuld seines Vaters, weil sein Tod der Anfang von allem gewesen war. Sie hatten seitdem nicht genug Geld und wohnten in den Häusern anderer Menschen. Sogar in der Schule vergaß er das nicht. Man hatte herausgefunden, dass er ein Stipendiat war, was bedeutete, dass er kein Schulgeld bezahlte. Seine Mutter machte alles noch schlimmer. Sie kam an den Elterntagen und zu den Sportfesten rausgeputzt mit Ohrringen und schrecklichen Seidenkleidern und legte Lippenstift auf, so viel sie nur konnte. Brace hatte gesagt: »Kingshaws Mutter ist eine alte Nutte.«

Er wünschte, sie wäre anstelle seines Vaters gestorben.

Die Dunkelheit umgab ihn wie dicker Filz, er traute sich nicht, zu den Bäumen hinüberzuschauen. Jetzt würde etwas geschehen, weil er so über seine Mutter gedacht hatte. Wenn man Menschen den Tod wünschte, hörten sie es irgendwie, und dann geschah es. Er wusste nicht, was. Aber später schaute er hinunter und sah im Feuerschein die Warze auf seiner linken Hand. Das war der Beweis.

Hooper schlief. Er lag mit angezogenen Beinen und hatte seinen Daumen im Mund. Wegen der Beule am

Kopf hatte Kingshaw ihm seinen Anorak als Kopfkissen gegeben.

Er fühlte sich als Hoopers Beschützer und hatte nun, seitdem er ihn im Bach gefunden hatte, mehr Geduld mit ihm. Er war irgendwie wichtiger geworden, weil er dem Tod so nah gewesen war. Er hätte leicht sterben können, wenn sein Kopf unter Wasser gekommen wäre oder wenn er sich ihn noch stärker angeschlagen hätte. Vielleicht würde er doch noch sterben. Man konnte eine Lungenentzündung bekommen, wenn man ins Wasser gefallen war. Oder er hatte sich beim Sturz eine schlimmere Kopfverletzung zugezogen, als man erkennen konnte. Man konnte es nicht wissen.

Kingshaw dachte nun, dass, was auch immer Hooper über seine Mutter gesagt hatte, es nicht viel ausmachte. Hooper war ein Quälgeist, immer suchte er Streit und benahm sich albern wie ein Baby, oder sagte und tat Dinge, die ihm Angst machen sollten. Das machte alles nichts mehr aus, weil sie beide sich verirrt hatten. Er saß fest mit Hooper. Es gab sonst niemanden.

Hooper rührte sich am Boden, bewegte seine Beine rhythmisch auf und ab. Den Daumen hatte er noch fest im Mund. Kingshaw beobachtete ihn. Alles sonst, ihr Aufenthalt in Warings, das rote Zimmer, seine Mutter und Mr Hooper, sein Hass, all das schien Jahre her zu sein. Er konnte sich kaum daran erinnern. Nichts, was er bisher erlebt hatte, außerhalb des Waldes, schien wirklich zu sein.

Das Feuer ging langsam aus, es brannte noch blutrot am Boden. Dann fingen die Geräusche an. In weiter Ferne heulte ein Fuchs. Kingshaw fand, es klang wie Wolfsgeheul. Na ja, Füchse waren wie Wölfe, nur nicht so gefährlich. Als das Heulen wieder zu hören war, wurde es von einem Bellen aus der Nähe beantwortet.

Augen, dachte er, man kann ihre Augen sehen. Er schaute erschrocken um sich. Es war völlig dunkel. Er sah nichts. Aber plötzlich bewegte sich etwas, man hörte seltsame fallende, raschelnde, huschende Geräusche, im Wasser rührte sich etwas. Zweige knackten. Nur Hooper schlief, er wälzte sich und gab hin und wieder ein Wimmern von sich.

Kingshaw wünschte, er hätte eine Decke, unter die er seinen Kopf stecken könnte. Er konnte sich hinlegen und seine Augen fest zukneifen, bis sie schmerzten, aber das wäre nicht das Gleiche, weil seine Haut sich so ausgesetzt anfühlte, und er die Lider nur halb zu öffnen brauchte, um wieder in die Dunkelheit zu schauen. Eine Decke hätte alles verhüllt, und er hätte sich sicherer gefühlt. Was auch immer käme, er würde es dann nicht bemerken.

Es kroch und rührte sich im Wald. Kingshaw hielt den Atem an. Immer wieder drehte er sich um und schaute über seine Schulter. Das Feuer warf Schatten und flackerte unheimlich in der Dunkelheit. Gelegentlich verschob es sich, und die Zweige fielen zu weichen Aschehaufen zusammen.

Er legte sich wieder hin und zog seine Arme aus den

Ärmeln seines Jumpers. Er wollte ihn ganz über sein Gesicht ziehen. Aber das ging nicht, er bekam keine Luft. Er lag einen Augenblick und roch seinen eigenen stickigen, heißen Geruch und hörte nichts. Dann musste er seinen Kopf wieder rausstrecken und die warme Nachtluft einatmen. Er winkelte stattdessen seine Arme ab, drückte sein Gesicht in die Beuge des einen hinein und bedeckte seine Ohren mit dem anderen. Der Fuchs heulte wieder. Er konnte noch alles hören. Eine Eule kam, ihr Flügelschlag war unheilverkündend und schnell, sie stürzte sich auf etwas im Gras herunter. Zuvor hatten sie einen Sperber beobachtet, der mitten in der Luft einen kleinen Vogel eingeholt, seine Krallen ausgestreckt, ihn an sich herangezogen und erwürgte hatte, alles im Flug. Seine kleinen Augen hatten gelb geglänzt. Danach war der Wald sehr still geworden.

Kingshaw fühlte sich plötzlich kalt und leer. Er wollte weinen. Er konnte zu niemandem gehen, niemandem alles erzählen. Für Hooper musste er sorgen. Es schien keine Chance zu geben, dass sie hier allein herauskamen oder gefunden wurden. Sie würden sterben. Er fuhr hoch, besorgt, dass das Feuer ausgehen könnte. Sie hatten nicht viele Streichhölzer.

Aber er dachte noch an etwas anderes, an seine Mutter und Mr Hooper. Vielleicht wollten sie keinen von ihnen zurückhaben. Also würden sie sie einfach da draußen lassen. Hoopers Vater hatte zu Hooper gesagt: Du bist das Wichtigste in meinem ganzen Leben.

Aber man konnte nie wissen. Die Menschen änderten sich. Kingshaw glaubte, dass es für sie überhaupt keine Hoffnung gab.

Die Eule rief erneut. Es dauerte lange, bis er einschlief.

Als er aufwachte, war es noch dunkel. Er setzte sich mit einem Ruck auf, noch bevor er die Augen geöffnet hatte, sein Herz raste. Er wusste sofort, wo er war. Warum war er aufgewacht? Es war sehr warm und sehr ruhig auf der Lichtung. Das Feuer war bis auf eine dunkelrote Glut heruntergebrannt. Kingshaw stand steif auf und bewegte seine Arme, um den Krampf loszuwerden. Dann hörte er Hooper.

Er lag auf der Seite, aber jetzt warf er sich heftig auf den Rücken und redete, zusammenhanglos und stöhnend, immer wieder. Er drehte dauernd den Kopf von einer Seite zur anderen.

»Tu's nicht, tu's nicht, tu's nicht, es ist nicht fair, es ist nicht, oh … tu's nicht. Ich muss aber, es ist nicht fair, ich habe den Blazer. Oh, tu's nicht, tu's nicht … Mummy! Mummy! Mummy! …« Seine Stimme schlug in ein Schreien um, er saß aufrecht, noch im Schlaf, und trommelte mit den Beinen auf den Boden. Seine Augen waren fest geschlossen. »Mummy! Mummy! Mummy! …«

Kingshaw ging hinüber und kniete sich neben ihn.

»Wach auf«, sagte er zögernd, und dann lauter: »Es ist alles okay. Wach auf, Hooper, wach doch auf. Es ist okay. Guck, wir sind nur im Wald, ich bin es. Wach auf, Hooper.«

Hooper schrie weiter. Sein Gesicht und sein Hals waren gerötet. Kingshaw bekam Angst, als er die Stimme aus den Bäumen und noch tiefer aus dem Wald widerhallen hörte.

»Tu's nicht, tu's nicht, tu's nicht, tu's nicht …«

Verzweifelt beugte er sich vor und schlug Hooper zweimal mit der Handfläche ins Gesicht. »Hör auf!« Es knallte richtig. Er dachte, ich schlage ihn immer weiter. Entsetzt darüber, was er getan hatte, stand er auf und trat einen Schritt zurück.

Hooper hatte aufgehört. Seine Augen waren offen, und er schaute einen Moment lang wirr um sich, dann fing er an zu weinen. Kingshaw ging wieder zu ihm.

»Guck, es ist alles in Ordnung. Ich bin auch wach.«

Hooper sah ihn an, unsicher, fast verstört, dann streckte er sich wieder aus und legte seine Hand auf die Augen.

»Mir ist so heiß. Mein Kopf tut weh. Ich bin heiß wie ein Backofen.« Die Tränen rannen zwischen seinen Fingern durch. Er fing an, sich aus seinem Jumper herauszuschälen.

»Das tu lieber nicht.«

»Mir ist glühend heiß, ich schwitze am ganzen Körper.«

»Ja, aber es ist Nacht, du erkältest dich vielleicht.«

Hooper wimmerte.

»Da ist noch ein Aspirin«, sagte Kingshaw. »Ich hole

dir Wasser. Dann fühlst du dich bestimmt besser. Vielleicht schläfst du wieder ein.«

Hooper antwortete nicht. Kingshaw fand den Zinnbecher und ging durch die Dunkelheit zum Bach. Er kniete sich hin. Es war wunderbar kalt hier, und das Gras roch süß und feucht. Das Plätschern des Wassers klang tröstlich. Er legte sich der Länge nach hin, steckte sein Gesicht in das Gras und schloss die Augen. Es war kühl. In den Bäumen rief die Eule, aber sie erschreckte ihn jetzt nicht. Alles wurde still.

»Kingshaw!« Hooper wimmerte vor Angst.

»Okay.«

Er streckte den Becher aus, füllte ihn und trank selbst etwas Wasser, dann spritzte er den Rest über sein Gesicht und Haar. Er wünschte, er könnte sich in den Bach legen, nur einfach daliegen und das Wasser über sich fließen lassen.

Er brachte die Tasse zurück, fand das letzte Aspirin in dem Beutel und gab es Hooper. Dann schürte er das Feuer neu. Das Holz, das er am Nachmittag gesammelt hatte, war fast aufgebraucht.

»Mir ist heiß«, sagte Hooper wieder.

»Du hast wahrscheinlich Temperatur, deshalb.«

»Ich hatte letzten Winter Mandelentzündung. In der Schule. Da hatte ich sehr hohes Fieber.« Er tunkte die Finger in den Becher und wischte sich mit ihnen über's Gesicht.

»Du wirst schon wieder«, sagte Kingshaw. Aber sicher war er nicht.

Das Feuer war fast erloschen, weil die neuen Zweige noch nicht brannten. Kingshaw saß daneben und hörte Hoopers Stimme, aber er konnte ihn nicht sehen. Er sagte: »Wenn du morgen noch krank bist, müssen wir hierbleiben.«

»Das können wir nicht.«

»Es hat keinen Zweck, dass wir rumwandern und einen Ausweg suchen, das wäre dumm.«

Hooper schniefte.

»Außerdem denke ich, dass sie uns suchen kommen. Wir sollten an einem Platz bleiben, damit sie uns finden können.«

»Sie werden uns nie finden. Der Wald zieht sich meilenweit hin, er ist riesig. Sie müssen ewig suchen.«

»Sie werden Hunde mitbringen.«

»Was für Hunde?«

»Polizeihunde.«

»Werden sie die Polizei holen?«

»Vielleicht.«

Im Stillen dachte Kingshaw daran, was er gestern überlegt hatte. Dass seine Mutter und Mr Hooper sie vielleicht gar nicht finden wollten. Er glaubte es noch.

»Du kriegst 'ne Abreibung, wenn sie wirklich kommen«, sagte Hooper. »Weil es deine Schuld ist.«

Kingshaw seufzte. Eine Brise zog wispernd durch die Bäume, aber sie brachte keine Abkühlung. Als sie sich legte, spürte man keinen Luftzug, hörte keinen Laut.

Hooper sagte: »Was wirst du tun?«

»Wann?«

»Wenn sie uns suchen kommen. Wirst du wieder weglaufen?«

»Weiß ich nicht. Ich hab noch nicht drüber nachgedacht.«

»Sie stecken dich vielleicht in eine von diesen Strafanstalten für Jungen.«

»Warum? Ich hab nichts verbrochen.«

»Du bist ausgerissen.«

»Jeder kann weglaufen, es kann dich niemand daran hindern.«

»Nein, man darf es nicht, sie holen einen zurück. Du bist schuld, dass wir uns verirrt haben.«

»Das hab ich nicht mit Absicht getan.«

»Du bist schuld, dass ich dir gefolgt bin.«

Kingshaw stand wütend auf. »Das ist verdammt noch mal nicht meine Schuld, du bist ein Lügner. Das wirst du nicht sagen, Hooper.«

»Tu ich aber.«

»Sie werden dir nicht glauben. Du bist mir gefolgt, ich wollte dich nicht haben, ich wollte nie was mit dir zu tun haben.« Er weinte fast vor Verzweiflung, weil er wusste, dass Hooper alles sagen konnte und es leicht schaffen würde, dass sie ihm glaubten. Es war lächerlich, dass er beschuldigt werden könnte, ihn gelockt zu haben, lächerlich, aber durchaus möglich.

»Ich bin allein weggelaufen«, sagte Kingshaw. »Aber du machst ja alles nach, du wolltest kommen, nur um dabei zu sein, nur um zu sehen, was ich tue.«

»Wollte ich nicht. Auf jeden Fall kann ich es hier

nicht aushalten, ich will nach Hause. Ich will hier nicht sterben.«

»Ach, hör doch auf, alte Heulsuse. Du hältst dich für so schlau und tyrannisierst jeden. Dabei bist du selbst noch ein Baby.«

»Ich will nach Hause.«

Kingshaw ging zu ihm und beugte sich über ihn, er war so wütend, dass er es kaum ertragen konnte. Aber er versuchte freundlich zu sein und sagte: »Hör zu, es ist verrückt, immer weiter zu streiten. Und es hat auch keinen Sinn zu heulen. Es kommt nicht drauf an, wie wir hergekommen sind, wir sind hier und haben uns verirrt, also bleiben wir lieber hier, bis jemand kommt. Du hast nur Angst, weil du krank bist. Das kommt vor, wenn man Fieber hat.«

»Ich könnte sterben.«

»Das wirst du nicht.«

»Ich könnte aber. Was ist dann? Was passiert dann, Kingshaw?«

Kingshaw hatte schon daran gedacht. Dass sie beide sterben könnten. Aber in dem Augenblick, als Hooper es laut aussprach, klang es verrückt.

»Hör mal, sei nicht albern. Du hast dir bloß den Kopf angestoßen und bist nass geworden, davon stirbt man nicht.«

»Ich fühle mich nicht gut. Ich fröstele so. Mir ist kalt.«

»Dann kannst du meinen Jumper haben.« Er zog ihn schnell aus und warf ihn ihm hin.

»Er riecht«, sagte Hooper. »Er riecht nach dir.«

»Zieh ihn an. Und zieh den Anorak drüber. Mir ist nicht kalt. Ich kann mich ans Feuer setzen.«

Er sah, wie Hooper fröstelte. Sein Gesicht war totenblass, und seine Augen glänzten und starrten ihn aus dunklen Ringen an.

»Kingshaw …«

»Was?«

»Geh nicht weg.«

»Ich hab dir doch gesagt, wir bleiben hier.«

»Aber du könntest es dir anders überlegen. Das tust du nicht, oder? Du gehst nicht wieder und versuchst, den Weg nach draußen zu finden?«

»Nein. Zumindest jetzt nicht.«

»Ich meine, nie. Ich will nicht allein sein.«

»Morgen vielleicht. Ich könnte mal mit der Schnur in die andere Richtung gehen.«

»Nein, ich will nicht, dass du gehst. Du kannst mich nicht allein lassen.«

»Dir wird's wieder gut gehen.«

»Nein, nein, nein! Du musst hierbleiben, du musst einfach. Ich werd's ihnen sagen, dass du weggegangen bist und mich allein gelassen hast.«

»Na gut.«

»Was?«

»Ich gehe nicht.«

»Versprich es.«

»Okay.«

»Ich will nicht hier sein, ich wünschte, ich wäre dir nicht gefolgt.«

»Na, bist du aber.«

»Du darfst nicht gehen und mich verlassen.«

»Ich habe Nein gesagt.«

»Wenn du es tust, höre ich dich.«

»Ich tu's nicht. Du bist ein Baby.«

»Ich bleibe wach und beobachte dich, ich halte meine Augen offen. Du kannst nicht gehen, ohne dass ich es merke.«

»Ich hab gesagt, ich gehe nicht, ich tu's nicht, ich tu's nicht. Hör endlich auf zu jammern.«

»Du musst sagen: Ich verspreche es. Los.«

Kingshaw spürte, wie er die Geduld verlor. Er hatte es schon versprochen.

»Du musst es sagen, sonst zählt es nicht, Los, sag's.«

Kingshaw sah zu ihm herüber, mit plötzlichem Interesse. Er wusste, dass Hooper sich elend fühlte, dass er Angst hatte. Dass er nicht ganz er selbst war. Er hatte sich zu Hause nie so verhalten. Aber trotzdem.

»Bist du immer so ein Angsthase? Auch in der Schule?«

»Bin ich gar nicht, bin ich nie. Ich sage dir nur, was du tun sollst, das ist alles.«

»Du hast Angst. Jetzt hast du Angst.«

»Und du auch.«

»Aber ich heule nicht so wie du. Angsthase Hooper.«

»Bin ich nicht. Ich hasse dich.«

Kingshaw stocherte mit einem langen Stock im Feuer herum. Er wusste nicht, warum er plötzlich Hooper verhöhnen wollte, feststellen wollte, wie weit er gehen konnte, wozu er ihn bringen konnte. Er hatte bereits die Oberhand, wenigstens für den Moment. Aber er musste es sich selbst beweisen. Er war verwirrt durch Hoopers unerwartetes Jammern und Flehen.

Aber jetzt sagte Hooper leise: »Wenn du dich wegschleichst und sie dann herkommen und mich finden und dann gehen und dich finden, töte ich dich, ich werde …«

»Was denn?«

»Ist ja egal. Warte nur.«

»Du kannst mir keine Angst einjagen.«

»Kann ich wohl! Ich hab's schon getan. Deshalb bist du weggerannt.«

»Quatsch.«

»Das stimmt, es stimmt. Du hast auf jeden Fall geheult, als du eine Krähe gesehen hast, einen blöden alten Vogel. Heulsuse, Heulsuse!«

»Halt's Maul!«

»Wenn du wegrennst …«

»Oh, um Gottes willen, ich hab dir doch gesagt, ich renne nicht weg.«

»Dann musst du es aber versprechen.«

Kingshaw sprang auf, Hoopers Stimme machte ihn verrückt, wie er immer weiterplapperte. Er stand über ihm und brüllte: »Halt's Maul, Hooper, halt's Maul! Du kriegst einen Tritt und ich schlag dir den Schädel ein, wenn du nicht endlich die Klappe hältst. Glaub nur nicht, ich tu das nicht.«

Hooper duckte sich überrascht. Er kniete sich hin

und versuchte, weiterzukriechen. Kingshaw setzte sich rittlings auf ihn.

»Wirst du jetzt die Klappe halten?«

»Ja. Ich …«

»Wenn du noch etwas sagst, kriegst du einen Tritt. Ich kann dir leicht wehtun, weil du krank bist, ich würde ganz einfach gewinnen. Also halt's Maul.«

»Du tust es nicht, du darfst nicht …«

Hooper heulte laut vor Angst.

Kingshaw beobachtete ihn einen Moment, er hätte ihn gern geschlagen. Dann drehte er sich jäh um und ging weg. Er war erschrocken über das, was er getan hatte, und über den Ton, in dem er gesprochen hatte. Er war bereit gewesen, Hooper zu treten und zu boxen, alles zu tun, damit er endlich aufhörte zu jammern und zu nörgeln und ihn zu beschuldigen. Seine eigene Gewalttätigkeit erstaunte ihn.

Er ging ein Stückchen auf die Lichtung hinaus, stieß mit den Füßen gegen Baumwurzeln und wirbelte die Blätter auf. Nicht weit entfernt grunzte ein Tier und stieß dann einen Warnruf aus.

Nach einer Weile kam er langsam zurück, legte sich neben das Feuer und starrte in die rote Glut, bis ihm die Augen schmerzten. Er fühlte sich seltsam benommen, aber wieder als er selbst und ruhig. Er würde Hooper nicht mehr anfassen. Das Feuer sprühte und glühte. In seiner Nähe fühlte er sich sicher. Dort und im Wasser. Allerdings hatte er es nicht sehr bequem, weil er Hooper alle seine warmen Sachen gegeben hatte, und Zweige und trockenes Laub ihn durch sein Hemd und seine Jeans stachen.

Er sagte: »Hooper?«

Schweigen.

»Alles okay?«

»Halt's Maul!«

Kingshaw zögerte, er schämte sich über sich selbst. Er dachte daran, wie Hooper geschrien hatte: »Mummy, Mummy!« Das hatte ihn mehr als alles andere überrascht.

»Ich hätte dich nicht wirklich geschlagen.«

Er wusste, dass jeder Vorsprung, den er vielleicht errungen hatte, wieder zerronnen war und dass er Hooper in die Hände gespielt hatte. Aber er dachte, was immer auch geschehen mochte, er hatte etwas, eine innere Stärke und Entschlusskraft, die Hooper nicht besaß. Das würde ihm durch alles hindurchhelfen. Er fühlte, dass er nicht mehr weglaufen musste, wenigstens nicht wegen Hooper. Sie hatten ihre Rollen nicht getauscht, aber es hatte sich etwas geändert. Kingshaw war sich seiner selbst und seiner eigenen Kraft bewusst geworden.

Laut sagte er: »Weißt du, du brauchst dich nicht aufzuregen, Hooper, wir müssen beide hierbleiben, bis sie uns finden.«

Hooper lag völlig still vor ihm in der Dunkelheit. Aber Kingshaw konnte fühlen, wie er lauschte.

Er versuchte, nicht daran zu denken, was geschehen würde, wenn niemand sie suchen kam.

9

Sie kamen. Es war spät am anderen Morgen.

Sie waren beide schon seit der Dämmerung stundenlang wach gewesen. Als es heller wurde, fingen die Vögel über ihren Köpfen und überall um sie herum an zu zwitschern, alle Büsche waren voller Vögel. Sie waren die ganze Nacht dagewesen, aber still und regungslos.

Kingshaw dachte, es ist ein ganzer Tag. Aber es hätte ein Jahr sein können, fünf Jahre. Alles außerhalb des Walds war so unwirklich geworden, dass er nicht mehr daran glaubte.

Er sah zu Hooper hinüber. Er war wach, lag mit offenen Augen auf dem Rücken.

»Ich werd mal Holz holen. Das Feuer geht aus.«

»Lass es.«

»Nein, wir haben nur noch eine halbe Schachtel Streichhölzer. Wir wissen nicht, wie lange wir noch hier sein müssen. Wir dürfen nichts verschwenden.«

Hooper setzte sich auf, und dann erhob er sich etwas unsicher. Er sagte: »Es geht mir jetzt okay. Ich fühle mich nicht mehr so komisch.«

»Es ist aber ganz grün-braun – wo du hingefallen bist.«

Hooper betastete die Stelle mit der Hand.
»Es ist aber nicht geschwollen.«
»Nein. Ich gehc jetzt Holz holen.«

An diesem Morgen war es nicht neblig gewesen. Das frühe Licht sickerte fahl durch den Wald, sodass die Baumstämme wie wässrige Seide aussahen. Zuerst war es grau, dann schwach gelb, dann golden, und der Waldboden war rostfarben, wo das verwelkte Laub lag.

Kingshaw stapfte herum, sammelte Holz und hörte die Vögel zwitschern. Während der ganzen Nacht war der Wald so geheimnisvoll gewesen, etwas hatte im Verborgenen auf der Lauer gelegen, Augen hatten sie beobachtet, irgendwie furchtsam, als ob diese Wesen sich unterdrückt fühlten.

Jetzt hatte die Sonne alles enthüllt, Vögel und Insekten schwirrten herum, alles lebte. Kingshaw atmete erleichtert auf.

»Ich gehe schwimmen«, sagte er später. Sie hatten Tomaten und Kekse zum Frühstück gegessen. Hooper lag flach auf dem Boden an einem sonnigen Fleck. Seine Kleidung sah zerknittert aus. Direkt vor ihm unter einem Busch schlug eine Drossel eine Schnecke auf einen flachen Stein, um das Gehäuse zu zerschmettern. Hooper beobachtete sie gespannt.

»Du solltest aber lieber nicht ins Wasser gehen. Du könntest von gestern eine Erkältung haben.«

»Mir geht's gut.«

»Na dann …«

»Auf jeden Fall habe ich keine Lust zu schwimmen. Ich esse einen Keks und gucke, ob dieser Vogel die Krümel aufpickt.«

»Wird er nicht.«

»Warum nicht?«

»Weil er wild ist. Nicht so wie im Garten.«

»Sei doch nicht blöd. Alle Vögel sind wild, sie sind alle gleich.«

»Er kommt nicht näher, wenn du da bist.«

»Wir werden ja sehen.«

»Du verschwendest unsere Verpflegung. Wir müssen alles sparen.«

»Ich geb ihm ja nur Krümel. Und überhaupt, kümmer dich um deine Sachen, Kingshaw.«

Aber Hooper sprach sanft, seine Aufmerksamkeit war auf den Vogel gerichtet.

Kingshaw zog seine Kleider aus und legte sich an die seichteste Stelle des Bachs. Die Steine fühlten sich an seinem Hintern und den Schultern kalt an, aber sie waren nicht scharfkantig. Das Wasser floss unentwegt über ihn, teilte sich und floss wieder zusammen. Er öffnete und schloss seine Beine wie eine Schere. Das Sonnenlicht, das durch das Laub über ihm kam, war kalkig-gelb. Die Blätter bewegten sich leicht. Ein schwarz-weißer Vogel flog auf und zwischen ihnen davon, hinaus in den offenen Himmel.

Kingshaw schloss die Augen. Er wollte nicht schwimmen, er wollte sich überhaupt nicht bewegen.

Er dachte, das hier ist gut, das ist in Ordnung. Hooper beobachtete immer noch die Drossel. Sie hatte jetzt die Schnecke aus dem zerbrochenen Gehäuse herausbekommen.

Überall um sie herum gurrten die Waldtauben.

Und dann hörten sie das erste Rufen. Ein Hund bellte. Es war zuerst weit entfernt, aber sie kamen sehr schnell näher. Es schien überhaupt nicht lange zu dauern. Mit großem Getöse kamen sie durch das Unterholz. Jemand rief wieder. Sie waren fast schon auf der Lichtung, aber Kingshaw konnte nicht verstehen, was sie gerufen hatten. Der Hund bellte wieder.

Er öffnete die Augen und sah Hooper, der sich aufgesetzt hatte und ihn ansah.

»Es kommt jemand.«

Kingshaw antwortete nicht, er bewegte sich nicht, schloss nur seine Augen, blieb liegen und ließ das Wasser über seinen nackten Körper fließen. Er dachte, ich will nicht, dass sie kommen, ich will nicht, dass sie uns finden. Nicht jetzt. Das hier ist gut. Ich will hierbleiben.

Auch Hooper machte ihm jetzt nichts aus. Nicht im Wald. Es war eine andere Welt. Wenn sie keinen Weg aus dem Wald hätten finden können, dann wären sie entweder gestorben oder sie hätten überlebt. Aber das hatte er sich ja gewünscht. Wegzugehen, die Dinge zu ändern. Nun kam jemand, und man würde sie zum Haus zurückbringen.

Er fürchtete sich davor. Dann dachte er an alles, was er mit Hooper seit dem vorherigen Morgen erlebt hatte. Die Dinge hatten sich verändert. Vielleicht würde nun alles in Ordnung kommen.

Man hörte wieder Rufe. Als er seine Augen öffnete, war sein Blick auf die Baumwipfel und das Sonnenlicht durch den Kopf eines Mannes verdeckt.

10

Es war Kingshaw, es war Kingshaw, er hat mich ins Wasser geschubst.«

Kingshaw fuhr herum, verblüfft von Hoopers kalter Falschheit.

»Du Lügner, ich hab's nicht getan, ich hab's nicht getan, ich war nicht mal da, ich hab dich überhaupt nicht angerührt. Du bist reingefallen.«

»Er hat mich in den Rücken gestoßen.«

»Lügner, Lügner, Lügner!«

»Charles, wie kannst du so reden, wie kannst du so ungezogen sein?«

»Ich hab ihn nicht angerührt.«

»Warum sagt dann Edmund, dass du es getan hast? Er hat sicher keinen Grund, die Unwahrheit zu sagen.«

»Oh ja, das würde er tun, er ist ein gemeiner kleiner Schwindler, er würde alles behaupten. Ich habe ihn nicht angerührt.«

»Wie sprichst du nur! Ich schäme mich wirklich für dich.«

Sie waren im Frühstückszimmer. Hinter dem offenen Fenster lag der Garten in der Hitze der frühen Nachmittagssonne, voller Bienen und heller Blumen. Kingshaw wollte dorthin, ganz allein.

»Ich hätte sterben können, oder? Als ich meinen Kopf an dem Stein gestoßen habe. Ich hätte tot sein können.«

»Nein, Liebes, ich glaube nicht, dass das wirklich passiert wäre, da brauchst du keine Angst zu haben. Aber du bist mächtig erschrocken.«

»Er hat sich auf mich gesetzt und mich auch noch geschlagen, nachdem ich mich gestoßen hatte. Er hat gar nicht aufgehört.«

Kingshaw beobachtete seine Mutter, die sich über Hooper beugte, um seinen blauen Fleck zu untersuchen. Er dachte, ich hasse euch, ich hasse euch beide. Hooper sah nicht zu ihm hoch.

Er fing an zu berichten: »Er hat versucht, einen Fisch mit seinen Händen zu fangen. Da ist er ausgerutscht, einfach hingefallen, und hat sich den Kopf aufgeschlagen, das ist alles. Ich war nicht einmal dabei …«

Aber er ließ die Stimme sinken. Es hatte keinen Sinn. Seine Mutter und Mr Hooper standen zusammen neben dem Küchentisch und sahen ihn mit bestürzten Gesichtern an. Kingshaw wandte sich ab. Was sie auch glaubten, es war unwichtig. Es war alles seine Schuld, sagten sie, er war ja derjenige gewesen, der zuerst weggelaufen war, er hatte die Idee gehabt, in den Wald zu gehen. Hooper war ihm nur gefolgt, er hatte überhaupt keine Schuld. Sie hatten sich nicht einmal die Mühe gemacht zu fragen, warum er das getan hatte. Ein kleines Abenteuer, meinten sie, eine Expedition, eine Dummheit. Er konnte nicht erklären, dass er wirklich für immer hatte weggehen wollen.

Nun ging er zur Tür.

»Charles, du bleibst hier, du darfst nicht rausgehen.«

Er zögerte.

»Du wirst dir ein Buch holen und in dein Zimmer gehen.«

»Warum? Ich hab nichts Schlimmes getan.«

»Und meinst du nicht, es könnte doch sein, dass du etwas Schlimmes getan hast?«

»Das hab ich nicht, das hab ich nicht. Das ist ungerecht. Ich hab ihn nicht angerührt.«

»Oh, darüber reden wir jetzt gar nicht. Ich meinte, dass es sehr ungezogen war, überhaupt wegzulaufen und Edmund in Gefahr zu bringen.«

»Er brauchte ja nicht zu kommen, ich wollte ihn gar nicht dabeihaben.«

»Und außerdem hast du einen ziemlichen Schock erlitten.«

»Hab ich gar nicht.«

»Also keine Widerrede und sei nicht kindisch, auch wenn du meinst, du bist tapfer. Ich denke, ich weiß, was für dich am besten ist.«

»Mit mir ist alles okay.«

»Sag nicht immer okay, Charles, wie oft muss ich darum bitten? Ich habe gesagt, ich will, dass du in dein Zimmer gehst, Liebes. Mir gefällt deine Art, immer zu diskutieren und Widerworte zu geben, wirklich nicht. Immerhin bist du erst elf Jahre alt. Und besonders möchte ich nicht, dass du dich in Mr Hoopers Gegenwart so benimmst.«

»Ich sehe nicht ein, warum ich nicht rausgehen darf.«

»Weil man sich nicht auf dich verlassen kann. Man kann ja gar nicht wissen, was du als Nächstes tust. Ich bin bestürzt, du hast keine Ahnung, wie es uns beiden heute zumute ist nach solch einem schrecklichen Erlebnis. Wir kommen nach Hause und stellen fest, dass ihr fort seid. Du bleibst drin und ruhst dich aus.«

Mr Hooper hustete. »Vielleicht ein Spiel …«, sagte er zögernd. »Vielleicht ein Damespiel … Ich finde, sie könnten ins Wohnzimmer gehen und ein ruhiges Spiel spielen, irgend so etwas.«

»Ach Quatsch!«

»Charles!«

»Ich spiele das blöde Damespiel nicht. Ich spiele gar nichts mit ihm.«

»Charles, ich will nicht, dass du so sprichst. Entschuldige dich bitte bei Mr Hooper. Und bei Edmund. Es ist richtig dumm, weil er dein besonderer Freund ist.«

Kingshaw wollte ihnen beiden ins Gesicht schreien, immer wieder schreien, bis sie es verstanden hätten. Er sagte: »Wenn ihr wissen wollt, was ich wünsche, ich wünschte, er hätte sich den Kopf an dem verdammten Stein aufgeschlagen, wünschte, ich wäre nicht rechtzeitig gekommen und hätte ihn gefunden, weil er dann nämlich tot wäre. Ich wünschte, er wäre tot.«

Mrs Helena Kingshaw ließ sich auf den Küchenstuhl fallen, sie stieß ein leichtes Stöhnen aus.

Kingshaw war entsetzt über das, was er gesagt hatte.

»Ich hab's euch gesagt, ich hab's euch gesagt, er hat mich reingeschubst, er wollte, dass ich mich verletze.«

»Ich hab dich nicht angerührt, Hooper, das weißt du ganz genau, also halt die Klappe!«

»Er hat mich auch die ganze Zeit geschlagen, er hat mich getreten und geschubst.«

»Lügner, Lügner, kleiner Scheißlügner!« Kingshaw holte aus, um ihn zu schlagen.

»Also, jetzt …«

Mr Hooper hielt ihn zurück. Seine Hand war sehr dünn, mit langen knochigen Fingern, die sich in Kingshaws Unterarm gruben.

»Das ist wirklich ein sehr schlechtes Benehmen, sehr schlecht«, sagte er. »Ihr solltet euch beide schämen.«

»Er ist sowieso ein brutaler Kerl.« Hooper machte ein kindliches Gesicht.

Kingshaw befreite sich aus Mr Hoopers Griff. Er war den Tränen nahe, es war, als ob er eine Mauer vor sich hätte, die er niederreißen müsste. Er konnte nicht sagen: Ich habe für ihn gesorgt, ich hab ihn aus dem Bach geholt und dafür gesorgt, dass er das Wasser ausspuckt, das er geschluckt hat, ich hab ihm was zu trinken gemacht und ihm meinen Jumper gegeben und alles Mögliche, ich hatte Angst, dass er tot ist, ich habe gesagt, es ist okay, es ist alles in Ordnung, Hooper, du brauchst keine Angst zu haben. Als er hingefallen ist, war ich nicht einmal da, ich habe ihn überhaupt nicht angerührt, nicht mal, als ich über ihm stand und ihn schlagen wollte, damit er aufhört zu quatschen. Ich habe ihn nicht angerührt. Nichts von alldem stimmt.

Aber er sagte nichts. Er verstand sich selbst nicht, als er jetzt Hooper ansah, wie er auf dem Stuhl im Frühstückszimmer saß. Er hatte ihn ertragen, solange er konnte. Jetzt hätte er ihn umbringen können.

Er stellte fest, dass sie ihn gar nicht kannten, keiner von ihnen, sie ahnten nichts davon, was er dachte und fühlte, waren widerstandslos bereit, Hooper seine Lügen und sein Jammern zu glauben. Kingshaw erschienen diese Lügen so verrückt, so unerhört unwahrscheinlich, dass er dachte, jeder müsste sie durchschauen. Aber das taten sie nicht, sie wussten so wenig von ihm, dass sie alles glaubten. Kingshaw fühlte sich weiter von ihnen entfernt als je zuvor, er war ganz allein mit sich. Man denkt, sie kennen dich und wissen, warum du etwas tust, aber nicht einmal seine Mutter kannte ihn. Wenn sie ihn anschaute, sah sie ein fremdes Wesen. Sie wusste nicht, was in seinem Kopf vor sich ging, sie hatte niemals gewusst, wie er wirklich war.

Hooper war mies. Das wusste er nun. Es konnte keinen Waffenstillstand zwischen ihnen geben. Kingshaw fühlte sich plötzlich ganz schwach vor Müdigkeit.

»Sie sollten lieber beide nach oben gehen.«

Mrs Helena Kingshaw putzte sich die Nase.

»Ich glaube, das wäre das Beste. Sie sind übermüdet und hysterisch. Aber natürlich, wenn Sie anderer Meinung sind …«

»Nein, nein. Oh, entschuldigen Sie bitte, ich kann nicht klar denken, ich habe Kopfschmerzen. Ich kann mich nicht genug für Charles entschuldigen, ich kann nicht verstehen …«

»Ist schon gut. Es ist alles in Ordnung.«

»Oh, Sie sind so freundlich zu uns. Wenn Charles nicht versteht, was für ein Glück wir haben – er ist natürlich nur ein Kind, er kann nicht … Aber ich weiß es, ich …«

Kingshaw dachte, halt den Mund, halt den Mund, halt den Mund. Er wollte sie schütteln, er wollte, dass sie aufhörte zu weinen, er wollte, dass sie nicht weiter so zu Mr Hooper sprach. Ihm war übel, so sehr schämte er sich für sie.

»Jetzt geht ihr bitte beide in eure Zimmer. Wir haben wirklich genug, glaube ich, wirklich genug. Edmund …«

»Ich möchte ein Aspirin haben. Mein Kopf tut wieder weh.«

»Du sollst eins haben, Liebes.« Mrs Kingshaw sprang auf. Ich werde mein Kind nicht bevorzugen, dachte sie, besonders wenn es an allem schuld ist.

»Ich gebe dein Aspirin in eine schöne Limonade, dann schmeckt es nicht bitter.«

»Baby«, sagte Kingshaw wütend. »Er hat gar nichts. Ihr hättet ihn bei dem Gewitter sehen sollen. Er hat geheult und geschrien, er hatte eine Heidenangst – er hat sich vor Angst in die Hosen gepinkelt.«

»Charles, mein Lieber …« Seine Mutter stand an der Spüle und wandte sich ihm mit einem leisen Lächeln zu. »Charles, ich bin sehr verwundert über dich und etwas beschämt, das muss ich sagen. Du führst dich vulgär und sehr unfreundlich auf. Ich hatte gehofft, du bist jetzt groß genug, um zu verstehen, dass die Menschen manchmal einfach vor etwas Angst haben und dass es nicht ihre Schuld ist. Menschen, die überhaupt keine Angst haben, sind nämlich nicht immer die tapfersten. Ein Gewitter kann etwas sehr Unangenehmes sein.«

»Mir wird schlecht bei Gewittern«, sagte Hooper. »Mir ist schon immer schlecht geworden. In der Schule darf ich aus der Klasse rausgehen und mich hinlegen, wenn es donnert.«

»Blödes Baby.«

»Charles …«

»Bei einem bisschen Donner zu heulen wie ein Baby.«

»Ich werde gleich sehr böse. Wir haben jetzt wirklich genug von dem schrecklichen Gerede gehört. Du gehst jetzt besser in dein Zimmer, wie Mr Hooper gesagt hat.«

Kingshaw drehte sich angewidert um. Als er an Hooper vorbeiging, trat der ihn hart gegen den Knöchel. Kingshaw ließ sich nichts anmerken, obwohl der Schmerz ihm durch das ganze Bein fuhr – Hooper beobachtete ihn aus den Augenwinkeln ganz genau.

Mr Hooper ging einen Schritt zurück und strich sein Haar glatt, er erschien Kingshaw sehr groß und dünn und grau, wie ein scheußlicher Vogel. Er hätte ihm gern eine große Ladung Spucke ins Gesicht gespien. Er zog den Speichel schon probehalber im Mund zusammen.

Als er die Tür hinter sich schloss, hörte er, wie seine Mutter sich entschuldigte.

Er war noch nie auf sein Zimmer geschickt worden. Dieses Benehmen war ihm völlig neu. Er kam sich seltsam vor, nicht wie er selbst. Aber es war notwendig, er fühlte, dass er sich irgendwie gegen sie alle verteidigen musste. Er hatte es sofort gewusst, von dem Augenblick an, als sie in dieses Haus zurückgebracht worden waren, dass sich mit Hooper nichts geändert hatte. Der würde auf seine Chance warten.

Kingshaw fühlte sich in der Falle. Hooper gewann und würde weiterhin gewinnen, es gab kein Entrinnen. Er war weggelaufen, aber Hooper war ihm nachgekommen, hatte sich an ihn geheftet, hatte ihn gezwungen umzukehren.

Er ging langsam die Holztreppe hinauf und roch wieder den Geruch des Hauses. Je näher er seinem Schlafzimmer kam, desto mehr fürchtete er sich. Alles, was im Wald geschehen war, erschien ihm nun unwirklich, seine Bedeutung war zerronnen. Das Haus überwältigte ihn wieder und diktierte ihm, was er fühlen und tun musste. Er dachte an den ersten Tag, als er hier ankam, und an den Zettel, den Hooper ihm hinuntergeworfen hatte, an die Art, wie seine Mutter Mr Hooper angesehen hatte, als sie sich die Hand reichten. Er hatte es damals schon gewusst.

Seine Beine taten ihm weh. Der Schlaf im Wald letzte Nacht war kein sehr guter Schlaf gewesen. Er streifte seine Schuhe ab und legte sich aufs Bett. Von draußen hörte er durchs offene Fenster die Stimme von Mr Hooper und dann die seiner Mutter, ein Teelöffel klirrte gegen eine Tasse. Die Geräusche klangen schrill durch den heißen Sommernachmittag. Die beiden schienen sich seit gestern nähergekommen zu sein, zum Teil wohl, weil sie zusammen in London gewesen waren, aber auch, weil er weggelaufen war, dachte Kingshaw. Wenn sie ihn ansahen, war der Ausdruck in ihren Augen der gleiche.

»Ich hab dir was zu trinken gebracht. Leg dich bitte richtig ins Bett.«

Es war sehr heiß und sehr still. Er hatte das Fenster weit geöffnet und die Bettlaken und Decken zurückgeworfen. Seine Mutter zog die Vorhänge vor, die Armreifen glitten klirrend an ihrem Arm vom Ellbogen bis zum Handgelenk herunter. Er dachte, sie wird Mr Hooper heiraten.

»Ich bin auf einen kleinen Schwatz gekommen, Liebes. Ich glaube, es wird Zeit, findest du nicht?«

Kingshaw senkte seinen Kopf und steckte sein Gesicht in den Becher mit Ovomaltine. Der Dampf stieg in einem runden Ring um seine Nase und seinen Mund.

»Zieh die Bettdecke hoch, Charles.«

»Mir ist zu heiß.«

»Aber so kannst du nicht schlafen, das wäre sehr unvernünftig.«

»Warum denn?«

»Weil du dich erkälten würdest, Liebes. Nachts sinkt die Temperatur, während du schläfst.«

»Letzte Nacht hab ich draußen geschlafen ohne Bettlaken oder Decken oder irgendwas. Ich hatte nicht einmal einen Jumper. Und es ging mir gut.«

»Ich glaube, das müssen wir erst mal abwarten. Ich habe mich sehr gesorgt, dass dein scheußlicher Husten wiederkommt.«

Sie saß direkt neben ihm auf dem Bett. Er konnte ihr Gewicht fühlen, die Form ihrer Oberschenkel, wenn er seinen Fuß ausstreckte. Er rutschte etwas weiter weg.

»War es sehr schrecklich, Liebling?«

»Nein, es war gar nicht schrecklich. Es war toll.«

»Sicher hattest du doch etwas Angst, ganz allein im Wald.«

»Hooper hatte Angst. Er hat andauernd geplärrt.«

»Das ist ein hässliches Wort.«

Er sah von ihr weg und zum Fenster hinaus.

»Ich glaube, du hast mir eine Menge nicht erzählt.«

Schweigen.

»Findest du nicht, dass es dir etwas leidtun sollte?«

»Warum?«

»Ich hab mich so um dich gesorgt, Liebling.«

»Oh.«

»Ja, es ist leicht für dich, in so einem Ton ›Oh‹ zu sagen, aber du kannst dir nicht vorstellen, wie es war! Du bist doch sonst nicht so rücksichtslos, Charles. Und Mr Hooper hat sich auch gesorgt.«

»Oh.«

»Ja, er war wirklich besorgt, und nicht nur wegen Edmund. Ich glaube, er hat dich recht lieb gewonnen.«

Kingshaw fühlte, wie sich sein Magen zusammenkrampfte.

»Er ist so freundlich zu uns gewesen. Du solltest dich wirklich bemühen, ihm gegenüber nicht undankbar oder unhöflich zu sein. Denk nur ein bisschen nach, bevor du sprichst.«

Draußen in den Bäumen rief eine Eule.

»Ich glaube nicht, dass du dir richtig klar darüber bist, wo wir wären, wenn Mr Hooper nicht so freundlich zu uns wäre.«

»Na, dann würden wir irgendwo anders sein, oder? In dem Haus von jemand anders.«

»Ach, das ist nicht ganz so selbstverständlich – keineswegs. Aber du bist zu jung, um das zu verstehen.«

Kingshaw dachte wieder an den Wald. Er wäre jetzt gern dort und würde ohne Kleider im Bach liegen.

»Oh, was hat dich nur dazu gebracht, so was Törichtes zu tun? So weit wegzulaufen und dann in diesen Wald, ohne jemandem etwas zu sagen?«

Er zuckte mit den Schultern.

»Ich verstehe dich nicht, Charles. Du warst immer so ein nervöses Kind, du hattest immer Angst im Dunkeln; als du ein kleiner Junge warst, musste ich immer eine Lampe neben deinem Bett brennen lassen.«

»Das ist Jahre her, da war ich noch ein Baby.«

»So klein nun auch wieder nicht …«

»Das war, bevor ich in die Schule ging. Jetzt habe ich vor nichts mehr Angst.«

Er überlegte, ob sie ihm glaubte. Er wusste nicht, was sie dachte.

»Vielen Dank für die Ovomaltine.«

Er wollte, dass sie ging.

»Charles, ich hoffe wirklich, dass wir hier glücklich werden, Liebes. Ich bin schon glücklich.«

Kingshaw starrte sie an. In den Falten über ihren Lidern lag grüner Puder. Er hasste das.

»Ist irgendwas los? Geht es dir hier gut?«

»Ja, danke.«

»Du würdest es Mummy doch erzählen, nicht? Es ist wahrscheinlich irgendeine winzige Kleinigkeit, die dich quält, wir könnten das sofort beseitigen, und alles wäre wieder in Ordnung. Ich hoffe, du glaubst nicht, du bist jetzt zu groß, um zu mir zu kommen und mir alles zu erzählen.«

»Mir geht es gut.«

»Ich weiß zwar, dass Edmund vielleicht nicht ganz so ist wie deine anderen Freunde, aber er ist …«

Kingshaw sagte leidenschaftlich: »Ich hasse ihn, das habe ich dir ja gesagt. Ich hasse Hooper.«

»Oh, es ist sehr, sehr böse, so zu sprechen, was denkst du bloß? Was kann der arme Edmund dir denn getan haben?«

Das würde er ihr niemals erzählen können. Er wollte es nicht. Er rieb und drehte den Saum des Lakens zwischen seinen Fingern und wünschte, dass sie ging. Sie sagte: »Da ist etwas, was ich dir eigentlich erzählen möchte …« Aber sie hielt inne.

»Was denn? Was wird passieren?«

»Nein, nein, ich werde es dir doch nicht vor morgen erzählen. Es ist viel zu spät, du hast einen sehr anstrengenden Tag hinter dir.«

»Du musst es mir aber erzählen, du musst. Ich will es jetzt wissen.« Kingshaw saß aufrecht im Bett, er ahnte ein schreckliches neues Geheimnis.

»Mr Hooper und ich haben so viel über euch beide gesprochen und haben ein paar aufregende neue Pläne gemacht … Mr Hooper ist sehr, sehr freundlich zu uns gewesen, Charles. Aber nein … Ich bin fest entschlossen, jetzt nichts mehr zu sagen, du bist schon viel zu müde.«

»Ich bin nicht müde, ich bin nicht müde.«

»Widersprich mir nicht, Liebes. Wenn alles soweit ist, erfährst du es, es wird eine hübsche Überraschung.«

Mrs Helena Kingshaw stand auf, strich das Laken glatt und lehnte sich dann über ihren Sohn. Die grüne Perlenkette berührte kalt sein Gesicht.

Als sie fort war, stand er auf und ging zum Fenster. Der Mond bildete aus den Eiben seltsame Gestalten.

Er dachte, sie werden heiraten. Das hat Hooper gesagt. Wir werden hier immer und ewig bleiben müssen, Hooper wird mein Bruder sein. Das ist ihr Geheimnis.

Er stand lange in der Dunkelheit. Es war sehr heiß. Er dachte an den stickigen, feuchten, erdigen Geruch im Waldesinnern und daran, wie es sich dort bewegt und geraschelt hatte. Er dachte, Menschen sind nutzlos, Menschen helfen nie. Es gibt nur Dinge und Orte. Es gibt den Wald. Erschreckend und sicher.

Er ging zurück ins Bett.

11

Mr Joseph Hooper wischte sich die Marmelade mit einer Serviette von seinem kleinen Mund. Kingshaw sah sie alle an, wie sie da am Tisch saßen. Er dachte, jetzt werden sie es sagen, jetzt werde ich es erfahren. Seine Mutter spielte mit der Zuckerdose, sie sah gut gelaunt aus. Er sah, wie sie Mr Hooper einen flüchtigen Blick zuwarf. Mr Hooper schaute sie an. Kingshaw dachte, ich werde »Vater« zu ihm sagen müssen.

Mr Hooper sagte: »Pass auf, ich habe eine schöne Neuigkeit für so einen Sommermorgen. Ich habe eine große Überraschung für dich, Charles. Nächstes Trimester wirst du nicht zurück in die St Vincent's School gehen, du wirst zusammen mit Edmund zur Schule gehen!«

Er wusste nur, dass er rennen musste, um von Hooper wegzukommen. Das Haus bot keinen Schutz. Er rannte immer weiter nach oben und durch jeden Flur, aber welches Zimmer er sich auch aussuchte, er wagte nicht dortzubleiben, Hooper würde ihn finden. Er stand auf dem dunklen Treppenabsatz vor dem Dachboden, seine Brust schmerzte, als er versuchte, Atem zu schöpfen. Jetzt wünschte er mehr denn je, zurück in den Wald zu laufen, immer tiefer hinein, bis alle Zweige sich hinter ihm schlossen und ihn verbargen. Er wollte den Bach wiederfinden.

Aber er würde den Wald nie erreichen. Hooper würde ihm nachkommen, ihn über die Felder hetzen, durch das Unterholz brechen und ihn zur Strecke bringen.

Schritte waren auf der Treppe zu hören. Kingshaw fing an zu rennen.

Er hatte den Schuppen schon oft gesehen, durch eine Lücke in der großen Hecke, die um den Garten von Warings lief. Da lag ein Gemüsegarten, den niemand pflegte und wo Brennnesseln wuchsen, die einem bis an die Hüfte reichten. Ganz am Ende in einer Ecke stand der Schuppen.

Kingshaw rannte die Einfahrt zwischen den Rhododendronbüschen hinunter und wandte sich nach links. Etwas weiter unten auf dem Pfad blieb er stehen und wartete. Es war sehr warm. Er hörte das Geräusch eines Traktors oben auf Dover's Hill. Sonst nichts. Nach einem Augenblick ging er weiter, hielt sich dicht beim Gebüsch, bis er zu dem zerrissenen Drahtzaun am Eingang zum Gemüsegarten kam.

Es schien keine Sonne, man sah nur eine Menge dicker grauer Wolken, die tief über der Landschaft hingen, und die Luft war ruhig, schwül und gewittrig.

Die Tür zum Schuppen war geschlossen und hatte

ein Vorhängeschloss. Aber als Kingshaw es in die Hand nahm, wurden seine Finger braun von dem Roststaub und das Schloss öffnete sich.

Er hätte schreien können vor Erleichterung, dass er Hooper entwischt war. Er hatte einen Platz gefunden, er war allein. Bisher hatte er nie gewagt, allein hierherzugehen.

Er dachte daran, wie sie ausgesehen hatten, die drei am Frühstückstisch, wie Hooper mit seinem Löffel immer in der Teetasse gerührt hatte, mit sanftem, wissendem Gesicht.

»Du wirst mit Edmund zur Schule gehen.«

Kingshaw ging sehr vorsichtig in den Schuppen hinein, er witterte nach allen Seiten wie ein Tier.

Es war sehr stickig und dunkel. Als die Tür aufschwang, fiel ein Lichtschimmer auf den Zementboden und man konnte Klumpen niedergetretenen Strohs und Drecks erkennen. Kingshaw machte noch einen Schritt hinein und sah sich ängstlich um. Nichts. Niemand. In einer Ecke war eine Menge alter Säcke übereinandergestapelt. Er setzte sich darauf. Ein leichter Schauer überlief ihn.

Sekunden später wurde die Tür zugeknallt. Kingshaw sprang auf und rannte hin, aber als er die Hand nach der Tür ausstreckte, hörte er das Klicken des Vorhängeschlosses. Danach war es still.

Er wartete ein paar Augenblicke. Dann sagte er: »Hooper?«

Schweigen.

»Hör mal, ich weiß, dass du es bist.«

Schweigen.

Er sprach lauter. »Ich kann hier rauskommen, denk nicht, es macht mir was aus, dass du die blöde Tür abgeschlossen hast. Ich weiß, wie ich jederzeit hier rauskommen kann.«

Schweigen.

Wenn Hooper ihn eingeschlossen hatte, dann hatte er ihn aus einem Fenster beobachtet und war ihm dann gefolgt. Er war gerissen, ihm war alles zuzutrauen. Und doch hatte er nichts gesehen und gehört, und er hatte immer wieder zurückgeschaut.

Er dachte, vielleicht ist es gar nicht Hooper.

Der Gemüsegarten wurde durch eine dichte Hecke von den Feldern abgegrenzt. Er lag abseits vom Dorf, es schien niemals jemand hierherzukommen. Aber jetzt könnte jemand da sein. Im vorigen Jahr war jemand zwanzig Meilen von hier erwürgt worden. Hooper hatte ihm das erzählt. Zwanzig Meilen waren keine so furchtbar große Entfernung.

Er stellte sich Landstreicher und Mörder vor, den Stallknecht von der Barr Farm mit seinen schlechten Zähnen und den Händen, die wie rotes, entzündetes Fleisch aussahen. Irgendjemand konnte am Schuppen herumgelungert und ihn eingeschlossen haben. Und dann konnte er später zurückkommen.

Manchmal durften sie in der Schule die Zeitungen nicht lesen wegen der Berichte über Mordprozesse und solche Sachen, aber sie hatten sie alle in der Bibliothek für die Älteren gelesen, denn die Jungen der unteren Klassen wurden manchmal mit einem Auftrag da hingeschickt. Wenn man angefangen hatte, so etwas zu lesen, las man immer weiter und konnte nicht aufhören, bis man all das Schreckliche wusste, und dann grübelte man darüber nach und hatte Albträume, und man konnte nie wieder so wie vorher sein, als man noch nichts gewusst hatte.

Er dachte daran, dass er nicht in seine eigene Schule zurückkehren würde. Das war alles vorbei. In Gedanken ging er durch das ganze Gebäude und rief sich den Geruch in den Räumen in Erinnerung. Vielleicht machte es ihm nicht wegen der Menschen dort so viel aus, mit Ausnahme von Devereux und Lynch. Und Mr Gardener. Die Menschen waren nicht so wichtig. Aber er konnte nicht einen Teil vom Ganzen trennen, seine Existenz dort war für ihn eine innere Einheit, die Zeit und der Ort und die Menschen und was er dabei empfunden hatte.

Er stand noch an der Tür des Schuppens. Jemand musste ihn einmal für Tiere benutzt haben. Er roch schwach nach Schweinedung und altem, trockenem Hühnerkot. Die Wände und das Dach bestanden aus Wellblech und waren zusammengenietet. Es gab kein Fenster und nirgendwo drang Licht ein, nur unter der Tür war ein dünner heller Strich.

Kingshaw streckte seine Hände aus und tastete sich langsam an den Wänden entlang, bis er in die Ecke mit den Säcken kam. Er setzte sich.

Vielleicht würden sie nicht bis zur Nacht warten. Jeder konnte durch den Gemüsegarten in den Schuppen gehen und nicht gesehen werden. Hier drinnen konnte man ihm alles antun, ihn ersticken oder mit einer Axt erschlagen oder ihn erhängen oder erstechen, sie konnten eine Säge nehmen und ihm beide Füße absägen und ihn dann verbluten lassen. Kingshaw stopfte sich vor Entsetzen eine Faust in den Mund. Jemand hatte das einmal gemacht, er hatte es in einem von den blutrünstigen Büchern gelesen, die Ickden im vorigen Trimester gehabt hatte. Ickden verlieh sie zu zwei Pence für vier Tage. Kingshaw hatte es auf dem Klo gelesen und gewünscht, dass er aufhören könnte, und er hatte sich vor den folgenden Nächten gefürchtet.

Jetzt sagte er sich, es ist Hooper, es ist Hooper, es konnte niemand anders sein. Hooper würde durch das Gras zurück zum Haus kriechen. Dann würde er einfach warten, bis ihm in den Sinn kam, dass es Zeit wäre, ihn herauszulassen.

Kingshaw sagte laut: »Ich habe keine Angst, allein zu sein in der verfluchten Dunkelheit.« Seine Stimme hallte wider.

Aber es war nicht die Dunkelheit, es waren die Gedanken, die ihm durch den Kopf gingen, die Bilder vor seinen Augen.

Er dachte daran, warum er hierhergegangen war, er erinnerte sich an Mr Hoopers Gesicht, wie er ihn am Morgen über den Frühstückstisch hinweg angelächelt hatte. »Du wirst mit Edmund zur Schule gehen.« Er wusste nichts über den Ort, nur den Namen. Die Schule hieß Drummonds. Nur die anderen kannten sie.

Die unteren Säcke des Haufens waren feucht, und nun kam die Feuchtigkeit durch. Kingshaw stand auf. Seine Jeans fühlten sich am Hintern nass an. Er ging zurück zur Tür, legte sich flach auf die Seite und versuchte hinauszusehen. Aber der Spalt war viel schmaler, als er gedacht hatte, von hier unten konnte er nur ein schwaches Grau erkennen. Er blieb dort und drückte sein Ohr an den kalten Zementboden und lauschte auf Bewegungen, auf Schritte. Es war nichts zu hören.

Einige Minuten später hörte er dann das schwache Geräusch eines Lastwagens, der den Weg hinunterfuhr. Kingshaw sprang auf und fing an, an die Tür zu hämmern und zu schlagen und dann an die Wellblechwände, bis sie krachten und in seinen Ohren klangen, er kreischte und schrie, dass man ihn rauslassen solle, er dachte, oh Gott, oh Gott, oh Gott, bitte, lass jemand kommen, bitte, lass jemand den Weg herunterkommen oder in den Garten, bitte, oh Gott, oh Gott, oh Gott …

Er gab auf. Seine Handflächen waren heiß und pochten, und an seinen Fingerknöcheln hatte er sich die Haut aufgeschürft. Er saugte an den Hautfetzen und schmeckte Blut. Stille.

Hooper könnte beschlossen haben, ihn für immer in dem Schuppen zu lassen. Es gab nichts und niemanden, der ihn davon abhalten konnte, nichts, wozu er nicht fähig war.

Schließlich kroch Kingshaw auf Händen und Füßen über den Zementboden und das dreckige Stroh zurück zu den Säcken. Er zog die unteren, die am feuchtesten waren, hervor und breitete die anderen auf dem Boden aus. Er wollte sich hinlegen. Er konnte absolut nichts sehen, nur vage fühlen, was er tat. Dann huschte etwas zwischen den Säcken hervor und über seine Hände. Er schrie und schlug die Hände verzweifelt gegen seine Hosen, fragte sich entsetzt, was das wohl sein könnte. Schließlich glaubte er, dass es weg sei. Als er seine Finger wieder öffnete, waren sie schleimig und klebrig.

Er würgte und musste sich übergeben, direkt über die Säcke, das Erbrochene floss aus seiner Nase und verstopfte sie. Es schmeckte bitter. Er beugte sich vor und hielt sich den Bauch. Als es vorbei war, wischte er sich den Mund mit seinem Hemdsärmel ab. Er erschauerte wieder.

Er fand die Säcke nicht mehr, nur einen Strohhaufen, der in der Ecke neben der Tür aufgeschichtet war. Kingshaw tastete sich zu ihm. Als er sich hinlegte, zog er seine Knie bis an den Bauch. Er wollte weinen, aber er konnte nicht. Er legte seine Hände auf die Augen, und hinter den geschlossenen Lidern stiegen grüne und rote Muster auf, durchbrochen von dünnen glänzenden Sternspitzen.

Schließlich schlief er ein.

Da war ein Kaspertheater. Die quäkenden Puppenstimmen schallten laut in seinen Ohren, riefen ihm etwas zu, aber er konnte nichts verstehen.

Der Strand war sehr schmal, vorn stiegen hohe Klippen auf und dahinter lag das Meer. Die Flut kam und kroch immer näher auf sie zu, während sie den Puppen zuschauten.

Das Kaspertheater war aus gestreiftem Leinen gemacht, rot und weiß mit Fransen um die kleine viereckige Bühne. Innen war es dunkel, wie in einem offenen Mund.

Kingshaw saß mitten unter ihnen, er wurde eingezwängt von den Armen und Beinen und Rücken der anderen, roch den Geruch der Jungen, ihrer Haare und der grauen Wollpullis. Es waren unendlich viele, Tausende von Jungen, so weit er sehen konnte, und es kamen immer noch mehr, sie setzten sich hin und drängten sich dichter und immer dichter zusammen. Er konnte außer seinen Augen und Fingern nichts bewegen.

Der Sand am Strand war sehr weiß, kalt und körnig wie Sago, wie der Staub auf der Mondoberfläche, und es war Nacht, tot und kalt und schwarz. Nur die Puppen waren im Licht, sodass man sie ansehen musste.

Devereux saß neben ihm, er hatte die Arme fest um seine Knie geschlungen. Kingshaw stieß immer wieder gegen ihn, wollte, dass er ihn ansah oder etwas sagte, aber er starrte nur geradeaus, gebannt von den Puppen. Er sah, dass sie über den wogenden Stoffkörpern echte, menschliche Köpfe hatten, und als sie anfingen, sich zu schlagen, zerbrach Kasperles Schädel, Blut strömte heraus und die Stimme der Judy kreischte, als der Körper auf und ab hüpfte, und das Kreischen verwandelte sich in das Krächzen einer Krähe, die Puppenbühne war voller Nebelkrähen, die wegflogen, eine nach der anderen. Sie kreisten über den Köpfen der Jungen und versammelten sich auf dem kalten Sand.

»Kingshaw … Kingshaw … Kingshaw … Kingshaw … Kingshaw …«

Die Stimme kam von weit weg. Kingshaw wiegte sich auf dem Boden hin und her, er hatte seinen Kopf zwischen den Armen versteckt, um das schreckliche Gekrächze der Krähen nicht hören und die Gesichter der Puppen nicht sehen zu müssen.

»Kingshaw … Kingshaw … Kingshaw …« Ein langes Flüstern, aus großer Entfernung, durch einen Tunnel.

»Kingshaw …«

Er erwachte, setzte sich kerzengerade auf und sah in die völlige Dunkelheit. Herrgott … Er erinnerte sich, wo er war.

»Kingshaw …«

Die Stimme kam von irgendwo hinter dem Schuppen, fern und seltsam gedämpft durch die Blechwände. Man hörte einen leichten, scharrenden Laut nah am Dach.

»Kingshaw …«

Hooper. Kingshaw stand auf. Aber er näherte sich der Stimme nicht.

»Was tust du denn?«

Er wartete, schweigend, atmete kaum.

»Kingshaw?«

»Bastard …«

Pause. Erneutes Scharren. Hooper war irgendwo hinten am Schuppen. Er lachte.

»Hast du keine Angst, ganz allein im Dunkeln, im Stockdunkeln …?«

»Nein.«

»Lügner.«

»Ich kann rauskommen, wenn ich will.«

»Wie?«

»Das siehst du dann.«

»Ich bin doch nicht blöd, es gibt keinen anderen Weg raus als durch die Tür, und die ist zu, und ich hab den Schlüssel.«

Kingshaw fühlte, wie es sich in seinem Kopf zu drehen begann. Er hatte wieder Angst und schrie wie ein in die Ecke getriebenes Tier.

»Bastard, Bastard, Bastard, Bastard …« Seine Stimme wurde immer lauter.

Hooper wartete, bis er aufhörte. Der Schall hallte von den Wänden wider. Dann sagte er: »Ich hab dir ja gesagt, du kannst nicht rauskommen.«

»Warum hast du mich überhaupt eingesperrt? Ich hab dir nichts getan.«

»Oh doch, hast du.«

»Was denn?«

»Eine ganze Menge.«

»Hab ich nicht, hab ich nicht, ich hab dich nie angerührt.« Er war immer noch verblüfft über diese gewaltige Ungerechtigkeit und darüber, dass der Waffenstillstand zwischen ihnen, an den er geglaubt hatte, auf so brutale Weise verletzt worden war. Die zusammen im Wald verbrachte Zeit war wie nie gewesen.

Hooper sagte: »Vielleicht hab ich dich hier eingeschlossen, weil ich einfach Lust dazu hatte. Ich wollte es. Es wird langsam Zeit, dass dir jemand eine Lektion erteilt, Kingshaw. Vielleicht will ich erreichen, dass du weggehst.«

»Also hör mal, ich bin verdammt noch mal nicht gern hier, Hooper, glaub nicht, dass ich in eurem muffigen Haus leben und in deine schäbige Schule gehen will.«

»Das sagst du besser nicht noch mal.«

Kingshaw tastete sich durch die Dunkelheit in die Richtung, aus der die Stimme kam. Er sagte verzweifelt: »*Du* bist derjenige, der Sachen macht, *du* bist derjenige, der lügt …«

»Ich habe den Schlüssel.«

»Das ist mir egal. Sie werden schon kommen und mich suchen.«

»Sie wüssten gar nicht, wo sie anfangen sollten, sie kennen diese Stelle nicht.«

»Irgendwann finden sie mich.«

»Ich sage ihnen, dass du wieder in den Wald gegangen bist.«

Kingshaw dachte, es gäbe überhaupt keine Hoffnung mehr für ihn. Er kniete sich hin und tastete vorsichtig auf dem Boden herum. Aber es war nur kalter und feuchter Zement. Er saß mit angezogenen Knien da. Was auch geschah, wie lange es auch dauern würde, er würde Hooper nicht bitten, ihn rauszulassen, er würde überhaupt nichts tun, nur hier sitzen. Das Einzige, worauf es ankam, war, nicht nachzugeben.

»Du kommst mit in meine Schule.« Hoopers Stimme ging singend hoch und runter.

Kingshaw schwieg.

»Du wirst in meinem Schlafsaal sein.«

»Vielleicht auch nicht.«

»Doch, wirst du, du bist ein Neuer. Sie werden dich da reinstecken, weil du mit mir zur Schule gehst und weil du bei uns wohnst, sie werden annehmen, dass du das willst.«

»Ist mir egal.«

»Ich bin im nächsten Trimester der Anführer im Schlafsaal.«

Kingshaw überlief es kalt. Er wusste, dass das sicher stimmte und dass es das Schlimmste von allem war, was kommen würde. Hooper hatte hier die Macht. Und er würde dann auch dort die Macht haben.

»Ich kann tun, was ich will, und die anderen müssen tun, was ich sage. Ich kann dafür sorgen, dass sie dir alle was antun.«

Kingshaw steckte sich die Finger in die Ohren und versuchte, nicht zuzuhören, sein Herz hämmerte und hämmerte. Aber die Stimme drang noch schwach durch, wie die Stimmen der Puppen im Theater. Er fühlte, wie er in den furchtbaren Traum zurücksank.

»Ich hab eine Menge Freunde. Wart nur ab, du wirst schon sehen …«

»Halt's Maul, halt's Maul, halt's Maul …« Aber er flüsterte sich das nur selbst zu, entschlossen, Hooper es nicht hören und triumphieren zu lassen.

»Sie stecken die neuen Babys unten in den Keller.«

Kingshaw hob den Kopf. »Ich bin älter als die. Es wird nicht das Gleiche sein.«

»Doch, wird es doch. Ich habe neue Babys gesagt, und du bist ein Baby. Mummys kleines Baby. Bilde dir nicht ein, dass sie das nicht erfahren werden.«

Kingshaw sagte ruhig: »Ich kann ihnen das vom Gewitter erzählen.«

»Es ist egal, was du sagst, weil niemand dir glauben wird.«

»Warum? Warum sollten sie es nicht glauben? Sie werden mir glauben, weil es wahr ist.«

Hooper lachte wieder. »Du wirst der Neue sein. Niemand hört auf die Neuen, hast du das noch nicht gewusst? Die Neuen dürfen nicht sprechen, bis man zu ihnen spricht.«

Kingshaw antwortete nicht. In seiner eigenen Schule waren die Neuen etwas Besonderes. Er war sieben gewesen, als er zuerst dort hinkam, und wenn man einer von den Jüngsten war, mussten die anderen besonders nett zu einem sein. Man bekam Schokoladenkekse zum Tee und eine Geschichte zum Schlafengehen, und jeder sorgte sich um einen.

Plötzlich hörte er etwas über das Dach des Schuppens rutschen und dann dumpf aufprallen. Als Hooper wieder sprach, kam seine Stimme aus der Nähe des Bodens.

»Ich hab gesehen, wie du hierhin gelaufen bist. Ich sehe alles.«

»Neugieriger Affe.«

»Du kannst überhaupt nichts machen, Kingshaw, weil ich dich immer sehen werde.«

»Meinst du, das macht mir was aus?«

Kurze Pause. Dann: »Im Naturkundeunterricht müssen wir tote Falter aufschneiden.«

Kingshaws Kehle zog sich zusammen. Er schluckte schwer. »Lügner!«

»Na, wart's nur ab. Dann heulst du, und alle lachen dich aus.«

Er wollte Hooper daran hindern, ihm noch mehr zu erzählen, sein Kopf verarbeitete fieberhaft, was Hooper gesagt hatte, während er in der Dunkelheit saß. Aber er hatte keine Möglichkeit, ihn zu hindern, versteifte seine Muskeln und zwang sich, nicht loszuschreien vor Furcht und Wut und Elend und nicht zu sagen, oh bitte, tu's nicht, bitte, bitte, oh Gott, ich will nirgendwohin mit dir gehen, ich habe Angst, ich will hier aus diesem verfluchten, verdammten Schuppen raus.

»Ich gehe jetzt«, sagte Hooper.

Kingshaw grub seine Nägel tief in seine Handflächen. Er dachte, lass mich raus, lass mich raus, lass mich raus. Gott …

»Kingshaw?«

»Tu, was du willst.«

»Es könnte eine Ratte da drin sein.«

»Hier ist keine.«

»Ist aber doch möglich. Wie kannst du das wissen? Du kannst nichts sehen.«

»Sie machen Geräusche, sie kratzen rum. Hier ist nichts.«

»Aber Nachtfalter tun es nicht. Es könnten eine Menge Falter da drin sein. Oder es könnte eine Fledermaus drin sein, die von der Decke herunterhängt, und gleich werde ich klopfen und klopfen, bis sie runter auf deinen Kopf fällt. Es wird dich verrückt machen.«

Kingshaw fühlte wieder Schluchzer des Entsetzens in der Kehle, seine Muskeln verkrampften sich schmerzhaft. Er zwang sich, sie immer wieder herunterzuschlucken. Er fing an, sich in einem Singsang zuzuflüstern: »Ich bringe dich um, Hooper, ich bringe dich um, ich bringe dich um, ich bringe dich um.« Ganz plötzlich schrie er es laut hinaus, und der Lärm seines eigenen Schreiens erschreckte ihn mehr als alles andere.

Eine lange Zeit war kein Laut mehr zu hören, weder im Schuppen noch von draußen. Kingshaw weinte jetzt, ganz leise, er machte sich nicht die Mühe, die Tränen von seinem Gesicht zu wischen. In einer Minute würde Hooper wieder anfangen: Heulsuse, Heulsuse, Heulsuse, plärrt nach seiner Mummy, kleiner Angsthase, Heulsuse, Baby, Baby, Baby … Es war ihm jetzt egal. Er weinte noch eine lange Zeit.

Aber Hooper musste gegangen sein. Schließlich rief Kingshaw nach ihm, aber es kam keine Antwort und nichts rührte sich.

Er traute sich nicht, aufzustehen oder zu dem Licht unter der Tür zurückzukriechen, weil er Angst hatte, dass es Ratten oder Falter oder Fledermäuse in dem Schuppen und an der Decke geben könnte. Es war alles still. Nach einer Weile fing er wieder an zu weinen, weil er sonst nichts tun konnte und es keinen Trost gab.

Als Erstes hörte er die Schritte, die sich durch das Gras eilig auf den Schuppen zu bewegten, und dann einen Schlag und das Klicken des Vorhängeschlosses. Die Tür des Schuppens flog auf.

Hooper schrie ihm zu, während er schon wieder wegrannte: »Es ist Essenszeit, und du kommst zu spät, beeil dich mal lieber, du Blödmann, wir sollen mit meinem Vater irgendwo hingehen.«

Nesseln und Sauerampfer knickten unter seinen stampfenden Schritten um, als er zurücklief.

Kingshaw stand auf. Seine Beine waren taub und steif von dem Zementboden. Er wischte sein Gesicht mit dem Ärmel ab.

Im Haus wusch Hooper sich unter dem Wasserhahn in der Küche die Hände. Auf Mrs Helena Kingshaws gut gelaunte Fragen antwortete er: »Wir haben Banditen gespielt.«

Draußen regnete es heftig, in großen, dicken Tropfen. Sie fielen einer nach dem anderen wie Schweiß vom Himmel, als Kingshaw sehr langsam durch den Gemüsegarten zurückging.

12

Mrs Helena Kingshaw ließ ihre Hände sanft über die weichen Kleider in ihrem Schrank gleiten. Sie dachte, wir fahren alle zusammen in einem Auto weg, es wird ganz so sein, als wären wir eine Familie. Denn er hatte gesagt: »Heute soll ein Feiertag sein.« Er hatte ganz ernst davon gesprochen, dass sie sich ausruhen und entspannen müsse, und nach einem nur kurzen, förmlichen Protest hatte sie eingewilligt. Sie genoss es, wenn Mr Hooper sie so behandelte.

Der Regen hatte aufgehört.

Die Straße wand sich auf engen Wegen zwischen hohen, mit Farnkraut bewachsenen Böschungen immer weiter hinauf, und die Bäume wölbten sich über ihnen zu einem Bogen. Kingshaw wartete darauf und hielt den Atem an, dass sie bald ans Ende des langen grünen Tunnels und hinaus ins Freie kommen würden, wo man wieder Luft hatte und den Himmel sah. Er wollte laufen und seine Arme bewegen können. Sie fuhren nach Leydell Castle.

Aber sobald die Straße auf einen Gipfel geführt hatte, begann sie wieder abwärts zu verlaufen, immer weiter hinunter, und im Baumdach gab es keine Lücke.

Kingshaw und Hooper saßen weit auseinander und schweigend auf dem Rücksitz des Rover. Kingshaw starrte die Warze an seiner linken Hand an. Er dachte, ich werde Broughton-Smith nie wiedersehen, in meinem ganzen Leben nicht.

Die Straße zweigte nach links ab, und die Bäume traten zurück.

Zuerst sahen sie die Schlossruine und daneben einen See. Um den See führte ein Kiesweg, und um diesen herum war nur ein riesiger Bogen kurz geschnittenen Rasens. Dahinter stieg das Gelände nach allen Seiten an, dicht mit Kiefern bewachsen. Die Wolken hingen wie ein tiefer Nebel und wirkten bedrückend.

Mr Hooper schaltete den Motor aus, und plötzlich war es sehr still.

»Ich habe Landkarten und Reiseführer mitgebracht«, sagte er, und wandte sich auf seinem Sitz leicht zu Mrs Kingshaw hinüber. »Ich bin kein Mensch, der sich mit halben Sachen zufriedengibt.« Er war jetzt vertraulicher im Umgang mit ihr, hatte sich daran gewöhnt, wieder eine Frau um sich zu haben.

Mrs Kingshaw lächelte und öffnete die Wagentür und sah sich eifrig um. Sie war bereit, Bewunderung und Interesse zu zeigen. Am Abend vorher hatte er in Warings zu ihr gesagt: »Sie brauchen nicht zu befürchten, dass Charles in diesem Haus jemals benachteiligt wird. Ich werde keinen Unterschied zwischen den Jungen machen.«

Kingshaw ging einige Schritte voraus, weg von den

anderen. Er hatte nicht erwartet, dass es hier so aussehen würde, er hatte gehofft, es wäre ganz wild und frei. Das hier machte ihm Angst. Es erinnerte ihn an seinen Traum. Er sah hinüber zu dem See. Das Wasser war ganz ruhig.

»Was willst du machen?«

Kingshaw sah kalt auf ihn hinunter.

»Klettern«, sagte er.

Sie befanden sich in der Ruine. Die äußeren Mauern reichten sehr hoch, es gab ein paar eigenartige steinerne Treppenteile, die plötzlich endeten, sodass man ins Leere oder auf einen Mauerabsatz hinaustreten konnte, und es gab Reste von Stützbogen, die oben wie Trittsteine abgeflacht waren. Die Oberfläche hatte die Farbe von feuchtem Sand und fühlte sich rau und körnig an, bis auf die Stücke, wo vereinzelt Moos und Flechten aus den Spalten wuchs.

»Ich wette, dass du dich nicht weit rauf traust.« Kingshaw lächelte still vor sich hin. Er bewegte sich ruhig von Stein zu Stein an einem Mauervorsprung entlang.

Er wollte so hoch wie möglich hinauf, bis zum Turm.

Hooper beobachtete ihn von unten.

»Du wirst runterfallen.«

Kingshaw ignorierte ihn. Er kletterte sicher und ruhig, hatte keine Angst vor der Höhe. Er sah hinunter. Hooper war direkt unter ihm. Kingshaw winkte mit einem Arm.

»Warum kommst du nicht auch rauf?«

Seine Stimme hallte von den Schlossmauern wider. Hooper hatte sein Federmesser herausgenommen und ritzte seine Initialen in einen Stein.

»Du kriegst was ab, wenn dich jemand sieht. Das darf man nicht. Sie können dich deswegen ins Gefängnis werfen.«

Hooper kratzte weiter.

Die Mauern wurden hier schmaler. Kingshaw kroch auf allen Vieren und befühlte die Oberfläche mit den Händen, während er sich auf der Mauer sehr langsam vorwärtsbewegte. Man hatte frischen Mörtel in die Mauerfugen gegossen, sodass es keine losen Steine gab.

Nun stieg die Mauer bis zum nächsten Vorsprung ungefähr um einen Fuß an. Er schaffte den Schritt, dann richtete er sich vorsichtig auf und sah sich um. Außerhalb des Schlosses konnte er den flachen Rasen, den See und seine Mutter mit Mr Hooper sehen, die drüben auf einer Bank saßen. Er fühlte sich hoch über ihnen, sehr groß und stark und auch sicher, niemand konnte an ihn herankommen. Das hier ist gut, dachte er. Die anderen sind mir ganz egal, sie können mir nichts anhaben, es ist mir egal, es ist mir ganz egal. Ihm war etwas schwindelig vom Triumph seiner Freiheit. Wenn er seinen Arm ausstreckte, konnte er vielleicht den Himmel berühren.

Aber auch hier oben war es warm und schwül.

Er rief zu Hooper hinunter: »Ich bin ein Bogenschütze, ich bin der oberste Krieger dieses Schlosses. Mit einem Pfeil kann ich dich töten.«

Hooper sah hinauf.

»Ich bin der König des Schlosses!« Kingshaw fuchtelte mit den Armen und stolzierte vorsichtig oben auf der Mauer entlang. Ein paar Schritte weiter war eine Mauerlücke. Wenn er sie überspringen könnte, wäre er auf der Brüstung, die zum Turm führte.

Weit unten wedelten die winzigen Gestalten seiner Mutter und Mr Hoopers mit den Armen und gaben ihm Zeichen. Er dachte, ich scheiß auf euch, und dann schrie er es plötzlich, so laut er konnte, er war sicher, dass nur Hooper ihn hörte.

Hooper sagte: »Komm lieber runter, du Angeber, wenn du fällst, schlägst du dir den Schädel auf.«

»Scheiß auf dich. Ich falle nicht.«

In der Schule war er nachts auf das Dach des Musiksaals geklettert, am Efeu entlang zwischen dem einen Schlafsaal und dem im nächsten Stockwerk, er war bis rauf zu dem Krähennest in der Krone der Ulme am Südtor gekommen. Niemand hatte das je zuvor geschafft. Es war die einzige Auszeichnung, die er je hatte erringen können.

Kingshaw balancierte auf dem Vorsprung, schätzte den Sprung vor sich ab und dachte, Hooper ist da unten, weil er Angst hat. Er guckte über die Kante der Brüstung. Hooper wanderte zwischen den Säulen am Eingang umher. Er sah hinauf, begegnete Kingshaws Blick und schaute schnell wieder weg.

»Ich weiß …«, sagte Kingshaw flüsternd zu sich. »Ich weiß …« Er wartete. Hooper schrie: »Ich kann raufkommen, wenn ich will.«

»Dann komm doch.«

»Die Stufen da drüben führen in die Burgverliese. Du traust dich nicht, da runterzugehen.«

»Wechsle nicht das Thema, Hooper. Du traust dich nicht, hier raufzukommen, und hier ist's schöner als sonstwo.«

Ohne Vorwarnung sprang Kingshaw über die Lücke zwischen den beiden Mauern und hinauf auf die Brüstung. Sie war gerade breit genug für seine Füße. Er sah, wie Hooper den Atem anhielt. Er hatte den Kopf in den Nacken gelegt, um ihn zu beobachten, und die Augen, die Nasenflügel und die Mundöffnung wirkten wie schwarze Johannisbeeren in seinem blassen Gesicht. Kingshaw schrie: »Ich wette, du könntest nicht mal das erste kleine Stück auf der Mauer entlanggehen.«

Hooper wandte sich ab und ging über den offenen Platz. Er ging durch die Trümmer des Bogengangs und auf die ersten Stufen zu. Danach verlor Kingshaw ihn aus den Augen.

Er sah begierig zum Turm hinauf. Er wollte dort hinklettern und oben sitzen und um sich schauen. Wenn er ein Fernglas hätte, könnte er überhaupt alles sehen, meilenweit. Er stellte sich feindliche Reiter vor, die über den Rasen auf das Schloss zustürmten, zu Hunderten, vorn dicht zusammengedrängt und hinten breit aufgefächert. Überall auf den Schlossmauern würden die Bogenschützen in den hohen Fensterspalten und auf den Türmchen stehen und warten.

Aber es passierte nichts. Und er konnte auch absolut nichts sehen, obwohl er so nah am Turm war. Er guckte sich um und sah die dunklen Fichten auf den Hügeln, die den See umgaben, und seine Mutter und Mr Hooper, die jetzt nur noch miteinander beschäftigt waren. Er dachte, ich bin höher als irgendjemand von euch, ich bin höher als überhaupt jemand auf der Welt. Nein, das stimmte nicht.

Er fühlte sich plötzlich deprimiert, niedergeschlagen, enttäuscht von der Aufregung, die ihn beim Hinaufklettern gepackt hatte und die nun verschwunden war. Er drehte sich vorsichtig um und wollte sich an den Abstieg machen. Da sah er Hooper in einiger Entfernung unter sich, wie er auf einem Vorsprung balancierte.

»Was machst du denn da?«

»Du hast ja nicht geglaubt, dass ich raufklettern könnte.«

»Du hast gesagt, du gehst zu den Burgverliesen runter.«

»Das kann man nicht, sie haben ein Tor hingemacht und es abgeschlossen. Da bin ich raufgeklettert.«

Um auf die untere Stufe zu kommen, musste Kingshaw über eins der vorspringenden Mauerstücke rutschen und dann auf einem Vorsprung entlanggehen, bis er Hooper erreichte. Er sprang über die Lücke, erkundete die Mauer auf Händen und Füßen und legte sich dann auf den Bauch. Es war immer besser, sich so runterzulassen, mit den Füßen zuerst und sich mit den Armen an der Kante darüber festzuhalten, bis man ganz sicher stand, mit dem Bauch gegen die Mauer gedrückt. Dann, eins, zwei, drei und runter. Er war daran gewöhnt und fühlte sich seiner Sache sicher. Wichtig war nur, nichts zu überstürzen.

Schließlich erreichte er Hooper.

»Ich gehe jetzt zurück. Sie haben vielleicht das Picknick vorbereitet.«

Hooper antwortete nicht.

»Los. Mach, was du willst, aber ich hab hier jetzt genug. Da ist sonst nichts zu sehen, es ist langweilig.«

Hooper bewegte sich nicht. Kingshaw sah ihn genauer an. Sein Gesicht war grün-weiß.

»Oh, zum Teufel – ist dir übel oder so?«

Keine Antwort.

»Guck, du musst zuerst runtergehen, ich kann nicht an dir vorbei, es ist zu schmal.«

»Ich kann nicht.«

»Was ist denn los? Du hast dir doch nichts getan, oder? Los doch.«

»Nein.«

»Warum nicht?«

»Ich will hinter dir gehen.«

Kingshaw seufzte. »Dickschädel, ich hab's dir doch schon gesagt. Ich sitze hier fest, bis du dich bewegst, und es gibt keinen anderen Weg nach unten. Du kannst nicht hinter mir gehen.«

Sie waren wohl ziemlich weit oben. Er hatte nicht weiter darüber nachgedacht, weil es ihm nichts ausmachte. Es machte ihm nie etwas aus, wie hoch er auch kletterte, es war ihm nie hoch genug.

»Hör mal, sei doch nicht blöd, Hooper, mach endlich!«

»Ich kann nicht, ich kann nicht. Ich falle runter.«

»Zum Teufel! Wenn du es nicht aushältst, hättest du verdammt noch mal nicht raufkommen sollen.«

Hooper starrte ihn überrascht an. Gewöhnlich war er es, der fluchte.

»Warum bist du hochgekommen?«

Hooper warf ihm einen hilflosen Blick zu. Seine Finger sahen aus wie Krallen, von der Anstrengung, sich an einem Stein festzuhalten, schimmerten die Knöchel weiß durch die Haut.

»Du wolltest nur versuchen, ein toller Kerl zu sein, was?«

»Es ist deine Schuld, du hast mich herausgefordert.«

»Hab ich gar nicht.«

»Ich falle, ich falle gleich, Kingshaw, meine Hände rutschen.«

Seine Stimme war schrill, brach vor Angst.

Kingshaw wartete eine Sekunde und dachte nach. Dann sagte er: »Also pass auf – du musst tun, was ich dir sage, weil ich weiß, wie man hier runterkommt, und du nicht, und ich habe keine Angst, und du hast welche. Du musst alles tun, was ich dir sage – verstanden?«

»Ja.«

»Gut. Also, nimm erst mal deine Hände von der Wand.«

»Nein, das kann ich nicht.«

»Du musst einfach.«

»Wenn ich das tue, falle ich bestimmt, Kingshaw.«

»Halt die Klappe und tu, was ich dir sage.«

»Ich kann nicht. Oh Gott, lass mich nicht fallen. Warum kannst du nicht versuchen an mir vorbeizukommen, dann kann ich mich an dir festhalten?«

»Weil da kein Platz ist … Wie oft soll ich das noch sagen?«

»Wenn ich hier runterfalle, bin ich tot.«

»Nimm deine Hände von der Mauer, Hooper!«

Schweigen. Keiner von ihnen bewegte sich.

»Hooper …«

Kingshaws Stimme hallte durch die Steinmauern.

Langsam lockerte Hooper seinen Griff am Stein, einen Finger nach dem anderen.

»Versprich, dass du mich nicht fallen lässt, du musst es versprechen.«

»Du fällst nicht, wenn du zuhörst und tust, was ich sage.«

»Versprich es.«

»Oh Gott, bist du ein Idiot, Hooper. Okay. Ich verspreche es. Mach jetzt die Augen auf.«

»Nein.«

»Mach deine Augen auf.«

»Ich will nicht, ich will nicht. Ich will nicht nach unten gucken.«

»Du musst nicht nach unten gucken. Du musst nur auf deine Füße gucken und aufpassen, was du tust.«

Hooper öffnete die Augen, und sofort wurde sein Blick von der Tiefe unter ihm angezogen. Er flüsterte »Oh Gott …« und machte die Augen wieder zu, kniff sie so fest zusammen, dass seine Wangenknochen heraustraten. Er hatte seinen Körper kein Stück bewegt.

Kingshaw bemerkte den dunklen feuchten Pinkelfleck in der Leistengegend von Hoopers Jeans. Einen Augenblick später lief es an seinem Bein herunter und tropfte auf die Mauersteine.

Er dachte plötzlich, ich könnte ihn töten, ich könnte machen, dass er runterfällt, allein indem ich ihn ansehe oder ihn berühre oder ihm sage, er solle einen Schritt in die falsche Richtung tun. Ich bin der König, ich bin der König, es gibt nichts, was ich ihm nicht befehlen könnte, nichts, was er mir nicht versprechen würde, nichts, was ich ihm nicht antun könnte. Hier oben bin ich der König.

Aber er hatte in den letzten Wochen genug Erfahrungen gemacht, um zu wissen, dass seine Macht immer nur vorübergehend war. So wie bei dem Gewitter im Wald und als Hooper ins Wasser gefallen war, sich den Kopf aufgestoßen und dann Albträume gehabt hatte. Wenn eine Situation sich änderte, ging alles wieder in die Normalität über, die Kingshaw schon kannte.

Er war einen halben Kopf größer als Hooper und stand einen Schritt über ihm auf der Schlossmauer.

Ihre Augen trafen sich. Hooper begriff. Er sagte wimmernd: »Zwing mich nicht dazu, zwing mich nicht dazu.«

Kingshaw schwieg. Er konnte seine Mutter und Mr Hooper sehen, die einander zugewandt auf der grünen Bank saßen und redeten und redeten. Ich kann alles mit ihm machen, was ich will, überhaupt alles. Ich kann ihn töten.

Er dachte an den dunklen Schuppen, den klebrigen Körper des unbekannten Insekts, das er zwischen den Fingern zerquetscht hatte, an Hoopers Stimme, die ihn durch die Blechwand verhöhnte, an den Schweinegestank und den scheußlichen Puppentraum. Er dachte, jetzt bin ich der König des Schlosses. Ich kann alles tun.

Er wusste, dass er es nicht tun würde.

Es kam nur darauf an, dass er Hooper halten und ihn führen würde, so gut er konnte, damit Hooper seine Augen geschlossen halten konnte, wenn er das unbedingt wollte. Er musste nur jeder Anordnung folgen, und Kingshaw würde ihn Schritt für Schritt hinunterführen. Er würde furchtbar aufpassen müssen, um nichts zu sagen oder zu tun, was Hooper erschrecken könnte.

Kingshaw streckte seine Hand aus. Hooper fuhr zusammen, machte einen Schritt nach hinten, schwankte und fiel.

13

Woran Kingshaw sich später am deutlichsten erinnerte, war, dass man ihn nicht beachtete.

Als es passierte, war es wie ein Film, der sehr langsam ablief und dann ganz anhielt. Hooper schien immer weiter zu fallen, in einer eigentümlich graziösen Weise, einen Arm weit ausgestreckt. Sie waren vielleicht nur so hoch, wie sie auf dem Dach von Warings gewesen wären, aber es schien eine lange Zeit zu vergehen, bis er am Boden aufschlug.

Eine Sekunde lang stand alles still. Kingshaw sah den Rasen und den stillen See und seine Mutter und Mr Hooper auf der Bank und den Körper von Hooper, der unten an der Burgmauer lag. Nichts bewegte sich. Er sah hinunter und fühlte sich wie ein Vogel oder ein Gott, hoch über allem schwebend.

Danach ging alles sehr schnell, wie im Zeitraffer, als die Gestalten der Erwachsenen angelaufen kamen, den Pfad entlang und über den Rasen, mit Bewegungen, die aus der Ferne seltsam und ruckartig erschienen. Von irgendwoher tauchte ein Mann in Uniform auf. Er hatte eine Schirmmütze mit einem goldenen Abzeichen. Sie redeten aufgeregt alle durcheinander wie Hühner, während sie sich Hooper näherten.

Kingshaw stand da, entsetzlich ruhig, und beobachtete sie nur. Hinter den Hügeln grollte durch die tief hängenden grauen Wolken der Donner.

Am Ende glaubte er, dass sie ihn ganz vergessen würden. Leute rannten auf dem Rasen herum, Decken wurden gebracht. Mr Hooper raste mit einem Wagen davon und kehrte mit einem anderen Mann zurück, ein weißer Krankenwagen traf ein. Die ganze Zeit stand Kingshaw bewegungslos auf dem Mauervorsprung. Niemand hatte hinaufgesehen oder ihn gerufen.

Sie hoben Hooper auf eine Bahre. Seine Augen waren geschlossen, Kingshaw konnte nirgends Blut sehen. Dann gingen sie zum Krankenwagen, eine kleine Prozession im Gleichschritt. Wieder hörte man es in der Ferne donnern.

Er war sicher, dass Hooper tot war. Er hatte tot ausgesehen, schwer und schlaff wie das Kaninchen im Galgenholz. Er war auch sicher, dass es seine Schuld war, dass er ihn getötet hatte. Er hatte seine Hand ausgestreckt, und Hooper hatte gedacht, dass er ihn schubsen wollte. Außerdem hatte er daran gedacht, er hatte es tun wollen. Wenn man sich erst mal etwas wünschte, packte es einen, und man konnte nicht verhindern, dass es geschah. Wie die Warzen. Die Tatsache, dass er sich dagegen entschieden hatte, seine Hand ausgestreckt hatte, um Hooper schließlich doch herunterzuhelfen, würde nicht zählen. Hooper war gefallen. Aus der Entfernung hatte es wohl wie ein Stoß ausgesehen. Er überlegte, was man mit ihm machen würde.

Dann sah er seine Mutter, die winkte und ihm etwas zurief, das er unmöglich verstehen konnte.

Langsam machte sich Kingshaw an den Abstieg. Er fuhr mit seiner Mutter in Mr Hoopers Wagen nach Warings zurück. Sie fuhren sehr langsam. Kingshaw sah aus dem Fenster und zählte jeden Baum in dem langen grünen Tunnel. Einige von ihnen hatten Wurzeln, die wie Klauen aus dem Boden herausragten, dick und verzweigt und schimmernd.

Er überlegte, was Hooper gefühlt haben mochte, als er durch die Luft fiel, ob es ihm ebenso langsam vorgekommen war, wie es ausgesehen hatte, und wie weh es wohl getan hatte, als er auf dem Gras aufgeschlagen war. Vielleicht überhaupt nicht, vielleicht hatte er nur noch eine Sekunde gelebt und war dann tot, ohne irgendeinen Schmerz dazwischen.

Plötzlich erinnerte er sich an die Schulaula und an Lesage, der ihnen laut vorlas: »Worauf die Seele aus dem Körper flog«.

Er konnte sich an jede Einzelheit erinnern. Es hatte draußen geschneit, und er hatte neben einem Heizkörper gesessen, der cremefarben angestrichen war. Zwischen den Metallrippen waren schwache schwarze Flecken von einem Turnschuh. Er hatte hinausgeschaut in die fallenden Schneeflocken, weil er Lesage nicht ansehen wollte. Lesage regte ihn auf. Immer musste Kingshaw etwas für ihn erledigen, dumme, sinnlose Sachen, für die er meilenweit von einem Ende der Schule bis zum anderen unterwegs war. Wenn er zurückkam, fütterte Lesage ihn mit Milch-Nussschokolade, Stück für Stück, aus einer blauen Dose. Lesage war der stellvertretende Schulsprecher.

Einmal hatte er Kingshaw befohlen, sich auf den Boden des Arbeitszimmers zu legen. Es war niemand sonst dagewesen. Kingshaw hatte gedacht, er würde ihn schlagen oder treten, und er hatte verzweifelt nach dem Grund dafür gesucht, hatte versucht, sich auf irgendein schreckliches, ihm unbekanntes Unrecht zu besinnen, das er begangen haben musste.

»Mach die Augen zu«, hatte Lesage gesagt. Er hatte gehorcht. Er war damals acht Jahre alt gewesen, es war am Beginn seines zweiten Jahres dort und er war darauf bedacht, dass er gefiel und man gut von ihm dachte.

Lesage hatte überhaupt nichts getan. Die elektrische Uhr an der Wand hatte sehr lange gesummt, und Kingshaw hatte einfach dagelegen. Als er ängstlich die Augen öffnete, stand Lesage über ihm und sah auf ihn hinunter, ohne sich zu rühren.

Er sagte: »Du solltest wohl gehen, oder?«

Einen Augenblick war Kingshaw verwirrt liegen geblieben.

»Los, steh auf, du musst in ungefähr drei Minuten im Vorbereitungskurs sein.«

»Oh – ja.«

Dann war er schnell aufgestanden und weggelaufen, bevor Lesage noch irgendetwas sagen konnte. Der Vorfall hatte ihn verstört. Er wollte ihn vergessen. Aber das konnte er nicht, nicht ganz. Wann immer er Lesage sah, starrte er ihn an. Und er erinnerte sich immer wieder an seine Stimme. Sie war schon damals ganz tief und seltsam hypnotisch, ging rhythmisch rauf und runter – Lesage hielt immer die Lesung beim Weihnachtsgottesdienst und beim Stiftungstag und mindestens einmal im Trimester bei der Andacht.

»Worauf die Seele aus dem Körper flog.«

Kingshaw hatte sich ein deutliches Bild davon eingeprägt, wie er mit gekreuzten Beinen zwischen den anderen auf dem Holzboden saß und in den treibenden Schnee hinaussah. Man musste einfach auf Lesages Stimme hören, und wenn man zuhörte, erinnerte man sich daran.

Lesage hatte ein Stipendium des Königshauses für Eton erhalten, der einzige Junge aus der Schule, der das überhaupt je geschafft hatte, sein Name war in Goldbuchstaben auf der Ehrentafel verzeichnet. Lesage. Kingshaw hatte es niemals vergessen. »Worauf die Seele aus dem Körper flog.«

An diesem Nachmittag, als er auf der Schlossmauer stand und das mit Hooper passiert war, war die Seele aus seinem Körper geflogen. Doch da war nichts gewesen, nur der lange, langsame Fall und dann die absolute Stille, die schweren, verkrümmten Gliedmaßen.

Sie fuhren immer noch sehr langsam, aber sie waren jetzt aus dem Baumtunnel heraus und auf der Straße zum Dorf. Ein Mähdrescher rollte über ein Feld wie ein Dinosaurier, das Getreide verschwand in seinem großen roten Schlund.

Seine Mutter hatte überhaupt nicht mit ihm gesprochen. Er sah immer wieder verstohlen zu ihr hinüber. Sie biss sich auf die Lippen, runzelte die Stirn, und hielt das Lenkrad etwas von sich weg, als ob sie sich vor diesem Wagen fürchtete.

Schließlich konnte er die Beschuldigungen nicht mehr abwarten. Er sagte: »Ich habe ihn nicht geschubst. Ich hab ihn überhaupt nicht angerührt.« Seine eigene Stimme klang komisch.

»Es war sehr, sehr dumm, dort überhaupt hinaufzusteigen, Charles. Aber wir wollen jetzt gar nicht darüber reden.«

Er überlegte, warum nicht, er wollte unbedingt, dass sie ihn verstand.

»Ich hab ihn nicht geschubst, ich habe versucht, ihm runter zu helfen, er hatte Angst, er hat sich nicht getraut, ohne meine Hilfe zu gehen.«

Sie lehnte sich leicht zu ihm herüber, als sie das Auto in eine Kurve lenkte. »Es war seine eigene Schuld«, rief Kingshaw.

»Es ist ja gut, Liebling, es ist alles gut. Du hast einen furchtbaren Schock erlitten.«

»Er ist einfach dumm, Hooper, er ist ein Angeber, er hätte nicht versuchen sollen, so hoch rauf zu klettern.«

»Charles, Liebling, ich finde wirklich nicht, dass dies der richtige Augenblick ist, etwas Unfreundliches über Edmund zu sagen, denkst du nicht auch? Ich bin sehr froh, dass du einsiehst, wie dumm es von euch beiden war, da hochzuklettern. Mr Hooper und ich haben immer wieder gerufen, ihr sollt runterkommen, und ihr habt uns nicht beachtet, habt uns absichtlich ignoriert. Das war sehr, sehr ungezogen. Nun ist es leider zu spät, und Edmund hat einen Unfall gehabt. Ich bin etwas beschämt, dass du nicht vernünftig genug warst, dir von Anfang an klarzumachen, was geschehen könnte.«

»Aber ich war es doch nicht, ich war ganz sicher, das erzähl ich dir ja immer wieder, er war's. Hör mal, ich kann überall klettern, ich kann so hoch klettern, wie es nur geht, es ist egal, wie hoch. Ich bin höher als jeder andere in der ganzen Schule geklettert.«

»Damit brauchst du gar nicht anzugeben, du hattest wirklich großes Glück, dass du bisher noch nicht abgestürzt bist.«

»Ich meine, für mich ist es okay, weil ich keine Angst habe, aber Hooper hat Angst, er kann nirgends klettern, bestimmt nicht mal auf einen Stuhl, weil ihm davon übel wird, so ein Baby ist er.«

»Charles, kannst du dich daran erinnern, dass ich dir gesagt habe, dass es nicht die allertapfersten Leute sind, die keine Angst haben?«

Kingshaw war den Tränen nah. Es war sinnlos, mit ihr reden zu wollen, er konnte ihr die Wahrheit und was in seinem Kopf vorging nicht beibringen. Es hatte keinen Sinn, dass er immer wieder sagte, dass er Hooper nicht geschubst hatte, dass es allein Hoopers Schuld gewesen sei, dass das Klettern okay sei, wenn man keine Angst hatte, denn wenn man Angst hat, fällt man. Man würde nicht auf ihn hören, würde ihm nicht glauben. Er konnte ruhig aufgeben, so wie er immer aufgab.

Sie hatten das Haus erreicht. Er wollte fragen, was sie mit ihm machen würden und was mit Hooper geschah, ob sie ihn gleich in einen Sarg legen würden und wohin er gebracht würde bis zu der Beerdigung, er wollte sagen, wird man mich zwingen, seine Leiche anzusehen?

Er sagte nichts.

»Jetzt bekommst du ein Glas Milch und setzt dich ruhig hin, Charles. Mrs Boland ist hier.«

Er sah sie stumm an, als er in der dunklen, holzgetäfelten Diele stand.

»Ich fahre zum Krankenhaus zurück, Liebling.«

Er überlegte, warum, fragte aber nicht.

»Ich möchte, dass du vernünftig bist und Mummy hilfst, ich möchte, dass du genau das tust, was Mrs Boland sagt, ohne Widerrede und ohne Szenen. Du kannst so ein braver Junge sein, und es geht dir jetzt gut, nicht wahr?«

Sie betastete ihr Haar und suchte nach dem Wagenschlüssel. Kingshaw stand da und beobachtete ihre Unruhe. Sie dachte an das Krankenhaus und Mr Hooper. Was sie auch immer sagen oder tun würden, er würde es erst erfahren, wenn beide wieder zurück waren.

Sie hatte die Haustür erreicht und öffnete sie, aber plötzlich drehte sie sich um, beugte sich hinunter und umarmte ihn so, dass sein Gesicht ihre Brust berührte.

»Oh Liebling, versprich mir, dass du nie, nie wieder so etwas Dummes tust. Es hätte so leicht dir passieren können, ich werde nun immer Angst haben, dir nie mehr vertrauen können, wenn du etwas allein unternimmst, wenn du mir das nicht versprichst.«

Er war verwirrt von der Heftigkeit der Umarmung und von dem panischen Ton in ihrer Stimme. Aber es lag keine Wärme und kein Trost darin.

»Charles?«

»Okay«, sagte er.

»Mrs Boland wird dir ein schönes heißes Getränk geben.«

»Okay«.

»Sag doch nicht immer ›Okay‹, Liebling.«

»In Ordnung.«

Sie zögerte und sagte unsicher »Ja …« und »Gut …«, und dann lief sie den Weg hinunter zum Auto.

Als das Geräusch des Motors verklungen war, fing Kingshaw heftig an zu zittern. Er setzte sich in die dunkle Diele und flüsterte immer wieder vor sich hin: »Hooper ist tot, Hooper ist tot.«

Als es dunkel wurde, waren sie immer noch nicht aus dem Krankenhaus zurück. Kingshaw war mit einem Buch ins Wohnzimmer gegangen. Aber er hatte nichts gelesen, er hatte nur immer wieder durch das Fenster auf den Rasen gestarrt.

Er zog seinen Pyjama an. Das Gewitter war abgeklungen, und die Luft war still, heiß und feucht.

Im Wohnzimmer sah Mrs Boland fern. »Kann ich noch was zu trinken haben?«

Auf dem Bildschirm tanzten Leute in einer langen Reihe, ihre Arme um die Schultern der anderen gelegt, sangen und hüpften dabei herum. Die Mädchen trugen glitzernde Kleider, sie schwangen ihre Beine hoch in die Luft. Kingshaw beobachtete sie fasziniert. Er durfte nicht oft fernsehen. Er saß auf einem Stuhl ganz hinten im Zimmer, wollte nicht allein nach oben ins Bett gehen und hoffte, dass Mrs Boland ihn vergessen würde. Er wollte ihre Gesellschaft und den Lärm und die Bewegung des Fernsehprogramms.

Ein Film fing an. Das fluoreszierende Licht flackerte über Mrs Bolands schmales, aufmerksames Gesicht und warf lange Schatten auf die Wände. Kingshaw versuchte seinen Orangensaft möglichst leise zu trinken und starrte mit großen Augen gebannt auf den Bildschirm. Ein Mann ging eine Straße entlang. Es war in einer Stadt, mitten in der Nacht, alles war leer und still. Man zeigte nur seine Füße und die Platten des fahlen Pflasters im Licht der Straßenlaternen. Er ging an einer Mauer entlang. Man hörte noch keine Musik, nur den Klang der Schritte des Mannes, der sehr bedächtig ging, und auch das Tack-Tack seines Stocks, der auf dem Bürgersteig entlangtastete. Es war ein weißer Stock. Der Mann war blind. Das war alles, was man hörte, Schritt-Schritt, Tack-Tack, Schritt-Schritt, Tack-Tack.

Nach einer Weile setzte die Musik ein. Schritt-Schritt, Tack-Tack. Es war sehr leise Musik. Man sah nichts vom Körper des Mannes, nur seine Beine und Füße und den weißen Stock. Die Musik wurde langsam lauter, man ahnte, dass jetzt etwas geschehen würde. Sehr lange ging der blinde Mann geradeaus weiter, aber die Kamera folgte ihm nicht, sie blieb noch auf dem leeren Pflaster und stand still. Und dann sah man die Beine und Füße von einem, der ihm folgte. Dieser Mann machte überhaupt kein Geräusch. Er trug weiche Schuhe. Die Musik wurde noch lauter.

Kingshaw sah vom Bildschirm weg und in sein Glas. Die Eiswürfel waren ganz klein und glatt geworden, sie tanzten im Orangensaft auf und ab. Er schloss die Augen. Aber die Musik ging weiter und wurde immer lauter, und als er wieder für einen Moment auf den Bildschirm schaute, sah er die Füße des Mannes dem Blinden sehr schnell folgen. Und der Stock machte tack-tack, tack-tack, immer weiter.

Er stand schnell auf und ging in die Küche. Sie war sehr hell und kühl. Er stellte sein Glas auf die Abtropffläche, blieb stehen und sah auf die weiße, sehr weiße Spüle. Aber noch immer konnte er die Musik durch die offene Tür hören. Er musste etwas tun. Er ging an den Speiseschrank, öffnete ein neues Paket Kekse und packte einen nach dem anderen in die viereckige rote Dose. Auf dem Deckel war ein Bild von Wäldern im Herbst: ein Bach und ein paar Haufen gelblich-orangenen Laubs. So würde es bald im Galgenholz aussehen. Aber bis dahin würde er in der Schule sein. Nur ohne Hooper, denn Hooper war tot.

Man hörte im Fernsehen einen Menschen furchtbar schreien, die Musik war schrecklich laut und durchdringend. Kingshaw hörte, wie Mrs Boland ihn rief. Er stellte die Keksdose langsam zurück in den Schrank.

»Du gehst jetzt besser ins Bett, mein Junge, es ist spät.«

Er wollte sie fragen, ob er bei ihr bleiben könnte, bis sie nach Hause kämen. Aber er sagte nur: »Ja. Okay. Gute Nacht.«

Mrs Boland dachte, sein Gesicht ist nach dem Schock ganz spitz geworden. Aber sie war niemals wirklich aus ihm schlau geworden, er war eben sehr verschlossen. Es wirkte sich natürlich auf einen Jungen aus, wenn er keinen Vater hatte. Vielleicht half es ihm, dass er hier bei Mr Hooper war. Ja.

Mrs Boland wandte ihre Aufmerksamkeit wieder dem Fernseher zu.

Er wusste, dass er auf der Treppe oder dem Treppenabsatz nirgends anhalten durfte. Er zog seinen Kopf ein und rannte, schaltete kein Licht ein und holte nur einmal tief Luft, bis er in seinem Zimmer war und sich ganz tief unter der Bettdecke vergrub. Er wollte nicht einschlafen, wegen der Träume, wollte auch nicht über das nachdenken, was heute geschehen war. Alles, was er tun konnte, war, sich ein genaues, nüchternes Bild von der Zukunft zu machen.

Die Hauptsache war, dass er Hooper nicht mehr um sich haben würde. Er konnte sich das jetzt kaum vorstellen. Es erschien ihm, als ob dieser Sommer eine Ewigkeit gedauert hätte, er konnte sich nicht an eine Zeit erinnern, in der er Hooper nicht gekannt hatte. Nun würde er allein sein in diesem Haus. Der König des Schlosses. Die ganze vergebliche Anstrengung, sich mit Hooper anzufreunden, seine Gemeinheiten vorauszuahnen; die ganze Angst in unbekannte Fallen zu geraten, die er aufgestellt haben könnte; all das war jetzt vorbei. Aber vor allem musste er vielleicht nicht in die neue Schule gehen. Sie hatten nun keinen Grund mehr, ihn dort hinzuschicken, er würde sicher in die St Vincent's School zurückgehen dürfen, seine eigene Schule. Ihn erfasste eine plötzliche Sehnsucht danach, und das überraschte ihn. Er sehnte sich nach dem vertrauten Klang der Glocken, der Pultklappen und der Stimmen, die durch den Speisesaal riefen, nach dem Geruch und all den Gesichtern.

Es kommt alles in Ordnung, sagte er sich, nicht ohne Angst, es kommt in Ordnung. Der König, der König, der König des Schlosses. Er fand langsam Geschmack an dem Gedanken. Seine Mutter und Mr Hooper würden für ihn da sein, wenn er sie brauchte. König, König, König … Sobald er eingeschlafen war, fingen die Träume an.

Als sie um Mitternacht in der beigefarbenen Limousine nach Hause fuhren, sagte Mr Hooper: »Ich weiß nicht, wie ich das ohne Sie geschafft hätte. Ich kann mir nicht vorstellen, was ich getan hätte …«

Mrs Helena Kingshaw hörte die Wärme in seiner Stimme, errötete vor Genugtuung und lehnte sich entspannt in die dicke, weiche Polsterung des Wagens zurück. Aber sie sagte, was sie immer und immer wieder gesagt hatte: »Ach, wenn ich nur besser auf sie aufgepasst hätte, wenn nur Charles nicht …«

»Nein«, sagte Mr Hooper, »nein«, und streckte seine Hand zu ihr hinüber. »Ich möchte das nicht mehr hören.«

»Aber …«

»Nein! Niemand soll beschuldigt werden, das kommt gar nicht infrage.«

Er nahm seine Hand nicht weg. Die Handfläche war sehr trocken und hart. Mrs Kingshaw dachte, ich habe einen Mann vermisst, ich habe die Sicherheit und das Gefühl von Stärke vermisst, die der physische Kontakt mit sich bringt. Ich bin keine Frau, die leicht allein zurechtkommt.

Laut sagte sie: »Wie freundlich von Mrs Boland!«

Schließlich konnte er sich von den Händen befreien, die nach ihm griffen und versuchten, ihn zurückzuziehen, und er rannte immer schneller durch einen langen Tunnel. Er konnte das Licht vor sich sehen, aber hinter ihm waren die Stimmen. Sie hallten von den Tunnelwänden zurück und dröhnten in seinen Ohren, und dann schlugen und flatterten die großen

Flügel, alle holten sie ihn ein, die Krähen und die Marionetten mit blutenden Köpfen und die Krankenträger. Es war so nah, so nah, er musste nur das Ende des Tunnels erreichen; sie würden ihn nicht anrühren können, wenn er erst im Freien wäre, das wusste er, und er kämpfte sich auf schmerzenden Beinen voran, immer schneller. Er glaubte, sein Kopf würde bersten, und dann war er plötzlich da, draußen im Tageslicht, aber jetzt konnte er seine Beine nicht anhalten, sie liefen immer weiter das Feld entlang, durch dicke, feuchte Grasbüschel und weiter bis zu der Spitze der Klippe und immer noch weiter, bis er fiel und weiter fiel und immer schneller wurde, und ihm das harte grüne Meer entgegenkam, und er wachte auf und streckte seine Hände in die Luft und versuchte, sich zu halten.

Er schwitzte. Sein Schlafzimmer war ganz dunkel.

Wo bin ich, wo bin ich?, fragte er sich. Er konnte nicht verstehen, wieso er seine eigene Stimme hörte, er konnte sich nicht zwingen, ganz wach zu werden, und er fing an, sich aus den Laken zu befreien, die sich ganz um seine Beine gewickelt hatten. Er schluchzte und versuchte es zu unterdrücken, er konnte gar nicht atmen. Er tastete mit seinen Händen an der Türfüllung herum, aber als er schließlich die Klinke fand, half ihm das nichts, denn es war noch überall dunkel, auf dem Treppenabsatz und im Flur, und er wagte nicht, das Licht anzuknipsen, weil er Angst davor hatte, was er dann sehen würde.

Er war, seit er noch ein Baby war, nie zu seiner Mutter gelaufen, hatte immer den Atem angehalten und seine Nägel fest in die Handflächen gepresst, und schließlich war immer alles gut gegangen und er hatte es überstanden.

Nun war es ihm egal, er versuchte nicht einmal sich zu beherrschen, wimmerte vor sich hin wie ein Baby, während er sich durch den dunklen Flur tastete. Er dachte daran, wie Hooper sich verhalten hatte, damals im Wald, als er das ganze Gewitter über mit dem Kopf zwischen den Knien dasaß, und nun war Hooper tot, war wirklich abgestürzt, nicht mehr aufgewacht, konnte nicht mehr aufwachen. Er hatte es nicht geträumt, er …

»Mummy … Mummy … Mummy …« Er fiel halb durch die Tür in ihr Schlafzimmer.

»Mummy … Mummy …«

Die Vorhänge waren nicht zugezogen. Er konnte die Form der Möbel und den blassen Glanz der seidenen Bettdecke auf dem Bett erkennen. Es war leer. Niemand, niemand …

Kingshaw dachte, es ist spät, es ist mitten in der Nacht, sie sind noch nicht nach Hause gekommen, sie werden nicht nach Hause kommen, und Mrs Boland ist nicht da. Es ist überhaupt niemand da. Als er sich umdrehte, sah er sein eigenes blasses Spiegelbild, so wie im Wasser.

»Mummy … Mummy … Mummy …« Obwohl er wusste, dass es keinen Sinn hatte, dass niemand da war, konnte er jetzt nicht aufhören und weinte immer weiter.

Am Ende des Flurs dachte er, während er zur Treppe ging, an den weißen Stock des Blinden, der tack-tack die Straße entlang klopfte, und an seinen Verfolger mit den leisen Sohlen, und da wagte er nicht weiterzugehen. Er setzte sich auf die oberste Stufe, weinte laut und wiegte sich hin und her.

Als die Tür unten geöffnet wurde und er das Licht sah, konnte er sich nicht mehr vorstellen, wer da unten sein könnte oder was ihm geschehen würde, seine Angst hatte ihren Höhepunkt erreicht.

Mr Hooper lief die Treppen herauf, immer zwei Stufen auf einmal, Kingshaw sah seine langen dünnen Beine, die sich wie Scheren öffneten, er sah seinen langen dünnen Arm, der sich zu ihm herunterstreckte.

»Also …«, sagte Mr Hooper. »Ist ja gut …«

Er hob ihn auf und trug ihn nach unten. Die Lampen brannten und warfen kleine sanfte Lichtflecke auf den Teppich und in die Samtfalten der Vorhänge. Aber als Kingshaw den Becher umfasste, hatte er ein fremdes Gefühl in den Händen. Sie zitterten, und die warme, klebrige Ovomaltine lief ihm über den Pyjama und drang bis auf die Haut durch. Er fing wieder an zu weinen, jetzt war ihm alles egal.

»Nun hör mal … ist ja schon gut … komm, komm …«

Seine Mutter brachte ein Tuch und einen sauberen Pyjama, und Mr Hooper hielt den Becher, damit er aus ihm trinken konnte. Kingshaw dachte, oh Gott, ich muss sie fragen, sie müssen es mir sagen, oh Gott … Das Tuch kühlte sein Gesicht und seinen Nacken. Er stotterte: »Wegen Hooper … Bitte, ihr müsst zuhören …« Aber es dauerte lange, bis er sich verständlich machen konnte. Im Wohnzimmer war es sehr warm und ruhig. Er beobachtete die Finger seiner Mutter, wie sie eines ihrer Armbänder ständig um das Handgelenk drehten, und er dachte an all die privaten Dinge, die sie und Mr Hooper nun verbanden. Sein Mund konnte die Worte nicht bilden, er schwitzte wieder vor Anstrengung, sich verständlich zu machen. Sie sagten: »Ist ja in Ordnung, ist ja alles gut«, und schließlich musste er schreien, um durch den weichen, wolligen Filz ihrer Stimmen zu dringen, die ihn beruhigen wollten und seine eigenen Worte erstickten.

»Es ist wegen Hooper – Edmund – hört doch, es ist, weil er tot ist, er ist gefallen und ist tot und …«

Aber sie erzählten ihm, immer wieder, dass Hooper nicht tot sei. »Dummer Junge«, sagte seine Mutter. »Dummer Junge! Natürlich ist er nicht tot, wie kommst du denn bloß darauf zu denken, er wäre tot. Natürlich ist er nicht tot, dummer Junge!« Da musste er es ihnen schließlich glauben.

Mr Hooper trug ihn ins Bett zurück, er ging sehr langsam die Treppen hinauf und die Flure entlang. Kingshaw fühlte sich durch die langen dünnen Arme des Mannes um seinen Körper und den dumpfen Rhythmus seines Gangs eigentümlich getröstet. Er dachte, wenn es nur so weiterginge, wenn er mich nur noch nicht hinlegt. Er weinte wieder leise, aus Scham und Dankbarkeit und Erleichterung.

Als sie aus seinem Zimmer gegangen waren, lag er wach und schämte sich mehr als je zuvor für das, was er gefühlt hatte, und weil es Mr Hooper gewesen war …

Aber als er aufwachte und es noch dunkel war, dachte er an das andere. Er sagte laut: »Hooper ist nicht tot. Hooper ist nicht tot.« Es dauerte lange, bis er wieder einschlafen konnte.

14

Ich gehe jetzt gleich wieder ins Krankenhaus, Liebes. Aber bei Mrs Boland wirst du gut aufgehoben sein.«

»Ja.«

Kingshaw legte ein Stück Himmel beiseite und suchte ein anderes. Alle Teile sahen gleich aus.

»Mr Hooper ist nach London gefahren.«

»Ja.«

»Und er wird nicht vor morgen zurück sein, du musst also allein sehr brav sein, ja?«

»Ja.«

Er wühlte in der Puzzleschachtel herum, schüttelte die Teile durcheinander und wünschte, sie würde gehen.

»Ich muss natürlich den armen Edmund besuchen gehen.«

»Natürlich.«

»Vielleicht könntest du morgen mit mir ins Krankenhaus kommen – ja, das ist eine gute Idee! Ich werde die Schwester fragen.«

»Nein«, sagte er hastig. »Ich will nicht. Danke.«

»Warum denn nicht?«

»Nein.«

»Es würde ihm bestimmt Freude machen, wenn sein Freund ihn besucht.«

»Aber ich will nicht, das ist alles.«

Er versuchte, ein falsches Stück in das Puzzle zu zwängen und verbog eine der Pappzacken.

»Nun … Wir werden sehen …«

»Ich gehe nicht.«

»Komm, Charles, wir wollen bitte nicht darüber streiten. Es ist so ein schöner Tag, ich verstehe nicht, warum du hier drinsitzt und puzzelst. Das ist doch etwas für einen Regentag, oder?«

Er zuckte die Schultern.

»Ich finde, du solltest nach draußen gehen und die frische Luft und den Sonnenschein genießen, solang es noch geht. Es wird früher wieder kalt, als man erwartet.«

Kingshaw wandte seine Aufmerksamkeit vom Himmel in dem Puzzle dem Fluss unten zu. Aber der sah genauso schwierig aus. Es war das einzige Puzzle im Haus.

»Soll ich Edmund irgendwas ausrichten, mein Junge?«

»Nein.«

»Aber ich finde, es wäre nett, wenn du ihm irgendeinen kleinen Gruß schicken würdest.«

Er sagte steif: »Ich hoffe, es geht ihm bald besser.«

»Ja, das sage ich ihm, natürlich tue ich das. Oh, es geht ihm bestimmt besser, er sieht so viel besser aus, das dachte ich gestern schon – wirklich, ich hab's auch

Mr Hooper gesagt, ich hab gesagt, Edmund hat eine viel bessere Farbe. Er hat mir zugestimmt, das glaube ich wirklich. Ja. Obwohl er sich natürlich noch mehr sorgt, der Arme.«

Er dachte, bitte, lass sie gehen, mach, dass sie jetzt geht. Er hasste die Stimme, mit der sie über Mr Hooper sprach.

Seit der Nacht nach dem Unfall war sie dauernd um ihn gewesen, hatte viel Aufhebens gemacht und Fragen gestellt, und als sie ihm ins Gesicht sah, errötete er vor Scham bei der Erinnerung daran. Ein Bild kam ihm immer wieder in den Sinn, wie er in dem dunklen Flur oben herumgeirrt war, geweint und nach ihr gerufen hatte und wie er sich von Mr Hooper in sein Schlafzimmer hatte tragen lassen. Er musste dabei an Fenwick denken, was der dazu gesagt hätte.

Fenwick war zeitgleich mit ihm in die Schule eingetreten. Sie hatten einander abweisend gemustert und nicht gesprochen. Kingshaw hatte gedacht, ich wünschte, er wäre mein Freund. Eine Woche lang hatte er versucht, Fenwick näherzukommen und mit ihm zu reden. Fenwick hatte nie geantwortet. Und dann war er gestürzt.

Sie waren mit der vierten Klasse zu einem Abhang gegangen, und die meisten rannten sehr schnell hinunter, alle auf einem Haufen, sie spielten Düsenflugzeuge. Kingshaw hatte sich oben auf dem Hügel durch sie hindurchgewühlt, bis er neben Fenwick herlaufen konnte. Auf halbem Weg war Fenwick gestolpert, flach aufs Gesicht gefallen und einige Meter hinuntergerutscht. Als Kingshaw ihm aufhalf, hatte er große, blutende Schürfwunden voller Kies an Knien und Ellbogen und auf dem Gesicht. Alle anderen waren den Hügel hinuntergerannt und hatten dabei Flugzeuggeräusche gemacht, keiner von ihnen hatte etwas gemerkt.

»Ich gehe jemanden holen, ich hole die Vorsteherin, es ist okay, es kommt jemand und bringt dich auf die Krankenstation …«

Fenwick hatte gesagt: »Halt die Klappe!« Er war sehr blass, abgesehen dem ganzen Blut. Er war langsam den Abhang wieder hinaufgestiegen. Als Kingshaw nochmals versuchte, jemanden zu holen, hatte er noch heftiger »Halt's Maul!« gesagt und dann »Sei nicht blöd«. Kingshaw war ihm unaufgefordert in ihren Wohnblock gefolgt.

Das Blut war an Fenwicks Bein heruntergelaufen und hatte Spritzer auf dem Kies hinterlassen. Kingshaw hatte nicht gewusst, was er sagen oder tun sollte. Fenwick schüchterte ihn ein. Wenn ihm das passiert wäre, hatte er bestimmt geheult, er hätte sich nicht beherrschen können. Fenwick gab keinen Ton von sich. Sein Gesicht war nur sehr starr und weiß. Kingshaw hatte Angst vor ihm.

Im Krankenzimmer hatte Fenwick auf dem harten Stuhl gesessen, und die Vorsteherin hatte Kingshaw nicht weggeschickt, sie hatte wohl gedacht, er wäre Fenwicks Freund. Also war er dageblieben, weil er das wollte, er wollte Fenwicks Freund sein, und auch weil er noch unsicher war, wie er sich an so einem Ort zu benehmen hatte, wenn ihm jemand nicht genau sagte, was er tun musste.

Alle Sternchen, auch die kleinsten, wurden aus den Schnitt- und Schürfwunden geholt, mithilfe von Watte und einer Schüssel warmen Wassers, das von dem Desinfektionsmittel wolkig wie ein Opal aussah. Es hatte sehr lange gedauert. Kingshaw hatte an der Tür gestanden, den Tränen nahe. Sein Magen hatte sich jedes Mal umgedreht, wenn er das Plätschern des Wassers hörte. Fenwick hatte ihn nicht angesehen, hatte dagesessen und sich nicht bewegt und nicht geheult, nur seine Hände hart an die Lehnen des Stuhls gepresst, und ein oder zwei Mal hatte er sehr leise die Luft durch die Zähne eingesogen.

»Du kannst hierbleiben und dich bis zum Essen hinlegen, mein Junge.«

Aber Fenwick hatte gesagt: »Es geht mir ganz in Ordnung, danke schön«, war aufgestanden und steif zur Tür gegangen. Kingshaw war ihm zurück in die Klasse gefolgt, aber Fenwick hatte ihn ignoriert, war gegangen, so schnell er konnte, und hatte nicht zur Seite geschaut. Seine Ellbogen und Knie waren mit Mullbinden und fleischfarbenem Pflaster verbunden.

An jenem Abend hatte er am Waschbecken neben Kingshaw gestanden.

»Fenwick?«

»Was?«

»Tut es – geht es dir okay? Tut es weh?«

Fenwicks Augen waren schmal geworden, er hatte gesagt: »Halt die Klappe, Blödmann.« Sonst nichts.

Im Bett hatte Kingshaw gedacht, so müsste man sein, genau so. Aber danach hatte er Fenwick gemieden, weil er wusste, dass er nie so sein konnte, er hatte es versucht, und es war ihm nicht gelungen. Den ganzen Sommer lang war es ihm nicht gelungen, und er fand keinen Ausweg. Es war ihm kein wirklicher Trost, dass sogar Hooper versagt hatte, weil es Hooper nichts ausmachte, er lebte nach seinen eigenen Regeln, Hooper war ein Feigling, und hinterher log er und wurde noch frech. Man konnte ihm nichts anhaben, man konnte ihm nichts nachweisen, Hooper gewann immer.

»Charles, Liebling, es wäre sehr nett, finde ich, wenn du Edmund von deinem eigenen Taschengeld ein kleines Geschenk kaufen würdest.«

»Warum denn?«

»Na, so eine dumme Frage! Sicher hättest du dich, nach einem so schlimmen Unfall und wenn du ganz allein im Krankenhaus wärst, über ein Geschenk von deinem besten Freund gefreut.«

»Hooper ist nicht mein bester Freund.«

»Na, also gut, wenn du meinst, du kennst ihn noch nicht lange genug … Ich weiß ja, ihr Jungen seid sehr komisch in solchen Dingen! Aber …«

Kingshaw stand auf, er stieß vor Aufregung das Puzzlespiel auf den Boden.

»Hör mal, Hooper ist überhaupt nicht mein Freund. Ich hasse Hooper, ich habe es dir immer wieder gesagt. Er ist ein Baby und ein Tyrann, und ich hasse ihn, ich wünschte, ich hätte ihn nie in meinem Leben gesehen, ich wünschte, er wäre tot!«

Er hatte gewusst, dass sie daraufhin gehen würde. Er kauerte am Boden und sammelte die Puzzleteile auf, sehr sorgfältig, ein Teil nach dem anderen. Ein breiter Sonnenstrahl kam durchs Fenster. Nach einer Weile ließ er das Puzzle liegen und legte sich auf den Rücken, mitten hinein. Er schloss die Augen und fühlte die Wärme auf seinen Lidern. Er dachte, so ist es gut, so ist es gut.

Sie hatten ihn fast die ganze Woche allein gelassen. Es hatte geregnet, und er hatte aus Pappe eine Kugelbahn gebaut und sie silbern angemalt. Sie hatte die Form eines Burgturms. Man ließ oben eine Murmel hinunterrollen, und sie rollte weiter und weiter, immer auf der Außenseite rundherum, bis sie ans Ende kam, wo sie in eine Röhre fiel. Sie kam aus einer Tür heraus und stieß an eine Zugbrücke, und die Zugbrücke kippte herunter. Obendrauf war eine Flagge an einem Mast. Kingshaw war sehr stolz, dass es so einwandfrei funktionierte. Es hatte ihn sehr befriedigt, sie ganz allein zu bauen. Mrs Boland versorgte ihn mit Essen und Trinken und brachte ihm manchmal Süßigkeiten. Alles war in Ordnung.

Es ist nur Albernheit, dachte Mrs Helena Kingshaw, und der Schock und die Hysterie nach dem Unfall, dass er so etwas über Edmund sagt. Ich rege mich nicht weiter darüber auf. Er ist erst elf Jahre alt, und es hat viel Aufregung und Unruhe in seinem Leben gegeben, das darf ich nicht vergessen. Aber ich werde mir keine Sorgen machen.

Mr Joseph Hooper hatte gesagt: »Kinder wissen manchmal nicht, was sie sagen«, und sie war dankbar für seine Stabilität und sein Verständnis. Mr Hooper hörte seine eigenen Worte und dachte, vielleicht bin ich doch kein solcher Versager, vielleicht weiß ich doch einiges, vielleicht ist mir viel mehr klar, als ich angenommen habe. Ich hatte mein Selbstvertrauen verloren, und sie hat es mich erkennen lassen, ich muss ihr für vieles danken.

Er sagte: »Sie müssen Ihr eigenes Leben leben, das dürfen Sie nie vergessen. Sie sollten Zeit für sich selbst finden und für Ihre eigenen Interessen und Vergnügungen, abgesehen von denen Ihres Sohnes.«

»Ja«, sagte sie, entspannte sich noch etwas mehr und war noch ein wenig hoffnungsvoller.

»Mit unseren Kindern wird schon alles in Ordnung kommen, vollkommen in Ordnung, Kinder kommen immer zurecht.«

Nun dachte sie, ich werde wie eine Mutter zu Edmund sein, soweit das eben möglich ist, ich werde versuchen, keinen Unterschied zwischen den beiden zu machen, wir werden eine richtige Familie sein. In der nächstgelegenen Stadt parkte sie den Wagen und kaufte Buntstifte, Zeichenpapier und eine Schachtel Bonbons.

Kingshaw lag lange auf dem Fußboden im Wohnzimmer und dachte an nichts. Das Haus war sehr still. Zuerst hatte es ihm etwas ausgemacht, dass er mit Mrs Boland allein blieb. Nun nicht mehr, er hatte sich wieder daran gewöhnt, allein zu sein. Er mochte es. Niemand konnte ihm etwas antun.

Die Sonne bewegte sich weiter, er fühlte, wie die Wärme und Helligkeit von seinem Gesicht glitten. Er stand auf und fing an, das fertige Puzzle wieder in seine Einzelteile zu zerlegen, ganz vorsichtig, und legte die Stücke in die Schachtel zurück. Es war Hoopers Puzzle. Kingshaw war in seinem Zimmer gewesen und hatte es gefunden, und nun wünschte er, er hätte es nicht getan, er konnte nicht erwarten, es zurückzubringen. Weil Hooper es merken würde. Selbst wenn er es genau an die gleiche Stelle legte, Hooper würde es bestimmt merken. In dieses Zimmer zu gehen und etwas anzufassen war das Dümmste, was er je getan hatte. Er brachte es zurück.

Als er wieder herunterkam, blieb er einen Moment in der Diele stehen und horchte. Aus der Küche konnte er Mrs Boland hören, die Gemüse schabte. Kingshaw ging ruhig nach draußen, die Einfahrt hinunter und dann nach links den Wiesenpfad entlang. Ihm war sehr heiß. Er fand einen Ulmenstock und fing an, die

Köpfe von den großen Stauden der Wiesenkerbel abzuschlagen. Er dachte, so ist es schön, wenn es nur so bleiben könnte. Er fühlte einen tiefen Frieden in sich. Er wollte nicht an das Schreckliche denken, das kommen musste. Über seinem Kopf schossen die schwarzweißen Schwalben auf und nieder.

Im Krankenhaus lag Hooper, das gebrochene Bein hoch in die Luft gestreckt, und spielte »Mensch, ärgere dich nicht« mit Mrs Kingshaw. Er dachte, sie besucht mich täglich, sie denkt, sie muss das tun, sie scheint lieber bei mir als bei ihm zu sein. Das gefiel ihm, obwohl er sie nicht besonders leiden konnte.

Kingshaw stand lange Zeit am Tor und schaute über die gepflügten Felder. Aber es geschah nichts, es war nichts zu sehen. Es war auch zu heiß. Er beschloss, in die Kirche zu gehen, wegen der Hitze, aber auch, weil er sie noch nicht besichtigt hatte, und so hatte er etwas zu tun.

Die Rasenkanten waren um die Grabsteine herum sehr kurz und sauber geschnitten, und die Hecke war ganz gerade. Der Turm hatte Wasserspeier, die ihm ihre kalten, offenen Steinmäuler entgegenreckten. Kingshaw streckte ihnen die Zunge heraus und legte seinen Kopf in den Nacken. Bei Tageslicht würde er keine Angst vor ihnen haben.

In der Kirche roch es, als wäre kein lebendes, atmendes Wesen je hier gewesen, die Luft war feucht und modrig und schal. Kingshaw ging langsam zwischen den Bänken hindurch. Die Gesangbücher lagen in zwei Stapeln auf einem Stuhl, bei einigen war der Rückeneinband lose. Seine Schritte hallten auf dem Steinboden, wurden gedämpft, als er auf den roten Teppich vor dem Altargitter trat.

Er dachte, das ist die Kirche, das ist Gott und Jesus und der Heilige Geist. Nach kurzem Zögern wagte er es, auf die unebenen Fliesen vorn beim Altar zu treten. Um ihn herum roch das Holz alt und nach Politur. Ihm kam in den Sinn, was er über Hooper gedacht und gesagt hatte, wie er ihn tot gewünscht hatte. Nun fürchtete er sich, was ihm wohl deswegen geschehen würde. Die Dinge fielen auf einen zurück. Man war nie sicher. Da waren noch die Warzen auf seiner linken Hand.

Er kniete sich plötzlich hin und fing an zu sprechen: »Oh Gott, ich habe es nicht so gemeint, doch, ich habe es gemeint, ich habe es gemeint, nur jetzt meine ich es nicht mehr, ich will es zurücknehmen und wünschte, dass ich es nie gedacht und gesagt hätte, und wenn es mir leidtut, dann lass mir nichts geschehen, lass es vergessen sein. Ich will versuchen, dass es mir leidtut.«

Aber er hielt es nicht für sehr wahrscheinlich, dass man ihm je glauben würde. Nichts würde sich ändern, weil er wirklich gemeint hatte, was er über Hooper gedacht und gesagt hatte und es immer noch meinte. Es war nur, weil er vor dieser leeren Kirche Angst hatte, vor dem Krieger aus weißem Marmor, der auf seinem Grabstein in der Seitenkapelle lag. Das alles ließ ihn niederknien und lügen. Es hatte keinen Sinn. Er hatte gewünscht, dass Hooper tot wäre, weil es ihm dann besser gehen würde. Seine Bestrafung war, dass Hooper noch lebte, dass alles genauso war wie vorher, und der Gedanke daran war schlimmer als alles andere. Er gestand sich ein, dass er Hooper mehr fürchtete als sonst irgendwas auf der Welt.

»Bitte, lass nichts geschehen, bitte, mach, dass alles gut geht, und ich werde nie mehr, nie mehr etwas wünschen, oh Gott …«

Seine Knie schmerzten von den harten Fliesen. Er wollte hinaus in die Sonne.

»Was ist los mit dir?«

Kingshaw drehte sich entsetzt um und stand sofort auf.

»Es ist verboten, hinter das Geländer zu gehen.«

»Ich habe nichts angerührt.«

»Das ist egal. Dahin geht nur der Pfarrer, und du bist nicht der Pfarrer.«

»Nein.«

»Wenn du beten willst, musst du in einer Bank knien.«

Kingshaw wollte hinausgehen. Er wagte nicht nachzudenken, was ihm geschehen könnte, weil er in den verbotenen Teil der Kirche gegangen war. Irgendwas …

»Ich weiß, wer du bist.«

Er ging sehr schnell durch den Chorgang zu der großen Tür hinunter, aber die Schritte und die Stimme kamen hinter ihm her. Er fühlte sich beobachtet und schämte sich für das, was er gedacht hatte, als hätte er es in der dunklen Kirche laut ausgesprochen.

Als er die schwere Tür öffnete und auf den sonnigen Vorhof trat, flogen zwei Elstern vom Tor auf und über seinen Kopf hinweg. Er spürte, wie sein Herz klopfte.

»Redest du nie?«

Kingshaw murmelte etwas und kickte einen kleinen Stein vor sich her. Das Gesicht des anderen Jungen war sehr schmal und nussbraun, er sah seltsam alt aus. Seine Wimpern waren wie Spinnenbeine.

»Du wohnst bei den Hoopers.«

»Na und?«

»Gehst du in Edmund Hoopers Schule?«

»Nein. Nicht … nein.«

»In welche Schule gehst du?«

»In ein Internat.«

»Na, er ja auch.«

»Meins ist anders.«

»Warum?«

»Es ist besser als seins. Es liegt in Wales.«

»Bist du gern da?«

»Es ist in Ordnung. Ja.«

»Ich möchte das nicht. Tagesschulen sind besser.«

»Oh.«

»Mein Vater bringt mich hin, und wir müssen um acht Uhr morgens aufbrechen, sie liegt ungefähr zwanzig Kilometer entfernt, glaube ich. Trotzdem sind sie besser.«

Sie waren den Pfad hinuntergegangen. Kingshaw fand einen Stock.

»Ich weiß alles über dich.«

»Weißt du gar nicht, du weißt gar nichts. Ich hab dich bisher noch nie gesehen.«

»Aber ich habe dich oft gesehen, ich hab dich in einem grünen Auto vorbeifahren sehen.«

»Oh, das ist das Auto meiner Mutter.«

»Ich hab sie auch gesehen. Sie trägt große Ohrringe. Man kann alles sehen, was auf der Straße vorbeikommt.«

Von wo, dachte Kingshaw, von wo? Er fühlte sich von Augen umgeben und beobachtet. Er sagte nichts.

»Unsere Truthähne sind heute Morgen gekommen. Willst du mitkommen und sie angucken?«

Kingshaw schaute ihn erschrocken von der Seite an. Wohin, dachte er, und was für Truthähne? Er zuckte mit den Schultern.

»Sie sind erst zehn Tage alt. Sie sind nett.«

Ein Lieferwagen kam hinter ihnen her und hupte. Der Junge grüßte, und der Mann im Wagen winkte zurück. Kingshaw dachte, er kennt jeden, und sie kennen ihn. Er wohnt hier, und ich wohne jetzt hier, aber ich kenne niemanden und nichts, nur Mrs Boland und die Frau in der Post. Hooper kennt auch niemanden, wir könnten genauso gut auf dem Mond leben. Er dachte an Warings, das von hohen Hecken umgeben und dunkel und unzugänglich war. Die ganze Zeit über hatte dieser andere Junge ihn genau beobachtet.

Jetzt riss er etwas Wegerich ab, wickelte die Stängel schnell zusammen und begann die braunen Köpfe wegzuschnipsen. Kingshaw versuchte es auch, aber die Köpfe flogen nicht davon, der Stängel brach ab.

»Kannst du nicht mal das? Guck, ich zeig's dir …«

Sie standen an der Hecke. Kingshaw beobachtete die dünnen Finger des Jungen, die das Gras zusammendrehten. Seine Nägel waren sehr schmutzig.

»Nun mach du's.«

Kingshaw tat es.

»Siehst du, es ist leicht. Gut. Ich bin der Kommandant des Schiffs, und du bist eine feindliche Fregatte, und du hast gerade das Feuer auf mein Schiff eröffnet, und jetzt erwidere ich es.« Die braunen Wegerichköpfe flitzten durch die Luft, scharf wie Erbsen. Einer traf Kingshaw ins Gesicht.

»Das war ein Volltreffer, der war sehr schlimm, dein Schiff hat Löcher bekommen, es zieht Wasser, ihr sinkt …«

»Aber ich gehe kämpfend unter, und die Rettungsboote werden zu Wasser gelassen, wir lassen euch nicht entkommen.«

Sie überquerten den Bach auf der Brücke. Kingshaw blieb stehen und öffnete die Knöpfe seines Hemds.

»Ich habe frische Munition, ich greife euch von hinten an.«

Kingshaw sagte: »Wie heißt du?«

Er sah erstaunt aus. Kingshaw dachte, ich müsste es wissen, ich hätte ihn nicht fragen sollen.

»Fielding natürlich.«

Kingshaw sagte nichts. Fielding. Er hätte es wissen sollen. Aber der Name sagte ihm nichts.

»Los, du musst rennen, wenn du versuchen willst, aus meiner Feuerlinie zu kommen.«

Kingshaw rannte. Sie hörten jetzt mit den Wegerichköpfen auf, das dauerte zu lange, und man konnte nicht weit genug mit ihnen schießen. Hinter ihm hob Fielding seinen Arm hoch.

»Tack-tack-tack, tack-tack-tack-tack-tack.«

Kingshaw hatte keine Ahnung, wohin sie rannten. Der Weg führte durchs Dorf und wieder hinaus zur Straße nach Mildon. Er folgte, ohne zu denken, er genoss es. Fielding stürmte in eine Einfahrt hinein.

»Wohin gehst du denn?«

Kingshaw blieb stehen. Fielding war schon zur Hälfte die Einfahrt hinunter. Unten lag ein Bauernhof.

»Los, wir gehen jetzt zu meinem Haus.«

Kingshaw folgte, er rannte nicht mehr, er nahm plötzlich diesen neuen Ort sehr genau wahr, die anderen Formen und Farben und Eindrücke. Seine Füße knirschten auf dem losen Kies.

Fielding wartete. »Eine Kuh kalbt. Möchtest du sie sehen?«

Kingshaw zögerte. Hooper hätte sein Gesicht beobachtet und hätte Bescheid gewusst und Angsthase, Angsthase gesagt; will das nicht sehen, traut sich nicht, Angsthase. Denn er wusste nicht, wie das war, zuzusehen, wie ein Kalb geboren wurde. Alles hier war anders und möglicherweise gefährlich, er wusste nicht recht.

»Es ist noch nicht vorbei, glaube ich. Wir gehen mal hin und gucken, und dann können wir uns die Truthähne ansehen. Los, komm.«

Kingshaw beschloss, ihm zu trauen und ihn die Entscheidungen über das treffen zu lassen, was sie tun wollten. Sie gingen durch ein Tor und über einen gepflasterten Hof, die Luft roch stark nach Kuhdung und Silofutter und Stroh. Eine dünne Katze raste wie verrückt vor ihnen über den Hof davon.

Fielding sagte: »Hier drin.« Kingshaw dachte, ich will nicht reingehen, ich will es nicht sehen, oh Gott, ich … Vielleicht hatte Fielding seine Gedanken gehört. Er sagte: »Es ist ganz okay. Aber du brauchst nicht zu gehen, wenn du nicht willst.«

Kingshaw riss sich zusammen. »Ist schon gut.«

Die Holztür schwang auf. Drinnen war es dunkel und feuchtwarm.

Hinterher wusste er nicht, was er gefühlt hatte. Er hätte nicht sagen können, ob er gern zugesehen hatte oder nicht, ob er Angst gehabt hatte oder nicht. Er war fasziniert von allem, von dem Geruch und den Geräuschen, auch wenn er es nicht hätte sehen wollen, hätte er nicht aufhören können hinzuschauen. Als er die Kuh erblickte, hielt er den Atem an. Er sah die staksigen Beine des Kalbs, die ungeschickt hinten heraushingen, alles Übrige steckte noch tief im Bauch der Mutter.

Ein Mann in Gummistiefeln sprach die ganze Zeit mit einer eigenartigen, leisen Stimme zu der Kuh, ein rothaariger Junge war bei ihm. Sie beugten sich hinunter und zerrten das Kalb an den Beinen, hoben es hoch, als ob sie versuchten, einen Korken aus einer Flasche zu ziehen. Man hörte die Kuh keuchen und die Männer atmen, man roch den süßen Geruch des Schweißes, und dann war da plötzlich ein leises, schnelles, saugendes Geräusch, als das Kalb rutschend und unbeholfen herauskam. Es lag auf dem Stroh, bedeckt mit Blut und Haut und langen farblosen Schleimfäden.

Kingshaw kniete neben Fielding, seine Brust schmerzte, weil er seinen Atem so lange angehalten hatte, er presste und keuchte wie die Kuh und die Männer. Sie waren ganz dicht beim Verschlag. Die Kuh bewegte sich schwerfällig wie ein Kamel, drehte den Kopf und fing an, ihr Kalb abzulecken. Sie bedeckte sein Gesicht mit ihrer Zunge und saugte den Schleim und das Blut auf. Das Kalb schnaubte und schnüffelte und versuchte die Augen zu öffnen.

Es ist in Ordnung, sagte Kingshaw zu sich, es ist furchtbar, ich muss mich übergeben, ich will mich nicht übergeben, ich hab keine Angst, es ist gut. Er sah Fielding an. Der andere Junge hockte auf seinen Fersen.

»Ein junges Kälbchen«, sagte er so nebenbei. »Schön und groß.«

Kingshaw war voller Neid über seine Ungezwungenheit mit dem Körperlichen, über die Art, wie Fielding Bescheid wusste und sprach und mit den Schultern zuckte.

Er hatte sich nie eine Geburt vorgestellt, nie geahnt, wie es sein könnte. Er sagte: »Man muss ja sehr schwer ziehen.«

Fielding stand auf. »Oh ja. Manchmal muss man sogar ein Seil benutzen. Aber Gerda ist prima, sie hat schon zweimal gekalbt.«

»Oh«, sagte Kingshaw. »Oh.«

Die riesige Zunge tastete sich immer wieder in die verklebten Ohren des Kälbchens.

»Jetzt gehen wir und sehen die Truthähne an. Los, komm.«

Kingshaw dachte, er sieht es fast jeden Tag, es ist nichts Besonderes für ihn, er hat es schon wieder vergessen. Ich will es jetzt auch vergessen.

Die Truthähne waren sehr klein und flaumig und hässlich, sie waren alle in Drahtkörben zusammengepackt, einer über den andern geschichtet.

»Das sind aber viele!«

»So viele haben wir immer.«

»Oh.«

»Du solltest mal hier sein, wenn wir sie Weihnachten abmurksen. Wir haben eine Guillotine, und ich muss den Mülleimer für die Köpfe halten, wenn sie abfallen.«

Kingshaws Augen taten weh, er stellte sich jeden einzelnen Vogel vor, wie er zusah, wenn die anderen vor ihm unter das Messer geschickt wurden. Er wollte die Käfige öffnen und alle Vögel herausnehmen, sie in den Händen halten, wollte, dass sie alle wegflögen. Fielding sah sein Gesicht. Er blieb neben einem Holzhaufen stehen. »Weißt du, sie merken nichts davon«, sagte er. »Es geht alles ganz schnell. Es ist nicht grausam.«

»Nein.«

»Möchtest du meinen Hamster sehen?«

Kingshaw nickte, ganz benommen von so vielen Erlebnissen, verwirrt von den Eindrücken und Gerüchen und schrecklichen Wahrheiten, aber er wollte sich trotzdem weiter von Fielding führen lassen und wollte alles auf einmal sehen. Später, wenn er allein war, konnte er über alles nachdenken.

Sie gingen durch eine Waschküche in eine Küche hinein.

»Das ist Kingshaw. Ihr wisst ja, der in Warings wohnt. Kann er zum Essen bleiben?«

»Wenn er will.«

Fielding ging zu der Fensterbank und hob einen blau bemalten Käfig hoch.

»Da, schau, er hat das neue Bettzeug schon wieder ganz durcheinandergewühlt.«

Die Frau war sehr groß und trug lange Hosen. Sie sagte: »Er macht sich sein Bett, wie er will, und nicht, wie du willst.«

»Ich weiß. Aber es ist doch ärgerlich. Schau, Kingshaw.«

Kingshaw betrachtete immer noch Fieldings Mutter.

Sie trug ihr Haar ganz glatt. Sie lächelte ihn an, sah dann wieder weg und schälte weiter Kartoffeln. Er dachte, so sollte man sein.

»Willst du ihn nicht sehen?«

Er stand immer noch sehr unsicher in der Tür. Nun ging er langsam ins Zimmer. Fielding hatte den Käfig auf den Tisch gestellt und das vordere Gitter abgenommen. »Du kannst ihn nehmen.«

Kingshaw fühlte die kleinen Knochen durch den weichen, blassen Körper des Hamsters, und die dünnen Krallen pressten sich in seine Hand. Er wusste nicht, ob ihm das gefiel oder nicht.

»Bleibst du zum Essen bei uns?«

»Ich – ich weiß nicht. Ich müsste Mrs Boland fragen.«

»Ach, ich kenne sie. Wo ist deine Mutter?«

»Im Krankenhaus bei Hooper. Er ist verletzt, er ist von einer Mauer gestürzt.«

Fielding schien das nicht zu interessieren. »Du kannst ja gleich hingehen und sie fragen, du kannst mein Rad nehmen, wenn du willst. So geht's am schnellsten.«

Kingshaw strich mit dem Finger über den Plüschrücken des Hamsters. Seine Augen waren wie pechschwarze Perlen. Er dachte, hier gehöre ich hin, ich allein, hier wird Hooper nie etwas zu suchen haben. Fielding ist mein Freund, meiner. Hier ist es gut.

Aus dem Fenster sah er einen großen Garten mit Obstbäumen am Ende. Alle Farben und Formen waren sehr scharf und klar und glänzend in der Sonne zu erkennen. »Mein Rad ist im Schuppen, ich zeige es dir.«

Fielding nahm den Hamster und legte ihn in den blauen Käfig zurück.

»Los, komm.«

Kingshaw folgte, er rannte und sprang.

In Warings traf er seine Mutter an. Sie kam mit gefalteten Händen aus dem Wohnzimmer. Sie sagte: »Oh Charles, es wird wieder alles gut. Morgen bringen sie Edmund nach Hause!«

Fielding sagte: »Warum läufst du dann nicht weg?«

»Bin ich ja.«

Sie lagen in dem hohen Gras am Feldrand. Ein Goldhähnchen turnte auf einem Zweig der Hecke herum. Fielding drehte sich um und sah ihn argwöhnisch an.

»Ich bin raufgegangen in den Wald«, sagte Kingshaw.

»Zum Galgenholz?«

»Ja. Und dann auch noch weiter. In den großen Wald.«

»Das hätte ich nicht getan.«

»Es war nicht so schlimm.«

Kingshaw erinnerte sich wieder daran, er dachte an die Dunkelheit und die Kälte.

»Ich würde nie allein in das Galgenholz gehen, um nichts in der Welt. Sogar mein Bruder würde es nicht, und der ist dreizehn.«

»Es ist nichts passiert.«

»Aber etwas hätte passieren können. Es gibt da Dinge im Galgenholz …«

»Was für Dinge?«

»Ich weiß nicht. Dinge eben. Du kannst jeden hier in der Gegend fragen, alle sagen das.«

»Da ist gar nichts. Nur Tiere.«

»Ach, ich meine doch keine Tiere.«

»Wir haben einen Bach gefunden.«

»Wer ist wir?«

Kingshaw seufzte und zog einen Grashalm durch die Zähne. »Hooper ist mir nachgekommen«, sagte er. »So was macht der. Und dann haben wir uns verlaufen.«

Das Goldhähnchen flog weg, und der Zweig wippte weiter auf und ab. Kingshaw schloss die Augen halb, sodass sich alles vermischte, das Grün und das Hitzeflimmern und der schwankende Zweig.

»Hast du Angst vor Edmund Hooper?«

Kingshaw zögerte. Dann sagte er: »Ja«, weil er sich nicht schämte, es Fielding gegenüber zuzugeben.

»Aber er kann dir doch nichts tun.«

»Doch, er kann.«

»Was?«

»Er – er hat mich in einen Schuppen eingeschlossen. Und in einem furchtbaren Zimmer im Haus, wo tote Nachtfalter in Kästen sind.«

»Die können dir doch nichts tun. Tote Falter tun dir nichts.«

»Er sagt manchmal Dinge – ich habe Angst vor dem, was er sagt.«

»Also, je mehr du ihn merken lässt, dass du Angst hast, desto schlimmer wird's.«

»Ja.«

»Aber er könnte dir nichts wirklich Schlimmes tun.«

Kingshaw war nervös, er wusste nicht, wie er es erklären sollte. Alles, was Hooper ihm bisher angetan hatte, all die Dinge, durch die er an ihn erinnert wurde, die Krähe und die Nachtfalter und das tote Kaninchen, der Schuppen und sein Aussehen, als er von der Mauer fiel, wirbelten ihm im Kopf herum, aber es war unmöglich zu erklären, wie schrecklich sie waren, und zu sagen, dass nicht das ihm solche Angst einjagte, was Hooper wirklich tat, sondern was er tun könnte.

»Du brauchst doch keine Angst zu haben vor dem, was jemand sagt.«

Kingshaw antwortete nicht. Fielding hatte recht und doch auch wieder nicht. Er war vernünftig und nüchtern, und doch wusste er auch, was es hieß, vor etwas Angst zu haben, er hatte gesagt, dass er nicht ins Galgenholz gegangen wäre. Aber trotzdem sah Kingshaw ein, dass es ihm nie gelingen würde, sich wirklich verstandlich zu machen, dass zwischen ihnen eine unüberwindliche Entfernung lag. Den ganzen Nachmittag lang hatte er immer wieder versucht, Fielding klarzumachen, wie schrecklich die Gegenwart und die Zukunft waren. Es war sinnlos.

»Er kommt morgen nach Hause.« Weil der Gedanke wie eine schwarze Grube war, in die er immer wieder fiel, verkrampfte sich sein Magen ganz fest.

»Na und?« Fielding zerrupfte einen Löwenzahn. Na und. Kingshaw hätte weinen können vor Neid über so viel Selbstsicherheit. Er dachte, Fielding wird nie was passieren, niemals, einfach, weil es ihm nichts ausmacht, weil er eben so ist.

»Du brauchst ja nicht bei Hooper zu bleiben, wenn du nicht willst. Du kannst hierherkommen.«

»Nein.«

»Warum nicht?«

»Sie werden mich zwingen, dass ich zu Hause bleibe. Sie glauben, wir sind die besten Freunde.«

»Dann sag ihnen doch, dass ihr das nicht seid.«

»Sie hören nie zu.«

»Also weißt du, du solltest dich nicht so rumschubsen lassen, Kingshaw, sie dürfen dir nicht befehlen, was du zu tun hast, wenn du es nicht tun willst, keiner darf das.«

»Du hast keine Ahnung.«

»Es ist nur deine Mutter, oder?«

»Ich muss tun, was Mr Hooper sagt.«

»Warum?«

Kingshaw zuckte mit den Achseln. »Weil wir dort leben. Und meine Mutter will es so. Sie mag ihn.«

»Oh.«

Fielding schlitzte den Löwenzahnstängel auf, und weißer Saft floss ihm über den Daumen.

»Ich darf nicht mehr in meine eigene Schule zurück«, sagte Kingshaw dann. »Ich muss mit Hooper in die Schule gehen.«

Er hatte das Fielding bisher nicht erzählt, weil er irgendwie glaubte, dass etwas geschah, wenn man es aussprach, und wenn man es für sich behielt, könnte es noch ein Irrtum sein, bestünde noch Hoffnung. Wenn man es aussprach, wurde es wahr.

»Ist es denn nicht sehr nett dort?«

»Ich weiß nicht. Aber es ist auch egal, wie es dort ist, wenn er dort ist. Denn er wird dafür sorgen, dass es schrecklich wird.«

»Sei doch nicht albern, es gibt doch noch viele andere Schüler, oder? Du musst doch nicht mit ihm zusammen sein, wenn du nicht willst.«

»Er wird schon dafür sorgen.«

»Du solltest nicht so 'n Schlappschwanz sein«, sagte Fielding wütend und stand aus dem Gras auf. »Los, wir gucken mal, ob wir eine Blindschleiche im Graben finden.«

Kingshaw folgte ihm. Er dachte, vielleicht hat Fielding recht, vielleicht wird es gut gehen. Ich kann sagen, halt's Maul, Hooper, halt die Klappe und hau ab, du kannst mir keine Angst einjagen. Ich kann den anderen das mit dem Gewitter erzählen und wie du dir in die Hosen gemacht hast auf der Mauer von Schloss Leydell, und sie werden alle zuhören, und dann kann ich mit ihnen gehen, und du wirst mir keine Angst einjagen können. Vielleicht kann ich wie Fielding werden oder wie Fenwick. Vielleicht.

Fielding rutschte den Grasabhang hinunter. »Ich hab mal eine gefunden«, sagte er. »Einmal.«

Kingshaw wusste nicht, wie eine Blindschleiche aussieht. Er ging hinter Fielding her, der im Schlamm herumstocherte. Der Bach war hier ausgetrocknet.

»Und überhaupt, wenn Hooper sich das Bein gebrochen hat und so, wird er ja im Bett liegen, und du wirst nicht die ganze Zeit bei ihm bleiben müssen.«

»Nein, vielleicht nicht.«

»Also kannst du hierherkommen.«

»Okay.«

»Vielleicht kann er ja auch noch nicht wieder in die Schule gehen, oder, jedenfalls nicht gleich? Es geht ihm vielleicht noch nicht gut genug?«

Kingshaw stand still, sein Herz klopfte. Er dachte, oh Gott, ja, dann würde alles in Ordnung sein, mir würde es gut gehen, ich hätte eine Chance, ich wäre zuerst dort und könnte alles kennenlernen, und wenn er in die Schule kommt, würde ich schon andere kennen.

Er stieß mit seinem Zeh an etwas Hartes. Er bückte sich. Fielding war ein paar Meter vor ihm und stocherte mit einem Stock im Schilf herum. Kingshaw sagte: »Ich hab eine Schildkröte gefunden.«

Fielding sah sich um und kam zurück. »Mensch – das ist meine, das ist Archie. Die ist vor Monaten ausgerissen. Mensch, ich hab gedacht, sie ist weg.« Er hielt sie hoch, und der schlangenartige, urzeitliche Kopf streckte sich vor, die gefleckte Haut am Hals war welk wie die eines sehr alten Mannes.

»Mensch, danke schön, Kingshaw! Das war verdammt gut. Vielen Dank.«

Kingshaw zuckte mit den Schultern und ging durch den Schlamm neben der Hecke weiter, halb verrückt vor Stolz und Freude. Fielding gehört mir, das alles gehört mir, mir, es wird jetzt alles gut, sagte er immer wieder zu sich selbst.

Hooper kam am nächsten Tag nicht nach Hause.

»Ich bin so durcheinander und so enttäuscht«, sagte Mrs Kingshaw, die an der Küchentür stand. »Aber wenn sie sich vielleicht noch nicht ganz sicher sind, ist es besser, dass er noch nicht nach Hause kommt. Er hatte ein wenig Temperatur, hat die Schwester mir gesagt. Ach, der arme Edmund, und nun kommt Mr Hooper heute Abend aus London zurück und wird so enttäuscht und besorgt sein. Ach herrje!«

Kaum war er aus dem Haus, fing Kingshaw an zu laufen, über den ebenen Rasen und die Einfahrt hinunter bis zum Wiesenpfad. Er war außer sich vor Freude, er hatte vor nichts Angst, er rannte durch den Sonnenschein.

Fielding meinte: »Ich hab's ja gleich gesagt, er wird noch nicht zur Schule gehen können. Los, komm, ich muss dem Esel Futter geben.«

Er kaute an einem Strohhalm. Nach einer Weile fand Kingshaw auch einen und steckte ihn in einen Mundwinkel zwischen die Zähne. Er musste aussehen und reden wie Fielding, er musste wie Fielding sein.

Sie gingen zu dem Esel.

15

Du bist in meinem Zimmer gewesen«, sagte Hooper.

Kingshaws Blick wanderte zu dem Puzzlespiel auf dem zweiten Brett des Bücherregals. Da lag es noch und sah genauso aus. Wie wusste er es denn, woher wusste er es? Hoopers Augen folgten der Richtung, in die er blickte.

»Das hast du gehabt, oder? Du hast es genommen und benutzt, und das ist genau das Gleiche wie Stehlen. Das Spiel ist meins, und es ist mein Zimmer. Das ist nicht dein Haus, Kingshaw.«

»Und deins ist es auch nicht«, sagte Kingshaw müde. Er stand auf und sah aus dem Fenster hinunter in den Garten und das Wäldchen. Draußen war es still und sehr heiß, der Himmel war glänzend-blau. Kingshaw fühlte sich in einer Falle.

»Liebes, du musst jetzt bei Edmund bleiben, du musst ihm Gesellschaft leisten. Ihr könnt doch so viele Dinge zusammen machen, ihr habt so viele Spiele.«

»Ich will nach draußen.«

»Das ist nicht sehr rücksichtsvoll, oder? Edmund kann nicht raus. Bist du denn wirklich so selbstsüchtig, dass du das vergisst?«

»Er will gar nicht, dass ich die ganze Zeit bei ihm bleibe. Er will mich gar nicht bei sich haben.«

»Keine Widerrede, Charles, du würdest bestimmt auch Gesellschaft haben wollen. Wenn du an diesen schönen, sonnigen Tagen im Bett sein müsstest, würdest du auch gern mit einem Freund zusammen sein.«

»Er ist nicht mein Freund.«

»Vielleicht möchtest du Edmund etwas zu trinken bringen, wenn du hinaufgehst.« Sie hatte beschlossen, dieses dumme, dauernde Geschwätz, dass sie keine Freunde seien, einfach zu ignorieren. So benahmen sich Jungen nun mal, das ging vorbei. Sie würde es so wenig beachten wie damals, als Charles als sehr kleiner Junge triumphierend seine Schimpfwörter ausgestoßen hatte. Mr Hooper hatte ihr zugehört und ihr zugestimmt.

»Wir werden es nicht beachten«, hatte er gesagt.

»Wenn man die Sachen von einem anderen ohne Erlaubnis benutzt, ist das so schlimm wie Stehlen. Also bist du ein Dieb und Einbrecher. Du bist ein Einbrecher, weil du in mein Zimmer gegangen bist, ohne es mir zu sagen.«

Kingshaw erwiderte nichts. Seit Hooper nach Hause gekommen war, war er wieder vollkommen mit Gedanken über den Sturz beschäftigt gewesen, wie es wohl geschehen war. In seinem Kopf drehten sich endlos Fragen wie in einem Rad. Er wollte fragen, wie es gewesen war, als er durch die Luft gefallen war, wie sehr es wehgetan hatte, als er auf dem Boden aufgeprallt war. Er wollte fragen, ob Hooper gedacht hatte, dass er sterben würde, gedacht hatte, wenn ich falle, bin ich tot, ob er sich an irgendetwas erinnerte, als er wieder zu sich kam, ob er jetzt Angst hatte, in die Nähe von hohen Mauern zu gehen. Zwei seiner Rippen waren gebrochen, neben der Gehirnerschütterung und dem gebrochenen Bein.

»Ich wäre beinahe tot gewesen«, hatte er am ersten Tag zu Kingshaw gesagt, als sie ihn nach Hause brachten. »Das hat mein Vater gesagt, und die Ärzte auch. Sie haben gesagt, es war einfach Glück, dass ich nicht tot bin. Das war's. Glück.«

Kingshaw dachte, du hättest tot sein sollen, genau das, alles wäre jetzt in Ordnung, wenn du tot wärst. Und dann brach er über seine eigene Boshaftigkeit in kalten Schweiß aus. Er konnte Hooper keine der Fragen stellen, die ihn beschäftigten. Zwischen ihnen herrschte wieder die alte Feindseligkeit. Schon im ersten Augenblick, als Kingshaw in sein Schlafzimmer gekommen war, hatten Hoopers Augen ihn angestarrt und durch ihn hindurchgesehen, ihn erkannt und gehasst und verachtet. Und dann war da noch etwas, das Kingshaw nicht ergründen konnte. Hooper beobachtete ihn dauernd, als ob er etwas entdecken wollte, genau feststellen wollte, was hier im Haus während seiner Abwesenheit geschehen war.

Jetzt spielte er träge mit einem kleinen Plastikpuzzle. Man musste Reihen von nummerierten Vierecken in einem Rahmen verschieben und versuchen, sie in die richtige Reihenfolge zu bringen. Vorher hatte er gesagt: »Das hat deine Mutter mir mitgebracht. Sie hat mir viel mitgebracht.«

Kingshaw hatte nicht geantwortet. Aber er hatte sich über seine eigene zornige Eifersucht gewundert, und wie viel ihm das ausmachte. Sie ist meine Mutter, hatte er gedacht, meine. Und war sofort verwirrt, weil er wusste, dass er sich in Wahrheit nicht sehr viel aus ihr machte.

Mrs Boland hatte Brot auf den Rasen hinter dem Haus geworfen, und nun waren die Stare gekommen, drängelten durcheinander und verjagten sich gegenseitig, und eine Krähe kreiste über ihnen und wartete darauf herunterzuschießen. Kingshaw überlegte, wie lange er hier noch bleiben müsste. Er hatte die ganze Zeit Angst, obwohl Hooper doch gar nicht aufstehen konnte. Er fürchtete sich vor dem, was in ihm vorging, was er plante, fürchtete die Art, in der Hooper ihn ansah. Was er bisher getan hatte, war nur ein Anfang gewesen, das wusste Kingshaw. Aber es hatte ihm Genugtuung verschafft, er hatte gesehen, wie leicht er Kingshaw einschüchtern konnte.

Jetzt hörte er, wie Hooper sich ein wenig im Bett bewegte, er drehte sich um und sah ihn an, obwohl er sich noch in gebührender Entfernung hielt, er blieb am anderen Ende des Zimmers stehen.

Er fragte: »Tut es weh?«

Hooper sah von dem Puzzle auf. Seine Augen wurden schmal. »Es war deine Schuld«, sagte er anstelle einer Antwort. Kingshaw wurde rot. Sie hatten sich schon vorher darüber gestritten, immer wieder, er wusste, dass er recht hatte, und hätte weinen können vor Verzweiflung, weil Hooper jedes Mal dafür sorgte, dass er Angst hatte und sich schuldig fühlte.

»Sei nicht albern, ich hab dir immer wieder gesagt, du hättest gar nicht da raufkommen sollen. Du hattest Angst, und deshalb bist du runtergefallen. Man fällt immer, wenn man Angst hat.«

»Du hast mich runtergeschubst.«

»Lügner, Lügner, Lügner, ich hab dich überhaupt nicht angerührt. Du hattest Angst und bist runtergefallen, und du bist ein blöder Lügner. Ich wollte dir runterhelfen, oder? Ich wollte dich festhalten, weil du geheult hast, du hattest solche Angst.«

Einen Augenblick schwieg Hooper. Dann sagte er ruhig: »Dir wird was passieren. Weil es deine Schuld war, das habe ich ihnen gesagt, und sie glauben es. Denk nicht, dass du entwischen kannst. Etwas wird geschehen.«

»Du kannst mich nicht erschrecken, Hooper, du versuchst bloß zu vertuschen, dass du Angst hattest, das ist alles.«

»Warte nur, Kingshaw. Du wirst was erleben.«

Hooper beugte seinen Kopf wieder über das Puzzle. Es waren alberne, dumme Drohungen, wie sie solche Tyrannen eben loslassen, ohne sie selbst ernst zu nehmen. Aber Kingshaw wusste doch, dass es stimmte, dass etwas geschehen würde, ob mit oder ohne

Hoopers Zutun. Er wartete auf Bestrafung, hatte nun Angst vor jedem neuen Tag, vor dem, was ihm geschehen könnte.

Um nicht mehr daran denken zu müssen und weil Hooper ihn gar nicht dahaben wollte, er beachtete ihn ja nicht, während er an dem Puzzle herumfummelte, ging Kingshaw schnell aus dem Zimmer. Hooper sagte nichts.

Während er über den Flur ging, versuchte er sich daran zu erinnern, was Fielding ihm gesagt hatte. Er sagt doch nur was, er kann dir nichts tun, du darfst ihn nicht merken lassen, dass du Angst vor ihm hast. Er kann nichts tun. Aber das kann er doch, er kann – Kingshaw lief los und versuchte, vor seinen eigenen wirbelnden Gedanken wegzurennen.

»Es wird dir was passieren. Warte nur.«

So würde es auch kommen, das war sicher. Hooper würde warten, bis sie beide in der Schule waren, und dann würde alles anfangen.

Einmal, nur einmal in seinem ganzen Leben war Kingshaw zusammengeschlagen worden. Crawford war es gewesen, Crawford schlug jeden zusammen. Es geschah in dem alten Pavillon auf dem unteren Sportplatz. Es war gar nicht schlimm gewesen, jedenfalls erschien es ihm jetzt so, wenn er daran zurückdachte, es hätte viel schlimmer sein können. Crawford war zusammengeschreckt, als er draußen Schritte und Stimmen hörte. Aber Kingshaw konnte sich noch lebhaft an das Gefühl erinnern, als Crawford ihm seine Faust ganz bewusst in den Bauch rammte, und an die Art, wie er seine kleinen Finger nach hinten bog, immer weiter, er konnte sich an die schmerzhafte, kalte Angst erinnern, was nun wohl kommen würde, und wie viel schlimmer es noch werden würde und an seine Verwirrung, weil er nicht wusste, warum, warum. Er kannte Crawford nicht einmal, sie wohnten in verschiedenen Häusern, Crawford war drei Jahre älter. Er hatte ihn nur getroffen und ihm befohlen, zum Pavillon zu gehen. Es hätte auch jeder andere sein können.

Crawford war geschnappt worden. Er griff immer die anderen an und wurde geschnappt, und schließlich hatte er die Schule verlassen, und so etwas war nie wieder vorgekommen. Aber er erinnerte sich noch daran. Das Schlimmste war das Alleinsein gewesen, bevor sie die Schritte hörten, das Wissen, dass er noch so laut schreien konnte und niemand ihn hören würde. Seine Angst vor Crawford war übermächtig gewesen. Hinterher hatte er sich nicht getraut, es jemandem zu erzählen.

Hooper war nicht Crawford, er machte andere Sachen, seine Drohungen waren viel schlimmer. Seine Herrschaft war eine Schreckensherrschaft, Crawford war einfach brutal gewesen. Aber Kingshaw glaubte, dass auch das früher oder später bei Hooper anfangen würde. Wenn er auch Kingshaw nicht allein zusammenschlagen könnte, er hatte ja Freunde, andere

Jungen in der Schule. Hooper müsste ihnen nur ein Wort sagen.

Er ging durch die Diele, in seine Gedanken vertieft. Da war wenigstens Fielding, er konnte immer wieder dorthin gehen, da war die Farm, der Sonnenschein, die Tiere, sie konnten in dem langen Gras am Ende des Gartens liegen, den Esel füttern, die Apfelbäume plündern und vieles andere. Bei Fieldings war er sicher, dort gehörte er hin. Er drückte die Klinke der schweren Haustür.

»Charles!«

Er fuhr herum. Seine Mutter stand in der Wohnzimmertür. Kingshaw wollte durch die Haustür schlüpfen, er versuchte, nach draußen zu kommen, wollte nicht hören, was sie sagte, wollte nur hinaus und weg von ihnen allen.

»Wohin gehst du, Liebes?«

Er stand schweigend da und nahm die Hand nicht von der Klinke.

»Charles? Ich habe dich etwas gefragt.«

Sie sprach jetzt anders zu ihm, fand er, es war eine neue Schärfe und Ungeduld in ihrer Stimme, als ob sie beschlossen hätte, ihn anders zu behandeln. Da steckte Mr Hooper dahinter, das wusste er, sie tat das, um ihm zu gefallen.

»Wohin gehst du?«

»In den Laden. Ich brauche was.«

»Was brauchst du denn?«

»Ach – irgendwas.«

»Tu nicht so geheimnisvoll, Liebes, du weißt, dass Mummy das nicht mag.«

Er zuckte zusammen, er hasste es, wenn sie so von sich selbst sprach, als wäre sie eine andere Person.

»Ich will mir ein Eis holen. Ich hab etwas Geld.«

»Es ist genug Eis im Kühlschrank, Liebes, geh und bitte Mrs Boland …«

»Nein, die Sorte mag ich nicht. Ich will eine andere.«

»Jede Eiscreme ist doch wohl ziemlich gleich.«

»Ich will in den Laden.«

»Dann musst du schnell gehen.«

»Warum? Warum muss ich? Ich hab sonst nichts zu tun.«

»Und was ist mit dem armen Edmund, der ganz allein oben liegt? Denkst du gar nicht an ihn?«

»Er … er schläft.« Aber er fühlte, wie er rot wurde, als er log. Schweigen. Mrs Kingshaw sah verletzt aus. Sie sagte mit ruhiger, enttäuschter Stimme: »Geh und hol dir dein besonderes Eis, Charles.«

Er ging los.

»Charles?«

Er zitterte vor Verlangen wegzukommen.

»Du gehst sonst nirgends hin, verstanden? Ich will, dass du sofort von der Post wiederkommst.«

Er wäre fast geplatzt vor Wut über diese gemeine Zumutung. Er wollte schreien, das tu ich nicht, das tu ich nicht, ich gehe zu Fielding auf die Farm, und du kannst mich nicht daran hindern, es macht mir nichts aus, was du sagst, weil ich tue, was ich will.«

Er sagte nichts.

»Ich gehe mal rauf und sehe nach, ob es Edmund gut geht.«

Kingshaw schloss die Tür vorsichtig hinter sich, und dann fing er an zu laufen. Er dachte, ich hasse sie, ich hasse sie alle, ich hasse sie, ich tue, was ich will.

Er ging die Straße entlang, von der Post weg, blieb an der kleinen Brücke stehen und leckte die Tropfen der klebrigen, sahnigen Flüssigkeit ab, die an der Eistüte herunterliefen. In der heißen Luft über dem ausgetrockneten Bach summten die Insekten.

Am Abend vorher hatte seine Mutter ihm von ihrem Londonplan erzählt. Er sollte mit Mr Hooper hinfahren, um seine neue Schuluniform zu kaufen. Sie würden ganz allein fahren. Er dachte darüber nach. Wenn das geschah, dann wäre die Vergangenheit ganz und gar vorbei, er würde Schwarz mit Gold tragen wie Hooper, nicht Himmel- und Marineblau, es würde absolut keinen Ausweg mehr geben.

Hooper hatte gesagt: »Mein Vater wird deine Schuluniform bezahlen. Er wird alles bezahlen, wusstest du das nicht? Du hast wirklich Glück, dass er viel Geld hat, oder? Du wirst tun müssen, was er sagt, verstanden?«

»Warum?«

»Das ist doch klar, du Dummkopf.«

»Was weißt du davon? Du weißt gar nichts. Ich glaub nicht, dass er überhaupt etwas bezahlen wird.«

»Na, und wer soll es dann tun?«

Schweigen.

»Sei doch nicht albern, Kingshaw.«

Er hatte seine Mutter fragen wollen, aber er brachte die Worte nicht heraus, und er brauchte es ja auch nicht, weil er wusste, dass es stimmte. Seine Mutter hatte ihm immer gesagt, wie viel es kostete, ihn auf seiner Schule zu lassen, trotz des Stipendiums, sie hatte ihm gesagt, wie sparsam sie sein mussten und dass er nicht so viel Taschengeld im Trimester haben konnte wie die anderen. Sie hatte gesagt: »Ich habe viele Opfer für dich gebracht, Charles.« Und dann noch: »Wenn du nur deine Chancen dort gut ausnutzt, das ist alles, was ich verlange, solange du daran denkst, wie gut du es hast.«

Deshalb wusste er, dass sie ohne Mr Hooper kein Geld für diese andere, bessere Schule hätte. Seine Mutter hatte ihm gesagt, wie viel besser diese Schule sei. Mr Hooper hatte alles in die Wege geleitet. Kingshaw verstand nicht, warum, er sah keinen vernünftigen Grund, warum Mr Hooper so viel Geld für sie ausgeben wollte, selbst wenn er reichlich davon hatte. Seine Mutter war doch Haushälterin? Und sie waren seit zwei Monaten hier. So etwas hatten sie noch nie erlebt. »Die Menschen sind sehr geizig und gedankenlos«, hatte Mrs Helena Kingshaw oft gesagt. »Sie verstehen nicht, wie schwer es für unsereins ist, anständig zu leben, sie nehmen keine Rücksicht.«

Aber Mr Hooper tat es. Sie sagte immer wieder: »Mr Hooper ist sehr gut zu uns, Charles, das musst du einsehen. Du solltest Mr Hooper sehr dankbar sein.«

Warum? Warum?

Er hatte Mr Hooper verstohlen über den Esstisch angesehen, und auch wenn er an ihm auf der Treppe vorbeiging. Er versuchte zu verstehen.

»Wir werden uns kennenlernen, Charles, meinst du nicht auch? Wir werden sehr gute Freunde werden.«

Kingshaw war zusammengeschreckt und hatte nichts antworten können. Aber er konnte die Nacht nicht vergessen, in der Mr Hooper ihn nach seinen Albträumen hinaufgetragen hatte, und wie er sich da gewünscht hatte, nahe bei ihm zu bleiben. Er schämte sich noch jetzt über seine Schwäche.

Er biss das Ende seiner Eistüte entzwei und stopfte die zwei Stücke in den Mund. Dann hörte er das Geräusch des Landrovers. Er sah Fielding.

»Wo bist du gewesen?«

Hinten auf dem Wagen waren drei Kälber, die an einer Stange festgebunden waren und ständig mit den Hufen stampften, ihre Augen waren groß und rollten vor Furcht. Kingshaw sagte: »Hooper ist zurück. Sie wollen, dass ich dauernd bei ihm bleibe.«

»Oh. Jetzt bist du doch nicht bei ihm.«

»Ich bin ausgerückt.« Kingshaw trat gegen den riesigen Reifen.

»Wir fahren zum Markt. Du kannst mitkommen, wenn du willst. Warum machst du das nicht, es wird schon klappen.«

»Ich – sie würden sich aufregen.«

»Warum?«

»Ich müsste sie fragen.«

»Na los, wir können warten, nicht? Wir könnten mit dir mitkommen und fragen.«

»Nein.«

»Willst du nicht?«

Kingshaw antwortete nicht.

»Wir bringen die Färse weg. Du weißt doch, die, bei deren Geburt du dabei warst.«

»Zum Markt?« Kingshaw sah sie wieder an, wie sie auf dem Landrover herumpolterte, und dachte daran, wie es damals gewesen war.

»Aber sie ist noch nicht sehr alt.«

»Zehn Tage. Nach zehn Tagen werden sie verkauft.«

»Aber was passiert mit ihr? Wenn jemand sie kauft, was kommt dann? Wohin kommt sie dann?«

Er wollte plötzlich alles über das Kalb wissen, es war irgendwie ein sichtbares Bindeglied zwischen ihm und Fielding und der Farm.

Fieldings Vater löste die Handbremse des Landrovers.

»Kalbfleisch«, sagte er ohne großes Interesse. »Man macht Kalbfleisch aus ihnen.«

Kingshaw wartete auf der Straße, bis sie ganz entfernt waren, hörte den Motor den Hügel hinaufdröhnen und sah, wie der Staub aufwirbelte und sich wieder legte. Danach konnte er nichts mehr tun, als zum Haus zurückzugehen. Er ging sehr langsam durch das hohe Gras neben der Hecke und scheuchte dabei dauernd Wolken von weißen Schmetterlingen auf. Er lief nicht einmal, als er an dem freien Platz vorbeikam, der zum alten Gemüsegarten führte, obwohl er seinen Kopf abwandte, er wollte den Schuppen nicht sehen.

Er hatte zum Markt fahren wollen und auch wieder nicht, er spürte, dass dort neue, ganz andere Schrecken auf ihn warten würden, Geräusche und Ängste und Gerüche. Er wollte nicht sehen, wie die Kälber weggeführt wurden. Aber er hatte mit Fielding und seinem Vater zusammen sein und mit ihnen vorn in dem hohen Landrover sitzen und von hier wegfahren wollen. Keiner hätte ihm dann etwas antun können.

Er kam in die lange Einfahrt zwischen den Rhododendronbüschen. Seine Mutter sagte: »Ich habe euch ein kaltes Schokoladengetränk gemacht, Charles, du kannst deins mit Edmund trinken.« Und sie ging mit festem Schritt vor ihm her und trug das Tablett.

Er zögerte einen Augenblick, als er in der Diele stand. Hier war es kühl. Die Tür zum roten Zimmer stand etwas offen, er warf einen schnellen Blick hinein und sah den ersten Glaskasten mit den schattenhaften Umrissen.

»Charles …«

Er ging sehr langsam hinauf, eine Stufe nach der andern, und dachte nach.

Hooper klebte eine Menge neue Briefmarken in sein grünes Lederalbum. Er hatte eine Schüssel mit Wasser und eine Pinzette auf dem flachen Brett, das sie ihm über das Bett gelegt hatten. Als Kingshaws Mutter gegangen war, sagte er: »Ich kenne einen Jungen, der Fielding heißt.«

Kingshaw starrte ihn an.

»Ich weiß alles, denk nicht, ich weiß nichts. Deine Mutter erzählt mir eine Menge über dich.«

Der Schokoladentrunk schmeckte dick und süß, als Kingshaw ihn durch den Strohhalm saugte. Er presste seine Hände fest zusammen, um nicht loszuschreien, weil Hooper das wusste, weil Hooper alles herausfand, er hatte gar nichts, was ihm gehörte, absolut nichts.

Er wandte sich um und sah wieder aus dem Fenster.

Hooper sagte: »Ich kann übermorgen aufstehen. Ich kann unten sitzen.«

Also würde er auch zur Schule gehen, nicht einmal das blieb ihm. Kingshaw stellte seinen leeren Becher hin.

»Wohin gehst du denn?«

Er antwortete nicht.

Die pralle Mittagssonne strömte durch das Fenster in sein Zimmer. Es roch nach heißer Farbe und Plastik von dem Galeonen-Modell auf der Fensterbank her.

Kingshaw legte sich auf sein Bett und vergrub sein Gesicht in der kühlen seidenen Steppdecke.

Mrs Helena Kingshaw saß unten im Wohnzimmer auf einem mit Chintz gepolsterten Stuhl und kürzte den Saum ihres Baumwollkleids um fünf Zentimeter. Sie dachte, ich werde jünger aussehen, ich werde sehr auf mein Aussehen achten, und dann errötete sie ein wenig vor Erregung, weil sie wusste, wie viel ihr das jetzt bedeutete.

Mr Joseph Hooper sagte: »Deine alte Schule war nicht schlecht, Charles. Ich lege großen Wert darauf, dass du daran denkst. Sie war absolut nicht schlecht.«

Kingshaw starrte ihn an und antwortete nicht. Im Zug war es sehr heiß – die Sonne schien ihm durchs Fenster direkt ins Gesicht. Er war noch nie in einem Abteil der ersten Klasse gewesen.

»Deine Mutter hat es ziemlich schwer gehabt, das Leben ist in diesen letzten Jahren nicht leicht für sie gewesen. Du bist jetzt alt genug, um das zu verstehen, glaube ich.«

Er mochte nicht, dass Mr Hooper so über sie sprach, es erschien ihm, als ob er in ihre Geheimnisse eingeweiht wäre. Kingshaw fühlte, dass er wusste, wie es ihnen bisher ergangen war. Der Zug raste in einen Tunnel, und er fühlte, wie ihm die Ohren plötzlich zufielen, doch dann waren sie wieder draußen in der Sonne.

»Es ist einfach so, dass deine neue Schule, Edmunds Schule, sehr viel besser für dich ist. Ja, wirklich in jeder Hinsicht besser. Du wirst sehr viele Möglichkeiten haben.«

Wozu?, dachte Kingshaw verzweifelt, wozu? Warum musste alles so oft verändert werden? Er hatte immer gewusst, dass er, wenn er dreizehn war, ein gutes Stipendium für ein Internat erhalten musste, und er hatte immer gewusst, dass er das nicht schaffen würde, er war nur gut, wenn er für sich allein lernen konnte, nicht bei einem Wettbewerb.

»Du musst sehr, sehr hart arbeiten«, hatte seine Mutter gesagt. »Du könntest ein ganz kluger kleiner Junge sein, wenn du dich nur konzentrieren würdest. Ich werde kein Geld haben, dich auf eine Public School zu schicken, Charles, das verstehst du doch, oder? Du verstehst unsere Lage doch?«

Was nun wohl mit dem Stipendium geschehen würde, ob es jetzt wohl anders wäre, wegen Mr Hooper? Ihm war es gleich, es schien ihn nichts anzugehen. Sie würden es entscheiden, wie sie alles entschieden hatten.

»Wir fahren jetzt durch die Vororte«, sagte Mr Hooper. »Man kann immer eine Menge sehen vom Zug aus, da gibt's viel Interessantes.«

Kingshaw wandte höflich seinen Kopf, um hinauszuschauen.

Mr Joseph Hooper dachte, der Umgang mit ihm ist viel leichter als mit meinem eigenen Sohn, das muss ich zugeben. Er ist ruhig und zurückhaltend, das stimmt, aber er hat nichts Seltsames an sich, wie Edmund es immer schon hatte, und es gibt keine Befangenheit zwischen uns. Er ist kein Junge, der viel redet, und doch glaube ich, dass ich seine Gedanken kenne, kann wohl sagen, dass ich ihn verstehe. Seine Mutter hat mir erzählt, was ich wissen muss. Tatsächlich fühlte er sich seit der Ankunft von Mrs Helena Kingshaw wie ein neuer Mensch, sein Mangel an Selbstvertrauen war verschwunden. Er wusste jetzt, wie er Edmund behandeln musste; Stabilität, hatte er entschieden, Stabilität und Bestimmtheit, das war alles, was man brauchte, und damit waren sie zufrieden; Jungen sind ganz einfache Wesen.

Er fand, dass er selbst nach der Krankheit und dem Tod seines Vaters und dem Umzug nach Warings durch ein ziemliches Tief gegangen war, er erinnerte sich an die Vergangenheit und seine eigene Kindheit und war verbittert. Vielleicht hatte er aber doch die Dinge übertrieben, vielleicht war er glücklicher gewesen. Die Erinnerung spielte einem oft einen Streich, wenn man die mittleren Jahre erreicht hatte, und nun hatte die Gesellschaft von Mrs Helena Kingshaw geholfen, alles ins rechte Licht zu rücken.

Mrs Kingshaw. Er rutschte etwas auf seinem Sitz herum, denn er konnte sich nicht recht entschließen, hatte etwas Angst, war ein bisschen unsicher. Er glaubte, dass das Leben ihn gelehrt hatte, keine übereilten Entscheidungen zu treffen.

Ihm gegenüber sah Charles Kingshaw immer noch auf die Gärten hinter den Häusern der Vorstadt.

Mr Hooper sagte: »Das ist der Strand, das ist Trafalgar Square, das ist die Mall, das ist Buckingham Palace …«

»Ich weiß.«

Aber das Taxi wand sich durch den Verkehr und Mr Hooper hörte nicht hin, nannte die Namen von

Straße und Gebäuden, weil er an die Nützlichkeit und Faszination solcher Tatsachen glaubte.

Kingshaw sagte: »Wir haben in London gewohnt.«

»Ach ja! Das da ist das St George's Hospital …«

Er war nicht gern mit Mr Hooper hier. Es war, als wäre man mit einem Fremden zusammen, einem Lehrer vielleicht, es war ein komisches Gefühl. Ihm fiel nichts ein, was er sagen konnte, er konnte nur auf Fragen antworten. Sie gingen ruhig über die grauen Teppiche des Warenhauses zu der Abteilung für Schuluniformen, und die Räume rochen nach Parfüm und neuen Stoffen. Er dachte, ich könnte weglaufen. Ich könnte in den Fahrstuhl steigen und durch das andere Treppenhaus runterfahren und auf die Straße hinaus, dann wäre ich verschwunden.

Aber er würde es nicht tun. Es wäre schlimmer, allein in den Straßen mit all den fremden Menschen zu sein als allein im Galgenholz. Der Lärm verwirrte ihn, die Art, wie alle sich vorwärtsschoben. Er hatte London vergessen. Mr Hooper sagte: »Nun, also …« Da war ein Mann mit gestreiften Hosen und einem Zentimetermaß. Kingshaw hatte noch nie mit jemand anderem als mit seiner Mutter eingekauft. Man nahm Maß, er wurde in die Ärmel von Blazern und die Beine von Shorts hineingesteckt und wieder herausgezogen, und Mr Hooper und der Mann sprachen über seinen Kopf hinweg miteinander, es war, als ob er nicht wirklich da wäre, als wäre er nicht er selbst. Er sagte nichts. Aber als er sich in dem großen Spiegel so wie Hooper in der schwarzen und goldenen Uniform sah und sich selbst in die Augen schaute, wusste er, dass es keine Hoffnung mehr für ihn gab, dass jetzt alles anfangen würde.

Hooper spielte mit dem silbernen Burgturm, er ließ die Murmeln herunter- und immer wieder durch die Röhre fallen. Kingshaw beobachtete ihn einen Augenblick mit wachsendem Zorn, und dann rannte er los, den Flur und die Treppe hinunter, durch die Diele und in das Wohnzimmer, ballte und öffnete seine Fäuste immer wieder.

Mr Hooper goss gerade zwei Gläser Sherry ein. Die Fenster des Wohnzimmers waren offen und man sah den verlassenen Rasen.

Kingshaw schrie: »Das ist meine Bahn, du hast ihm meine Bahn gegeben, die ich gemacht habe, und du hast mich nicht einmal gefragt. Ich wollte nicht, dass er sie bekommt, du sollst ihm nichts von meinen Sachen geben.«

Er sah den Blick, den seine Mutter und Mr Hooper sich zuwarfen, er wusste, was sie von ihm dachten. Er hatte Lust, sie in seiner Wut zu schlagen, fühlte sich ungerecht beurteilt. Er dachte, sie wollen mich gar nicht haben, sie wollen hier nichts mit mir zu tun haben, sie wollen nur einander und Hooper haben, für mich ist kein Platz.

»Sorg dafür, dass er sie mir zurückgibt. Er hat so viele Sachen, er hat alles. Er muss mir meine Bahn zurückgeben.«

»Charles …«

»Es ist meins, meins, meins, er soll nichts von meinen Sachen haben.«

Als Mr Hooper zu ihm trat und ihm eine Ohrfeige gab, hörte er das Geräusch ganz deutlich in seinem Kopf, sah das Gesicht seiner Mutter, voller Erleichterung und Abscheu, und das Mr Hoopers, der vor ihm stand. Und dazu das Schweigen. Keiner von ihnen rührte sich. Schweigen, nur Schweigen.

Das Telefon klingelte. Mr Hooper ging durch die Tür in die Diele.

»Ich glaube, du solltest lieber nach oben gehen, Charles. Du verstehst sicher, warum. Und vielleicht wirst du auch versuchen zu verstehen, wie sehr du mich verärgert hast.«

Er sah sie nicht an.

Die Tür von Hoopers Schlafzimmer war zu. Kingshaw stieß sie mit dem Fuß auf und stand keuchend da. Er fühlte noch, wie sein Gesicht von Mr Hoopers Hand brannte.

Die Murmel rollte und fiel in die Röhre.

»Gib mir das zurück.«

Hooper sah auf.

»Das ist meins, ich hab es gemacht. Gib's mir sofort wieder.«

»Deine Mutter hat es mir ja gebracht.«

»Das ist mir egal. Gib es mir.«

»Und außerdem hast du es überhaupt in unserem

Haus gemacht, es ist unsere Pappe und unsere Farbe, es ist also überhaupt nicht deins, es ist meins, dir gehört überhaupt nichts in diesem Haus.«

Kingshaw ging langsam auf das Bett zu. Ihm war Hooper egal, ihm war es ganz egal, was einer von ihnen sagen oder ihm tun würde, er wollte nur die Kugelbahn haben, weil es seine war. Er hatte so lange daran geplant und gearbeitet, sie war so schwer zu bauen gewesen, und nun, wo sie so toll funktionierte, sollte niemand anderes sie berühren.

»Gib sie zurück.«

Hooper hielt sie hoch über seinen Kopf.

»Ich schlag dich, ich nehme sie dir weg, Hooper, gib sie mir lieber, bevor ich es tue.«

»Du traust dich nicht, mich anzurühren, ich bin krank und liege im Bett, sie werden dich hören. Du kannst mir überhaupt nichts tun.«

Kingshaw schlug auf ihn ein. Hooper schleuderte die Bahn durch den Raum. Sie stieß gegen die hintere Wand, fiel hinunter und landete mit der Spitze auf dem Linoleum neben dem Teppich. Hooper hatte noch die Murmel in der linken Hand und lachte.

Die Spitze des Turms war zerbrochen, die Pappe hatte sich gewölbt und die Zugbrücke war verbogen. Die Flagge lag auf dem Boden. Kingshaw kniete nieder und sammelte alles ein. Als er wieder aufstand, sagte seine Mutter an der Tür: »Ich finde, du solltest dich sehr, sehr schämen.«

16

»Oh, es ist so schön, wieder von dir zu hören, welch nette Überraschung!« Mrs Helena Kingshaws Stimme war ganz aufgeregt, sie war etwas außer Atem, denn sie hatte nicht sehr viele Freunde und hatte wirklich nicht erwartet, dass einer von ihnen sich mit ihr in Verbindung setzen würde.

Sie hätte es sich nicht eingestanden, dass sie sich in Warings einsam fühlte, es war so gut gegangen; die Erleichterung, hier zu sein und alles so zufriedenstellend zu finden, so sicher, musste ihr doch mehr als genug sein. Obwohl sie schon darüber nachgedachte hatte, dass, wenn Mr Hooper in London und die Jungen in der Schule waren, es vielleicht … Nun, es lag eben ein bisschen isoliert, und Mrs Boland war nicht gerade eine Frau, mit der man ein vertrauliches Gespräch führen konnte.

Aber daran wollte sie nicht denken, denn sie hatten wirklich Glück gehabt, Mr Hooper war ganz besonders freundlich. Und bei der Cocktailparty am Sonntagmorgen waren doch ein oder zwei Frauen gewesen, mit denen sie sich vielleicht im Lauf der Zeit anfreunden konnte. Sie schienen sie als etwas mehr als eine Haushälterin akzeptiert zu haben.

Nun hatte Enid Tyson ihre Adresse ausfindig gemacht und war am Telefon, und sie erinnerte sich daran, dass es noch eine andere Welt außerhalb dieses Hauses und des Dorfs gab, eine Welt, in der sie gelebt hatte und nicht immer unglücklich gewesen war, eine Welt, die nichts mit Mr Hooper zu tun hatte. Mrs Enid Tyson war nicht verwitwet, sondern unter unglücklichen Umständen geschieden, so konnten sie miteinander reden und verstanden einander. Mrs Kingshaw machte es sich auf dem Stuhl in der Diele ein bisschen bequemer.

Aus seinem Arbeitszimmer, dessen Tür leicht offen stand, hörte Mr Hooper zu. Bisher hatte noch kein Bekannter angerufen, und er war etwas überrascht, dass Mrs Kingshaw erst seit zwei Monaten hier war, dass sie eine Vergangenheit hatte, von der er doch nicht alles wusste, Freunde, mit denen er nichts zu tun hatte. Er war etwas verärgert.

Charles Kingshaw kam die Treppe herunter, hörte ihre Stimme und blieb stehen.

»Aber natürlich nicht, meine Liebe, natürlich hast du recht. Man kann es nie wirklich wissen, man würde … Ja, wir könnten bis dahin überall sein, vielleicht sind wir dann nicht mehr hier. Oh ja, wir sind sehr glücklich, und Charles ist ganz verändert, seit er hier ist, es hat ihm so gutgetan, einen Freund zu haben. Es hat natürlich kleine Aufregungen und Enttäuschungen gegeben, das war ja nicht anders zu erwarten … Ja, kleine Eifersüchteleien … Nein, ich weiß es nicht, es ist noch nichts wirklich entschieden, Enid. Ich bin mir noch nicht ganz klar über die Zukunft.«

Sie wollte, dass Mr Hooper sie hörte, sie legte Wert darauf, dass er wusste, dass sie noch ihren Stolz hatte. Wenn irgendwelche Entscheidungen zu treffen waren, dann sollte er derjenige sein ... Selbst wenn sie sich gewisse Hoffnungen erlaubte und auch kleinere Veränderungen genau registrierte.

Sehr leise schlich Kingshaw wieder die Treppe hinauf. Er stieg in den zweiten Stock und ging den Flur entlang zum Puppenzimmer. Nach dem Galgenholz hatte er nicht wieder herkommen wollen, es erinnerte ihn zu sehr an sein Versagen, sein endgültiges Scheitern nach all der sorgfältigen Planung. Aber nun kehrte er doch hierhin zurück. Es war sein einziger Zufluchtsort, er musste das Beste daraus machen.

Er versuchte, den beschädigten Turm zu reparieren.

»Ich bin mir noch nicht ganz klar über die Zukunft ...« Kingshaw sagte sich den Satz immer wieder leise vor. »Ich bin mir noch nicht ganz klar über die Zukunft.«

Er wusste nicht, was das bedeutete, bei seiner Mutter wusste er das nie, es konnte alles bedeuten, konnte nichts mit ihm zu tun haben. Etwas in ihrer Stimme, in der Überbetonung der Worte, hatte ihn misstrauisch gemacht. Er war ja schließlich mit Mr Hooper in London gewesen, die Uniform war gekauft worden. »Männer unter sich!«, hatte sie albern gesagt, als sie zurückkamen. Diese Pläne würden sich nun nicht mehr ändern.

Aber vielleicht würden sie nicht immer hier wohnen, vielleicht hatte es Streit gegeben, vielleicht hatte sie angefangen, dieses dunkle Haus genauso zu hassen wie er, vielleicht …

Er überlegte, wohin sie sonst noch gehen könnten. Sie waren an so vielen Orten gewesen. Noch schlimmer als all die Häuser anderer Menschen – vielleicht in gewisser Weise sogar noch schlimmer als dieses hier – war die Privatpension gewesen. Sie hatten dort fast ein Jahr gewohnt, aber es hätte genauso gut eine Ewigkeit sein können. In der Schule hatte Broughton-Smith das herausgefunden, er hatte gesagt: »Kingshaw lebt in einer Privatpension!« Alle hatten sie ihn angestarrt, es war etwas Abnormales, das keiner von ihnen kannte.

In dieser Privatpension hatte er Miss Mellitt kennengelernt.

Es gab da ein Esszimmer, wo es immer kalt war, und sie hatten neben dem Spiegel in der Ecke ihren eigenen Tisch gehabt, von dem die anderen in einem seltsam leidenschaftslosen Ton sagten: »Das ist der Tisch der Kingshaws.« Er mochte es nicht, jede Mahlzeit vor so vielen anderen Leuten einzunehmen.

Es gab keine anderen Kinder im Hotel, Besucher kamen und gingen, Mrs Kingshaw lernte Leute kennen, die ihn in den Zoo oder in den Park mitnahmen. Einige lebten ständig da, wie Mr Busby und Mr Taylor, die immer zusammensaßen. Mr Busby hatte nur ein Bein.

Aber Miss Mellitt war dagewesen, Miss Mellitt … Bei der Erinnerung an sie sah er plötzlich voller Grauen auf. Hinter seinem eigenen Schlafzimmer hatte sich ein Abstellraum befunden und dahinter die letzte Tür rechts am Ende des Gangs, das war Miss Mellitts Zimmer gewesen. Abends hatte Kingshaw sie immer gehört, wenn sie die Treppen heraufkam, und er hatte ängstlich den Atem angehalten, bis ihre Schritte an seiner Tür vorbei waren, er war sich ganz sicher, dass sie eines Abends anhalten, die Klinke drücken und im Dunkeln eintreten würde.

Im Esszimmer hatte sie Suppe vorn auf ihr Kleid gekleckert, und als Kingshaw hinsah, hatte sie ihn angestarrt. Ihre Augenbrauen waren sehr dick und dunkel, und die Kopfhaut schimmerte stellenweise durch das dünne Haar. Jedes Mal, wenn er sie sah, hatte er die rosa glänzende Haut anschauen müssen und dann schnell wieder weggesehen. Er hatte Angst vor Miss Mellitt gehabt, sie war ihm in seinen Albträumen erschienen, er erinnerte sich noch an sie, als er schon in der Schule war, Meilen und Jahre von ihr entfernt. Sie hatte seltsam muffig gerochen, wie Kleider, die jahrelang in einer Kommode gelegen haben.

»Miss Mellitt ist alt«, hatte seine Mutter gesagt. »Alt und ziemlich einsam. Du musst sehr freundlich und respektvoll denen gegenüber sein, die alt sind, Charles, man bringt euch das bestimmt auch in der Schule bei.«

»Ich kann sie nicht leiden.«

»Das ist nicht nett von dir.«

»Sie kommt immer und redet mit mir. Sie fasst mich an. Ich mag sie nicht.«

»Ich hab dir doch gesagt, Liebling, dass sie eben ein wenig einsam ist. Sie hört wahrscheinlich gern, was ein netter, höflicher Junge sagt.«

Er hatte darauf nicht geantwortet. Er war nur vor Miss Mellitt weggelaufen, hatte nachts ganz krank vor Angst im Bett gelegen, wenn sie langsam den langen Gang hinunterging, und immer wieder voller Entsetzen auf die kahlen Stellen auf ihrem Kopf gestarrt.

Jetzt fiel ihm ein, warum er sich wieder an sie erinnert hatte. Es war nicht nur, weil er überlegte, wo sie vielleicht sonst wohnen könnten. Es war wegen des Geruchs. Die Puppen im Glasschrank rochen nach Miss Mellitt.

Kingshaw beugte seinen Kopf zu der Kugelbahn hinunter, atmete schnell den schweren, ätzenden Geruch des Leims und der Metallfarbe ein und versuchte zu vergessen.

»Vielleicht sind wir dann nicht mehr hier … Ich bin mir noch nicht ganz klar über die Zukunft.«

Mr Joseph Hooper stand vor dem Kleiderschrankspiegel, die Hände an seinem Kragen, und löste nervös seinen Schlips. Er dachte, da stimmt etwas nicht, sie hat mir etwas nicht erzählen können, sie ist hier doch nicht wirklich glücklich.

Er beugte sich vor und betrachtete sein Gesicht genau, die seetangfarbenen Augen und die vorspringende Nase, die feinen dünnen Linien, die sich über seine Stirn und um seinen Mund zogen. Er dachte, da ist nicht viel, auf das man stolz sein kann, es ist nichts Besonderes an mir.

Und doch war da etwas zwischen ihnen, eine Spannung, ein Verständnis, er hatte es an ihr gemerkt und in sich gefühlt, hatte gemeint, ganz sicher zu sein …

»Ich bin mir noch nicht ganz klar über die Zukunft.«

Dann ist es aber mein eigener Fehler, weil ich unentschlossen war, Angst hatte, Schritte zu tun, die ich bereuen könnte, oder dass alles zu früh sei. Und doch dachte ich, als ich das Inserat für eine Haushälterin aufsetzte, dass …

Er entfernte sich vom Spiegel und knöpfte sein Hemd auf, hatte ein schlechtes Gewissen wegen seiner Absichten, so wie er immer ein schlechtes Gewissen hatte. Er betrachtete das getönte, dunkel tapezierte Schlafzimmer mit dem ordentlich gemachten Doppelbett, in dem er allein schlief. In seinem Kopf formten sich bestimmte Bilder. Er dachte, ich bin ein äußerst sinnlicher Mann, und daher kommt die Spannung, die innere Unruhe, das ist der Grund für alles.

Er hatte sich davor gefürchtet, mit sich selbst ins Reine zu kommen, sich die ganze Wahrheit einzugestehen. Nun war Mrs Helena Kingshaw im Haus, schlief nachts oben, ging tagsüber durch die Zimmer, sah ihn an, kleidete sich sorgfältig und kürzte ihre Röcke, er hatte sie beobachtet und war beunruhigt.

Er dachte, ich habe nie bekommen, was ich wirklich

wollte, es war nie das Richtige. Seine Heirat war ein Akt der Höflichkeit gewesen, die vollendete Höflichkeit des Doppelbetts, er hatte an der Kluft zwischen seinem erlaubten Verhalten und seinen Bedürfnissen gelitten.

Aber danach, später … Er ließ sich auf den Stuhl neben das Bett fallen. Später war nichts gewesen. Außer dass er in den Untergrundbahnen saß und auf die Beine der Mädchen schaute, die ihm gegenübersaßen, sich ihre seidenbestrumpften Hintern und Schenkel vorstellte, wie sie sich in verschiedenen Stellungen wanden, und abends durch die Seitenstraßen von Charing Cross ging, um in den Auslagen der Buchhandlungen und draußen an den Sex-Kinos nach Bildern von Brüsten und geöffneten Lippen zu schauen.

Es gab Gelegenheiten, das wusste er. Aber er hatte nie eine ergriffen und würde es auch nie, er war sich unklar über sich selbst und wusste nicht, wo er anfangen sollte. Aber er schlief und schwitzte in seinen Träumen und erwachte morgens mit einem schlechten Gewissen. Nichts sonst. Nichts.

Nun saß Mr Hooper da und dachte an Mrs Helena Kingshaw, die in diesem Haus oben im Zimmer war, dachte an das Vergnügen, das ihm ihre Gesellschaft bereitete, den Stolz und die Genugtuung, die er empfand, wenn er ihre Zufriedenheit sah, hier zu sein. Und dann die Art, wie sie ihn ansah, er erkannte etwas von seinen eigenen Bedürfnissen darin, da war etwas …

Er zog sich aus. Er dachte mit Erregung daran, dass eine körperliche Verbindung mit Mrs Kingshaw nicht so sein würde, wie es mit Ellen gewesen war, denn Mrs Kingshaw würde ohne Ziererei und Hemmungen auf ihn eingehen, sie würde Phantasie und Wirklichkeit zusammenbringen.

Der Gedanke, dass sie vielleicht doch nicht in Warings bleiben wollte, der Gedanke wieder allein in diesem Haus leben zu müssen, nur mit den unappetitlichen, kalten Mahlzeiten, die Mrs Boland ihm hinstellte, und zur Beschäftigung nur die Erinnerungen an seine eigene Kindheit zu haben, diese Vorstellungen rissen Mr Hooper aus seiner Unentschlossenheit.

Morgen, sagte er sich, als er in das kalte Bett stieg, morgen …

Er war nervös. Sie fuhren irgendwohin, alle gemeinsam in Mr Hoopers Wagen, und er wusste nicht, wohin.

»Es ist eine Überraschung. Es ist ein ganz besonderer Tag, und ihr werdet euch gut amüsieren«, hatte Mrs Kingshaw gesagt.

»Wohin fahren wir?«

»Du musst wirklich abwarten!«

»Ich will es wissen. Ich mag das nicht, wenn man mir nichts sagt.«

»Du bist ein komischer Junge, Charles. Wird eine Überraschung je im Voraus verraten? Edmund ist sehr aufgeregt, aber er will es nicht wissen. Das wäre ja, als würde man vor dem Weihnachtsmorgen in die Päckchen gucken.«

Sie wollte ihm einfach nichts mehr darüber erzählen, sie lächelte nur geheimnisvoll und nickte mit dem Kopf, und nun fuhren sie aus dem Dorf hinaus. Sie hatten die guten langen grauen Hosen anziehen müssen. Hooper war seit seinem Unfall erst ein Mal draußen gewesen. Er musste seine Beine auf den Rücksitz legen, sodass Kingshaw nur wenig Platz hatte. Die Unterseite von Hoopers Gipsverband war grau und schmutzig.

Es war alles wieder wie an dem Tag, als sie zu dem Schloss fuhren, der Geruch des Wagens erinnerte ihn an den langen grünen Tunnel aus Bäumen. Aber heute regnete es, es war sehr kalt, und sie fuhren in eine andere Richtung. Die Bäume hatten schon einen gelben Schimmer, der Herbst fing an.

Kingshaw hatte gesagt: »Warum müssen wir dorthin fahren?«

»Das ist nun mal auch ein Geheimnis. Aber du wirst es schon rechtzeitig merken.«

Er wusste es schon. Er hatte es immer gewusst. Aber nun war es da, war Wahrheit geworden. Die Wirklichkeit war nicht schlimmer als die Vorahnung. Als Hooper gekommen war und es ihm erzählt hatte, war er weder überrascht noch wütend gewesen.

Er hatte gerade im Puppenzimmer mit einem neuen Modell angefangen. Er zeichnete es zuerst sehr sorgsam auf Millimeterpapier, um zu sehen, ob es funktionieren würde. Es war viel komplizierter als der Kugelbahn-Turm. Sie hatten ihm gesagt, er solle mit Hooper Schach spielen, aber er war hierher gegangen, ihm war es jetzt egal, was sie sagten oder taten. Hooper brauchte ihn nicht. Er machte Listen von Kampfregimentern.

Als die Schritte sich im Flur näherten, hatte Kingshaw an Miss Mellitt gedacht, wie sie an seinem Zimmer vorbeitappte, und einen Moment lang wusste er vor Schreck nicht, wo er war. Der muffige Geruch drang durch die Ritzen des Puppenschranks ins Zimmer. Dann ein Bums. Hooper, der gegen die Tür trat.

»Versteckt sich …«

»Ich kann hier tun, was ich will, das gehört alles mir, meine Mutter hat mir Geld für das ganze Material gegeben, es geht dich also gar nichts an, Hooper.«

Hooper kam ins Zimmer, er humpelte schwerfällig. Kingshaw stand neben dem Tisch, hielt seine Arme schützend über die Zeichnung.

»Ich will dein albernes Modell gar nicht. Das ist ein Kinderspielzeug.«

»Du hast das andere kaputtgemacht. Du hast damit gespielt und es dann zerstört, du rührst nichts mehr von meinen Sachen an.«

»Halt's Maul, ich habe gerade was gehört. Ich weiß etwas, was du nicht weißt.« Er drückte sich sehr geschickt aus, sehr geheimniskrämerisch. Kingshaw wartete und rührte sich nicht vom Tisch weg. Er hatte Hooper nun zur Genüge kennengelernt.

»Du wirst dich nicht freuen, wenn ich es dir erzähle. Wenn ich es dir überhaupt erzähle.«

»Warum bist du dann überhaupt hergekommen?«

»Ich hab dir ja gesagt, dass was passiert.«

Schweigen. Kingshaw dachte, es ist schon alles passiert, was es auch sein mag, es ist egal, es kann nicht schlimmer werden. Aber sein Magen krampfte sich zusammen vor Angst, als er in Hoopers Gesicht sah.

»Willst du mich nicht fragen? Willst du es nicht wissen?« Seine Stimme war voller Hohn. Kingshaw presste seine Lippen aufeinander, bis er fühlte, dass seine Zähne in die Haut schnitten. Er wollte nichts sagen, er wollte nicht fragen.

»Ich glaube, ich lasse es dich einfach rausfinden.«

Kingshaw wandte sich um und setzte sich auf den Stuhl vor seinem Tisch. Er starrte auf die Linien seiner Zeichnung. Nun würde Hooper es ihm sagen.

»Er wird dein Stiefvater werden.«

Schweigen.

»Er wird deine Mutter heiraten und zwar bald, bevor wir zur Schule zurückgehen. Sie haben darüber gesprochen. Ich hab's gehört. Ich hab dir ja gesagt, dass das geschieht, ich hab's dir schon vor einer Ewigkeit gesagt.«

Kingshaw fühlte nichts. Nur, dass er es gewusst hatte, und nun war es da. Er hatte darauf gewartet. Er sagte: »Du kannst weggehen. Ich bin beschäftigt.«

»Du musst gar nicht versuchen, hier den Großen zu spielen, Kingshaw.«

»Halt's Maul.«

»Bilde dir nicht ein, dass du nicht tun musst, was mein Vater sagt, denn du musst. Und was ich sage.«

»Halt's Maul.«

»Ich hab sowieso keine Lust, deine blöde Mutter immer hier zu haben, ich will nichts mit ihr zu tun haben. Oder mit dir. Du bist halt blöd.«

Sein Spott ließ Kingshaw kalt, er kam ihm einfach kindisch vor, es war ihm völlig egal, was Hooper sagte.

»Wart's nur ab.«

Kingshaw antwortete nicht, bewegte sich nicht. Ihm war klar, dass Hooper wütend war, Hooper machte es etwas aus. Er hatte nie gewollt, dass sie in dieses Haus kamen. Schon am ersten Tag hatte er ihm den Zettel heruntergeworfen. *Ich wollte nicht, dass ihr herkommt.* Und nun würden sie hierbleiben, und er war machtlos, sein Haus würde ihr Haus sein. Kingshaw dachte, ich sollte mich freuen, weil es ihn ärgert. Aber er fühlte überhaupt nichts. Er fühlte sich allein.

Aber später, mitten in der Nacht, war er plötzlich aufgewacht und hatte sich daran erinnert, und dann war ihm klar geworden, dass es wirklich wahr war, dass es jetzt geschehen würde. Er dachte, nun wird Hooper immer da sein, für immer und ewig, Hooper und Mr Hooper. Er fing an zu weinen, zog seine Knie unters Kinn und wiegte sich hin und her. Am schlimmsten war dieses Haus mit seinen dunklen Zimmern und den Kästen mit den Faltern, er würde immer wieder hierher zurückkommen müssen. Und in dem Zimmer seiner Mutter würde Mr Hooper sein.

Aber sie hatten es ihm noch nicht gesagt. Beim Frühstück am nächsten Morgen, bevor Mr Hooper nach London fuhr, hatten er und Mrs Kingshaw nur einige Blicke gewechselt und über einen Ausflug und eine Überraschung gesprochen.

»So, hier wären wir!«, sagte Mr Hooper und stellte das Auto in der letzten Reihe eines Parkplatzes auf einem schlammigen Feld ab.

»Ihr Jungs werdet diesmal wenigstens sicher sein. Heute gibt's keine Gelegenheiten zum Klettern und Herunterfallen.«

Kingshaw sah aus dem Fenster der Limousine in den strömenden Regen. Als er es erkannte, dachte er, oh Gott, oh Gott, lass uns nicht dorthin gehen! Aber er wusste, dass sie es würden. Seine Kehle krampfte sich zusammen. Hooper beobachtete ihn genau. Kingshaw sah, wie seine Augen plötzlich triumphierend strahlten. Er hatte es sofort gemerkt, er merkte immer alles.

Mrs Helena Kingshaw stieg aus dem Wagen und öffnete einen lindgrünen Regenschirm.

»Charles, du läufst so schnell du kannst vor, mein Liebes, renn so schnell wie möglich durch die Pfützen. Es ist nicht nötig, dass wir alle nass werden. Ich komme mit Mr Hooper nach und helfe dem armen Edmund.«

Kingshaw entfernte sich ganz langsam von ihnen, er

kümmerte sich nicht um den Regen. Er dachte, das ist das Schlimmste auf der Welt, nichts hätte schlimmer sein können. Warum wussten sie das nicht, warum verstanden sie es nicht? Er suchte verzweifelt nach einem Ausweg, er hätte alles getan, um nur nicht dort hineingehen zu müssen.

Mrs Helena Kingshaw, die hinter ihm über das aufgeweichte Feld kam, sagte: »Als Charles ein sehr kleiner Junge war, hatte er etwas Angst. Aber das ist natürlich längst vergessen, es wird einfach ein riesiger Spaß, egal, was für ein Wetter wir haben.«

Wenn er seine Augen schloss, änderte das nichts, machte es sogar noch schlimmer, weil er sich dann alles vorstellte. Es wirbelte in seinem Kopf herum, und er konnte die Geräusche noch lauter hören und nahm die Gerüche wahr.

Mr Hooper hatte die besten, die teuersten Plätze gekauft, ganz nah an der Manege. Kingshaw sah in die Dunkelheit an der Spitze des Zelts hinauf, wo die Seile und Leitern für die Akrobaten hingen, schlaff und still, und dann sah er hinunter auf die vielen Menschenreihen, in die plötzlich auftauchenden weißen Gesichter mit den aufgerissenen Augen. Seine Hände krallten sich um die Armlehnen. Ich kann nicht raus, ich kann nicht raus, ich kann nicht raus … Es wird auf uns herunterkommen, alle werden stürzen, und ich kann nichts tun. Sein Kopf füllte sich mit verworrenen Bildern, in denen das Zelt zusammenbrach und alles zudeckte und in denen diese ungeheure Menschenmasse sich über ihm türmte und ihn zermalmte.

An den Geruch konnte er sich erinnern, den Geruch von nasser, dampfender Kleidung, Sägemehl und überhitzten Scheinwerfern, Leinwand und Stallmist, und auch die Geräusche waren die gleichen und dröhnten durch seinen Kopf. Hinter seinen Augen hörte er, wenn er sie schloss, den Knall der Peitschen und den Trommelwirbel und das schreckliche Wiehern und Brüllen und Trompeten der umherspringenden Tiere. Es ging immer weiter, und alle lachten ohne Ende.

»Charles, was ist denn bloß los? Nimm ihn doch, träum nicht, nimm ihn, nimm ihn …«

Seine Mutter lehnte sich zu ihm und flüsterte auf ihn ein, und er sah auf in das weiße, glänzende Gesicht des Clowns, der vor ihm am Manegenrand stand. Die weiße Farbe war wie eine Haut, die über das Gesicht gespannt war, sie schimmerte vor Schweiß, und er hatte einen riesigen roten Mund, der sich öffnete und schloss wie der Schnabel der Krähe, und die Augen starrten ihn an. Der Clown wollte ihm einen gelben Ballon mit weichen Gummiohren schenken. Am anderen Ende der Reihe konnte er Hooper sehen, der ihn schwach anlächelte und Bescheid wusste. Und dann war der Clown weg, und sie stellten die Eisengitter für die Löwen auf, und er wollte ihnen zuschreien, dass sie verschwinden sollten, er wartete und wartete, dass die Tiere wild würden und den Mann in ihrem Käfig angriffen. Er wartete auf das Brüllen, von dem sein Kopf bersten würde.

In der Pause kaufte Mr Hooper ihnen buntes Eis am Stiel und Konfekt für Mrs Helena Kingshaw.

»Oh, ich fühle mich ganz wie ein Kind! Welch ein Fest!«

Kingshaw saß neben ihr und wartete auf den Auftritt der schwerfälligen, freundlichen Elefanten, und als sie kamen, weinte er fast wegen der Mützen mit Troddeln, die sie tragen mussten, und über den unterwürfigen Ausdruck in ihren Augen … Er hielt das ungegessene Eis in seiner linken Hand, und es tropfte in einer süßen, klebrigen Spur an der Seite des Sitzes herunter auf den Boden.

Es ist nur der Jungen wegen, dachte Mr Hooper, und er rutschte auf seinem unbequemen Sitz hin und her und langweilte sich. Aber als er seinen Kopf gehorsam reckte, um die Sprünge und die Saltos der »Vier Flieger« zu verfolgen, sah er die Körper der Mädchen in den durchschwitzten Trikots sich winden und durchschimmern, ihre Glieder bogen sich, ihre Beine öffneten sich und schwangen hin und her. Er streckte seine Hand aus und tastete nach den seidenen Knien von Mrs Helena Kingshaw.

In dem überdachten Gang, der aus dem Zirkuszelt hinausführte, musste Kingshaw sich heftig übergeben, mitten in der drängelnden Menschenmenge.

»Du hättest etwas sagen sollen, Charles, du hättest

etwas sagen sollen oder dich wenigstens einen Augenblick beherrschen.«

Draußen in dem kalten Regen dachte er, oh Gott, oh Gott, jetzt ist es gut, es ist vorbei, es ist zu Ende. Er stand da und zitterte bei der Erinnerung.

»Ich habe Mrs Fielding besucht.«

Kingshaw starrte sie entsetzt an, er wollte nicht glauben, was er gehört hatte.

»Wir haben uns natürlich ein oder zwei Mal im Dorf gesehen, aber nun bin ich auf der Farm gewesen und habe mich vorgestellt.«

Er stand mit weißem Gesicht an der Küchentür. Seine Mutter packte ihren Einkaufskorb aus.

»Warum bist du dort hingegangen? Das durftest du nicht.«

»Sprich nicht so mit mir, Liebes, das hab ich dir oft genug gesagt. Ich habe es wirklich nur deinetwegen getan. Ich wollte Anthony für einen Tag in der nächsten Woche zum Tee einladen. Bevor du mit Edmund in die Schule abreist.« Sie machte eine Pause und schaute quer durch die Küche zu Mrs Boland herüber, »vor der Hochzeit«.

»Ich will nicht, dass Fielding zum Tee kommt. Ich will überhaupt nicht, dass er kommt.«

»Also, mein lieber Charles, ich komme wirklich nicht mehr mit bei diesem Hin und Her. Ich dachte, ihr beide seid Freunde.«

»Er ist mein Freund.«

»Na dann …«

»Ich will nicht, dass er herkommt.«

»Du bist ja nun ziemlich oft dort gewesen. Ich weiß, dass seine Mutter sehr nett zu dir war, als Edmund im Krankenhaus lag und du ganz allein warst. Es ist wirklich das Mindeste, was wir tun können, Anthony zum Tee einzuladen. Und außerdem, da wir jetzt immer hier leben werden, wird es sehr hübsch sein, wenn ihr in den Ferien alle zusammen spielen könnt.«

»Er wird nicht kommen wollen.«

»Oh, er hat mir gesagt, er würde gern kommen.«

Kingshaw ging durch die Hintertür aus dem Haus und zwischen den Eiben den Pfad hinunter bis zum Wäldchen. Hooper war im Krankenhaus, um seinen Gipsverband kontrollieren zu lassen.

Rechts von dem schmalen grasbewachsenen Pfad, der in das Wäldchen führte, lag eine kleine, von Buchen umgebene Lichtung. Die Bäume verbargen sie vor dem Haus. Er kam manchmal hierher, wenn er Hooper entwischen konnte, weil es hier graue Eichhörnchen gab, die die Bäume hinaufsausten und hin- und hersprangen, und er beobachtete sie gern, liebte ihre weichen, behänden Körper und ihre wippenden Schwänze. Hooper hatte ihm seit dem Unfall nicht folgen können, ohne Lärm zu machen, weil er sein Gipsbein nachziehen musste, und es war sowieso für ihn nicht gut hier unten, weil es nach fast einer Woche Regen sehr schlammig war.

Die Blätter und die Erde hatten sich auf dem Boden vermischt und das Gras war nass. Als er durch die Bäume hinaufsah, konnte er ein paar Wolkenfetzen und Flecken vom blauen Himmel sehen, ihr Muster veränderte sich stetig durch den Wind. Aber heute schienen keine Eichhörnchen da zu sein.

Der Gedanke, dass Fielding zu ihnen kommen und an ihrem Tisch Tee trinken, mit ihnen im Wohnzimmer oder auf dem Rasen spielen sollte, und dass er dabei von Hooper beobachtet werden würde, war ihm unerträglich. Fielding und die Farm, alles dort hatte ihm allein gehört, er hatte es gefunden. Nun war seine Mutter dort gewesen, war die Einfahrt hinuntergegangen und den Pfad hinauf zur Haustür und hatte alles gesehen, hatte Fieldings Mutter Fragen gestellt, war eingedrungen und hatte alles verdorben. Er wusste, dass Fielding nach Warings kommen würde, weil Fielding alles leichtnahm, er ging gern irgendwohin und unternahm etwas. Alles gefiel ihm, er würde zu jedem freundlich sein. Kingshaw hatte das von Anfang an gemerkt und nur gedacht, dass er Hooper fernhalten müsste. Als er über Hooper geredet hatte, hatte Fielding zugehört und ihm geglaubt, und doch würde das nichts helfen, er ging zu sorglos mit den Dingen um, um sich vorzusehen. Und Hooper würde ihm auch nichts anhaben können, absolut nichts, er würde es nicht einmal versuchen. Er konnte Fielding weder erschrecken noch demütigen, weil sein Temperament das alles ohne Schwierigkeiten verkraften würde, er würde nicht Hoopers schlimmste Eigenschaften herausfordern, so wie Kingshaw es tat. Fielding war unverwundbar.

Das alles fühlte Kingshaw, fühlte es mehr, als dass er es durchdachte. Er konnte Fielding nicht festhalten, das konnte niemand; er würde es vergeblich versuchen, und Fielding würde ihm entgleiten und überall Freunde finden und an allem teilhaben. Das war also das Ende.

Sie hatten über die Hochzeit gesprochen. Am Donnerstag, dem 10. September, würden sie alle zusammen zum Standesamt in Milford gehen, und danach würde es im George Hotel ein Festessen geben, »ein Familienessen«, wie Mrs Helena Kingshaw immer wieder sagte, »wir vier zusammen«.

Danach würden sie alle in Mr Hoopers Wagen zur Schule fahren. Mrs Kingshaw hatte gesagt: »Ich möchte nicht, dass er gerade das erste Mal mit dem Zug fährt, selbst wenn er mit Edmund zusammen ist. Oh ja, ich weiß, er ist elf Jahre alt, aber das ist doch noch nicht sehr groß, oder?«

»Nein, nein«, hatte Mr Hooper gesagt. »Nein, nein«, und er hatte ihr Knie getätschelt. Sie war getröstet.

Deshalb sagte sie: »Wir fahren alle zur Schule und sehen, dass du dich gut einlebst, Charles, und danach werden Mr Hooper und ich ein paar Tage verreisen.«

Kingshaw hatte ein komisches, dumpfes Gefühl im Magen, er stellte sich alles vor, er wusste, wie der Tag sein würde. Da würde das fremde Gebäude sein und die Menge von unbekannten Gesichtern, er würde allein mit Hooper sein, wenn das Auto weg wäre. So würde alles anfangen.

Gerade über ihm in einem Erlenbusch schwirrte und hüpfte eine Zaunkönigfamilie umher, ihre Schwänze ragten in die Höhe wie die Federn eines Indianerkopfschmucks. Nach einer Weile stand er auf und fing an, zu ihnen zu kriechen. Er wollte einen Vogel fangen und ihn in seinen Händen halten. Ein Zweig knackte unter seinem Fuß. Es wurde still im Busch, die braunen Federn der Zaunkönige verschwanden in den Zweigen. Als er ins Freie trat, flogen sie schon weg. Er hörte das Geräusch von Mr Hoopers Wagen, der zum Haus hinauffuhr.

»Willst du noch was sehen?«

»Ja.«

»Ich wette, dass du das noch nie gesehen hast.«

»Okay«

»Aber vielleicht gefällt es dir nicht.«

»Warum nicht?«

»Du hast vielleicht Angst davor.«

Fielding sah überrascht aus. Er sagte: »Ich habe nicht vor sehr viel Angst.« Hooper machte eine Pause, er sah in sein Gesicht und versuchte herauszufinden, ob das die Wahrheit war. Er konnte Fielding noch nicht richtig einschätzen, er hatte noch nie jemanden getroffen, der so ehrlich über sich selbst sprach, und der sich traute, alles zu sagen und zu tun.

»Kingshaw hat Angst davor.«

Fielding drehte sich sofort um. »Dann gehen wir eben nicht hin, wenn du nicht willst. Das ist ganz klar.«

Kingshaw stand abseits von ihnen, die Hände in den Taschen, stolz auf Fieldings Freundlichkeit und sie doch zugleich verachtend.

»Mir ist's egal, was ihr tut.«

»Ist es was Lebendiges?«

»Nein«, sagte Hooper. »Es sind tote Dinge.«

»Och, das macht mir doch nichts aus. Mir macht nichts was aus. Nur …«

»Hör mal, ich hab doch gesagt, es ist in Ordnung, oder? Es ist mir ganz egal, was du mit ihm machst«, sagte Kingshaw wütend. Er nahm Fielding übel, wie er sich Hooper gegenüber verhielt.

Im Roten Zimmer sagte Fielding: »He – das sind ja Schmetterlinge! Toll!«

»Nachtfalter«, sagte Hooper. »Nachtfalter sind anders. Sie sind mehr als Schmetterlinge.«

Fielding guckte eifrig in den ersten Kasten hinein. »Jetzt kann ich sie richtig sehen. Ich kann alle Haare auf ihren Körpern sehen.«

Kingshaw erstarrte.

»Mein Großvater hat sie gesammelt. Er war weltberühmt, er hat Bücher und so Sachen über sie geschrieben. Sie sind Tausende von Pfund wert.«

»Lügner.«

Hooper wandte sich zu Kingshaw. »Halt du die Klappe, du Angsthase. Du weißt überhaupt nichts.«

Fielding wandte sich sofort ängstlich um. Kingshaw wich seinem Blick aus. Hooper ging weiter zu den Schaukästen und sah Fielding wieder genau an. »Traust du dich, einen anzufassen?«

Fielding guckte verwirrt. »Ja. Es sind doch nur tote Dinger. Sie können dir nichts tun.«

»Na, dann los.«

»Der Kasten ist doch abgeschlossen.«

»Nein, ist er nicht. Du kannst den Deckel hochheben.«

»Aber beschädigt man sie nicht? Wir könnten Ärger bekommen.«

»Ich trau mich, einen anzufassen. Ich hab schon mal einen rausgenommen.«

»Oh.«

Fielding war zum nächsten Kasten gegangen. Kingshaw stand in der Tür und beobachtete sie und dachte, Hooper glaubt ihm, er wird ihn nicht zwingen, einen Kasten aufzumachen und einen Falter mit der Hand zu berühren, er zwingt ihn nicht, es zu beweisen, er glaubt ihm einfach. So ist Fielding eben, und so solltest du auch sein.

Bei ihm war es anders gewesen. Hooper hatte vom allerersten Augenblick an, als er ihm ins Gesicht gesehen hatte, gewusst, dass es leicht werden würde, ihn andauernd zu erschrecken. Warum, dachte Kingshaw, warum? Seine Augen brannten plötzlich vor Tränen, weil er es so ungerecht fand. Warum?

Jetzt stand Fielding auf einem Stuhl und berührte

den Rücken eines ausgestopften Wiesels. Als er seine Hand wieder wegnahm, war sie grau vom Staub.

»Wenn die nicht gesäubert werden, werden sie wohl zerfallen. Sie verwesen irgendwie.«

»Magst du sie?«

Fielding kletterte runter. »Sie sind in Ordnung«, sagte er ohne viel Interesse. »Sie riechen ein bisschen komisch.«

Er ging zu dem nächsten Schaukasten mit Faltern und fing an, die Namen laut zu lesen, so als ob sie etwas ganz Gewöhnliches wären, dachte Kingshaw, als ob sie einem nichts antun oder einen Schrecken einjagen könnten, als ob es eine Liste von Schiffsnamen oder Hunden oder wilden Blumen wäre. Gar nichts. Es war klar, dass Fielding glücklich war, wenn er etwas Neues entdeckte, dass er gern alles tat, was man ihm nur vorschlug.

Er hatte nur gesagt: »Sie riechen etwas komisch.«

Gerade den Geruch hasste Kingshaw am meisten. Wenn er an der Tür des roten Zimmers vorbeiging, dachte er an die Nacht, als Hooper ihn dort eingeschlossen hatte, und wie der Regen gegen das Fenster geschlagen hatte, und wie der Falter aus dem Lampenschirm auf ihn zugeflogen war.

Vor Kurzem hatte Mr Hooper über die Falter gesprochen. »Ich habe ernsthaft daran gedacht, einen Experten kommen und sie schätzen zu lassen. Ich denke daran, sie zu verkaufen, sie haben für uns keinerlei Wert.«

»Oh, aber es sind Erbstücke, Familienbesitz; wenn die Jungen etwas älter sind, könnten sie sich doch vielleicht wirklich dafür interessieren? Du solltest etwas so Ungewöhnliches doch wirklich nicht weggeben.«

Kingshaw hatte zugehört, wie seine Mutter das sagte, und war verzweifelt, denn alles, was sie jetzt dachte, glaubte, sagte und tat, schien mit ihm weniger zu tun zu haben als mit irgendjemand sonst auf der Welt. Und gegen seinen Willen machte ihm das etwas aus. Er wünschte sich inständig, dass sie anders sei, dass sie ihm gehöre. Sie sollte sie selbst sein und doch eine andere Person. Er glaubte jetzt, dass es besser gewesen war, bevor sie hergekommen waren.

Aber das war auch nicht wahr. Denn früher hatte sie sich an ihn geklammert, sie hatte gesagt: »Du bist jetzt alles, was ich habe, Charles, ich möchte so gern, dass du dich gut machst, das verstehst du doch?« Er hatte kämpfen müssen, um sich von der Last der Bedeutung ihrer Worte zu befreien.

Hooper sagte: »Wir könnten jetzt gehen und etwas anderes machen.«

»In Ordnung. Was denn?«

»Ich weiß nicht. Wir könnten meine Schlachtpläne ansehen. Alle Regimenter sind auf einer Karte aufgestellt. Sie sind in meinem Schlafzimmer.«

»Wofür brauchst du sie?«

»Für Schlachten.«

Fielding schaute verunsichert.

»Ich tu das gern.«

»Willst du?«, fragte Fielding und drehte sich zu Kingshaw um. Sein nussbraunes Gesicht war voller Mitgefühl.

»Ist mir egal.«

Aber Hooper hatte seinen Plan geändert, er sagte: »Nein, ich weiß, was wir tun, wir gehen rauf auf den Dachboden.« Er stieg die Treppen hinauf.

Die Krähe, dachte Kingshaw, die ausgestopfte Krähe. Und da könnten noch andere Dinge sein, sie könnten ihn dort einschließen. Oh Gott.

»Kingshaw traut sich nicht.«

»Halt die Klappe, Hooper, oder ich schlag dich zusammen.«

Fielding sah von einem zum andern, er war über die Heftigkeit in Kingshaws Stimme erschrocken. Hooper drehte Kingshaw wieder den Rücken zu, er sprach nur zu Fielding. »Los, komm, es ist toll auf dem Dach, da sind alle möglichen Sachen.«

Kingshaw beobachtete sie und rührte sich nicht.

»Kommst du nicht mit?«, fragte Fielding freundlich.

Kingshaw schwieg.

»Gut. Dann gehen wir eben nicht.«

»Er hat bloß Angst, kümmer dich nicht um ihn. Los, komm doch, Fielding, ich will dir was zeigen. Was ganz Privates.«

Fielding zögerte. Eine kurze Zeit lang war er unentschlossen. Hooper hätte gewinnen oder verlieren können. Kingshaw fühlte die Spannung zwischen ihnen und fühlte auch, wie Fielding sich um ihn sorgte. Er wollte sagen, es ist schon in Ordnung, du kannst ruhig mit ihm gehen und mich allein lassen, du kannst alles machen, und es macht mir nichts aus, ich bin fertig mit dir, ich möchte nur noch ich, ich, ich sein.

Plötzlich sprang Fielding drei Stufen auf einmal herunter, sein Gesicht strahlte vor Vergnügen über seinen Einfall. »Wir gehen zu mir nach Hause«, sagte er. »Das machen wir. Wir haben einen neuen Traktor, der gestern gekommen ist. Wir schauen ihn uns an.«

Er ging durch die offene Haustür und die Einfahrt hinunter. Es war nach dem letzten Regenschauer nun wieder sonnig. Der Kies glänzte und war glitschig vor Nässe. Fielding schaute zurück und rief ungeduldig: »Kommt schon!«

Hooper kam, er konnte jetzt viel schneller gehen mit dem Gipsbein, aber Fielding wartete trotzdem auf ihn. Kingshaw stand direkt vor der Tür, spielte mit seinen Fußspitzen im losen Kies und horchte auf den leisen, rauen Ton, den das machte. Er ging nicht zu der Farm. Er würde nun nicht mehr hingehen. Hooper konnte gehen. Das mit Fielding war ihm egal, nichts davon gehörte ihm mehr.

Er dachte an den ersten Tag, als er dort hingegangen war, wie fremd alles gewesen war, wie er so vorsichtig herumgeschlichen war wie eine Katze, die etwas Neues riecht. Da war das Kalb gewesen, hässlich und schleimig und nass.

Von dem Tor am Ende der Einfahrt winkte Fielding

ihm zu, dass er kommen solle. Hooper war schon hinter der Hecke verschwunden. Einen Augenblick lang blickte Kingshaw hinüber, ohne sich zu rühren. Der Wind blies ihm über den Rasen ins Gesicht. Er wollte gehen, wollte es mehr denn je, weil er wollte, dass es wieder so wurde wie vorher. Aber es würde nicht wieder so sein. Das war vorbei. Er zwang sich, es laut zu sagen.

Er ging zurück in die holzgetäfelte Diele und schloss die Haustür leise hinter sich.

Fielding zögerte erstaunt, fragte sich, ob er zu Kingshaw zurückgehen sollte. Er war den ganzen Nachmittag so komisch gewesen, abweisend und kalt und wütend. Es machte Fielding traurig, er war nur Leute gewohnt, die sich so verhielten wie er selbst, Leute, die alles leichtnahmen. Er wusste nicht, was er tun sollte. Vielleicht fühlte sich Kingshaw unwohl.

Hooper war zurückgekommen. »Was ist los? Schau, du brauchst nicht auf ihn zu warten, er spinnt, er ist einfach blöd.«

»Aber ... es könnte etwas nicht in Ordnung sein.«

»Nein, es ist nichts, sei kein Frosch, er schmollt nur.«

»Warum?«

»Das tut er immer. So ist Kingshaw nun mal.«

Fielding war immer noch unglücklich.

»Schau, wenn wir auf eurer Farm sind, wird er uns nachkommen, das tut er bestimmt. Er kommt immer.«

Schließlich glaubte Fielding ihm. Sie machten sich durch das hohe Gras auf den Weg. Es war sehr nass. Fielding suchte immer noch nach einer Blindschleiche.

Kingshaw ging hinauf in Hoopers Zimmer. Die Schlachttafel mit ihren farbigen Stecknadeln und Flaggen und Symbolen stand auf ihrem Gestell. Auf dem Tisch lagen Hoopers lange Regimentslisten, geschrieben mit verschiedenfarbigen Kugelschreibern. Die Buchstaben waren groß und rund.

Kingshaw rollte sie vorsichtig zusammen. Dann nahm er den Plan herunter und löste das Klebeband von den Rändern, sodass das Papierblatt sich von dem Papprücken trennte. Er rollte auch das auf.

Als er wieder nach unten kam, hörte er seine Mutter und Mrs Boland in der Küche reden. Er ging aus der Haustür und dann um das Haus herum zwischen den Eiben hindurch in den hinteren Garten. Auf der Lichtung am Eingang zum Wäldchen hockte er sich hin und zerriss das ganze Papier in kleine Fetzen. Es dauerte sehr lange.

Er kratzte ein Stück Boden von den nassen Blättern und Zweigen frei und legte den kleinen Haufen von Papierfetzen auf die Stelle. Er hatte die Streichhölzer mitgebracht, die er noch vom Galgenholz übrig hatte. Nachdem er drei verbraucht hatte, entzündete sich das Papier mit einer auflodernden Flamme und brannte dann ruhig weiter.

Kingshaw sah zu, wie die blauen Ränder der Flamme krochen und flackerten, und er dachte, er würde triumphieren können, aber er fühlte fast nichts, es interessierte ihn kaum noch. Als das Papier ganz verbrannt war, verscharrte er die verkohlten Stücke mit seinem Fuß und deckte sie mit einem Haufen von feuchtem Laub zu. Seine Hände waren nass und lehmig. Aber es machte ja nichts aus, ob er es verbarg oder nicht, Hooper würde es doch herausfinden.

Einen Augenblick lang stand er auf der Lichtung und lauschte dem Wasser, das von den Buchenblättern heruntertropfte, und dann machte er sich klar, was er getan hatte und was ihm geschehen würde. Er hatte gedacht, dass er sich nie wieder vor etwas fürchten würde, aber nun hatte er Angst.

Es waren noch fünf Tage bis zum 10. September, fünf Tage, bis sie in die neue Schule fuhren. Es lohnte sich nicht, darüber nachzudenken, jetzt nicht.

Es fing wieder an zu regnen.

17

Den ganzen Tag über sah Hooper ihn immer wieder an. Aber er sagte nichts.

Das Haus war voller Koffer. Mrs Helena Kingshaw rannte die Holztreppen hinauf und hinunter und die Flure entlang. Ihr Gesicht war gerötet, sie dachte gleichzeitig an die Namensschilder auf den grauen Socken und den schwarz-goldenen Blazern und an den weichen Haufen von Kleidern und Unterröcken und Kaschmir-Strickjacken, die auf ihrem Bett lagen. Es geht alles so schnell, dachte sie, es kommt so plötzlich, jetzt, da wir es erreicht haben. Daneben war das Gefühl der Sicherheit des Ankommens.

In seinem Arbeitszimmer zwischen Briefen und Zeitungen dachte Mr Hooper, ich habe eine gute Wahl getroffen, und dann übermannte ihn das Verlangen, dass dieser Tag und der nächste vorbei wären, dass die standesamtlichen Urkunden unterzeichnet und die Jungen untergebracht wären.

Draußen zerrten der Regen und ein heftiger Wind an den Eiben. Mrs Kingshaw packte ein wollenes Kleid mit langen Ärmeln ein, sie dachte an die Spaziergänge auf der Promenade in Torquay.

Hooper hatte über das Verschwinden des Schlachtplanes und seiner Regimenterlisten nichts gesagt. Er war von der Farm von Fieldings Mutter im Landrover zurückgebracht worden und hatte geredet und geredet und angegeben. Kingshaw hatte gewartet. Nichts. Er war höchst beunruhigt, es sah Hooper nicht ähnlich, er hatte ein Geschrei erwartet und dann das Petzen und die Bestrafung. Nichts.

Eine Zeit lang klammerte er sich an den Gedanken, dass Hooper es vielleicht einfach nicht bemerkt oder kein Interesse mehr an den Plänen hatte. Aber da war die leere weiße Pappe auf dem Gestell, und auf dem Tisch lagen keine Papiere mehr. Er musste es bemerkt haben. Aber es geschah nichts. Hooper beobachtete ihn nur und hielt sich fern von ihm, und Kingshaw wusste, dass er wartete. Er wälzte sich nachts in seinem Bett herum, von schrecklichen Träumen gequält, und wenn er dann aufwachte und sich auf die Wirklichkeit besann, war das Erwachen nicht besser als das Schlafen. Es würde etwas geschehen. Irgendetwas.

Er wäre beinahe zu Hooper gegangen und hätte es ihm erzählt, um es loszuwerden, er hätte fast gesagt, ich habe sie genommen, ich hab's getan, schau, so hab ich's gemacht. Es wäre eine Erleichterung gewesen, ganz gleich, was dann passiert wäre. Aber er war wie erstarrt, er konnte nichts sagen und tun. Er konnte nur in die offenen Koffer schauen, auf die sauber gefalteten schwarz-goldenen Uniformen, er sah die Schilder an den Handgriffen: C. J. N. Kingshaw, Drummond's School, sie waren in Mr Hoopers Schrift geschrieben.

Er nahm sich ein Buch über Fossilien und ging zu dem Stuhl am Wohnzimmerfenster. Er versuchte sich auszumalen, wie die Schule aussehen würde, wie die Gesichter der Jungen sein würden. Aber er konnte sich nichts anderes als die St Vincent's School vorstellen, weil das der einzige Ort war, den er kannte, und die Gesichter, die ihm in den Sinn kamen, waren die von Devereux und Crawford und Broughton-Smith.

»So, ihr werdet heute beide früh schlafen gehen. Morgen wird es genug Aufregung geben, ihr müsst frisch und ausgeruht sein.«

Sein Zimmer sah kahl aus, alles war weggepackt, es war wie am ersten Tag, als er hergekommen war, an dem Tag, als er mit Hooper gekämpft und ihm ins Gesicht geschlagen hatte.

Seine Mutter blieb an diesem Abend ziemlich lange bei ihm, streichelte ihn immer wieder und fragte ihn alles Mögliche, und als sie gegangen war, roch es um sein Bett herum nach ihr. Der Regen schlug gegen die Scheiben.

Kingshaw wachte plötzlich auf, beinahe direkt nachdem er eingeschlafen war. Er hörte ein Geräusch. Er bewegte sich im Bett und erwartete, die ausgestopfte Krähe oder etwas anderes zu sehen, etwas in seinem Zimmer zu finden. Aber da war nichts. Schweigen. Dann ein dumpfer Schlag und ein leises, kratzendes Geräusch von Papier. Er lag völlig still. Nach einem

Augenblick hörte er das Knarren der Dielen und Schritte, die sich entfernten. Er wartete wieder. Man hörte keinen Laut von unten. Keinen Laut bis auf den Regen draußen.

Schließlich knipste er die Lampe an und schlüpfte aus dem Bett. Das Blatt Papier war einmal gefaltet und lag auf dem Fußboden direkt hinter der Schwelle.

Dir wird etwas geschehen, Kingshaw.

Die Buchstaben waren mit dickem schwarzem Filzstift gemalt und immer wieder unterstrichen. Trotz der Angst, die er die ganze Zeit über gehabt hatte, wurde es nun plötzlich wieder schlimmer, während er Hoopers Botschaft las, es durchfuhr ihn wie ein plötzlicher Zahnschmerz. Er zerknüllte das Papier und schleuderte es durchs Zimmer, so weit er konnte, dann warf er sich aufs Bett und versteckte sein Gesicht unter dem Laken. Er zitterte.

Die Albträume begannen.

Als er aufwachte, dämmerte es gerade, und er erinnerte sich an alles, und dann wusste er ganz plötzlich, was er tun musste. Es lag daran, dass der Morgen ihn an das erste Mal erinnerte. Das Haus war ruhig. Als er aus seinem Fenster sah, war es klar und grau.

Die offenen Koffer schienen nun nichts mehr mit ihm zu tun zu haben.

Draußen war es kühl, und die Luft kam ihm feucht vor, obwohl es aufgehört hatte zu regnen und der Wind sich gelegt hatte. Aber nachdem er über den

Zaun geklettert war und den ersten Acker überqueren wollte, wurde das Gras dicht und nass. Der einzige Unterschied war, dass es heute keinen Nebel gab, er konnte weit sehen, der Himmel war ruhig und hell.

Das Korn war schon geerntet, die Stoppeln waren abgebrannt, und das Feld erschien viel größer, die Bäume am Waldrand schienen in weiter Ferne zu liegen. Der Wald war schon gelb und braun gesäumt, aber im Inneren war es noch dunkelgrün und dicht, die Blätter fielen noch nicht.

Als er den Wald betreten hatte, blieb er zunächst stehen. Er war sich schon jetzt nicht mehr sicher über den Weg. Sie waren zu oft kreuz und quer gegangen, als sie das Wild verfolgt hatten. Er versuchte sich an den Weg zu erinnern, auf dem die Männer sie geführt hatten, als sie zurückgebracht wurden.

Der Geruch war vertraut, es war der, den er gerochen hatte, als er nach dem Gewitter unter dem Busch hervorgekrochen kam, frisch und kühl, aber auch süßlich-modrig vom Boden und den vermodernden Blättern.

Er war plötzlich aufgeregt. Hierher gehörte er, hier wollte er sein. Alles war gut. Er sagte sich immer wieder, hier ist es gut, hier ist es gut. Er begann, sich langsam einen Weg durch das feuchte Gestrüpp zu bahnen.

In Warings schlief Hooper flach auf dem Bauch, ohne sich an etwas zu erinnern, aber ein Stockwerk tiefer warf sich sein Vater, nervös von seinen Träumen, hin und her. Als Mrs Helena Kingshaw aufwachte, dachte sie, es ist heute, und es ist das Beste, was geschehen konnte, das Beste für uns beide. Ich werde keine kämpfende, einsame Frau mehr sein, das ist vorbei, erledigt und vergessen, und wir werden glücklich sein, wir alle zusammen. Alles wird neu beginnen.

Sie stand auf und sah auf den ovalen Reisewecker. An der Tür des Kleiderschranks hing das cremefarbene Leinenkostüm und schimmerte blass durch die Plastikhülle. Mrs Kingshaw dachte, es ist noch mehr als genug Zeit, mehr als genug. Und setzte sich wieder auf die Bettkante und rauchte eine Zigarette. Es war kurz nach sieben Uhr.

Kingshaw hatte nun die Lichtung gefunden. Die Steine lagen noch aufgehäuft da von der Nacht, in der sie das Feuer gemacht hatten. Es schien ihm sehr lange her zu sein. Er blieb nicht stehen, um sie sich anzusehen.

Am Flussufer zog er seine Kleider aus und legte sie zu einem Haufen zusammen. Er zitterte und spürte das Wasser sehr kalt und seidig an seinem Körper. Eine Sekunde zögerte er, etwas in ihm begann zu erwachen. Und dann dachte er an alles, was war und noch geschehen würde, er dachte an die Dinge, die Hooper getan hatte und noch tun würde, an die neue Schule und an die Hochzeit seiner Mutter. Er fing an, platschend vorwärts zu stolpern, bis zur Mitte, wo das Wasser am tiefsten war. Als es ihm bis an die Oberschenkel reichte, legte er sich langsam hin, tauchte sein Gesicht ganz unter Wasser und atmete lange und bedächtig ein.

Es war Hooper, der ihn fand, weil er sofort gewusst hatte, wohin er gegangen war, sie waren alle Hooper gefolgt und waren durch den Wald gestapft und hatten gerufen. Der Regen hatte wieder angefangen und tropfte von den dunklen Blättern auf ihre Köpfe und Schultern.

Als Hooper Kingshaws Körper sah, der mit dem Kopf nach unten im Wasser lag, durchzuckte ihn der Gedanke, das ist meinetwegen geschehen, ich habe das bewirkt, er hat es meinetwegen getan, und eine Woge des Triumphs durchflutete ihn.

»Komm, es ist alles in Ordnung, lieber Edmund, es ist ja gut.« Mrs Helena Kingshaw streckte einen Arm nach ihm aus und zog ihn an sich. »Ich möchte nicht, dass du hinsiehst, Liebes, du darfst nicht hinsehen und dich aufregen, es ist alles in Ordnung.«

Hooper fühlte den feuchten Stoff ihres Mantels, der sich an sein Gesicht drückte, und roch ihr Parfüm. Dann hörte er die Männer durch das Wasser waten.

DER KLEINE GATSBY
im Kampa Verlag

Susan Hill
Stummes Echo

Roman
Deutsch von Andrea Stumpf

Auf einem Hügel im Norden Englands steht ein Haus, vom Wind umtost. Hier sind May, Frank, Colin und Berenice aufgewachsen. Das Leben auf dem abgelegenen Hof war hart, aber die Geschwister hatten eine glückliche Kindheit. So war es doch, oder? May galt immer als die Klügste, doch ihr Studium in London bricht sie ab und kümmert sich fortan um ihre Eltern und die Farm. Hier fühlt sie sich geborgen. Frank dagegen macht in London als Journalist Karriere – und schreibt ein Buch über einen Jungen, dessen Kindheit geprägt war von Leid und Gewalt. Und dieser Junge war er selbst?

Ein Buch über fragile Familienbande und die Brüchigkeit von Erinnerungen, über die unsichtbaren Verletzungen, die uns das Leben zufügt, und die wundersamen Wege, diese zu überwinden.

»Wundervoll und weise. Ein kleines Meisterwerk.«
Daily Telegraph

GATSBY GEISTERHAND
im Kampa Verlag

Susan Hill
Die kleine Hand

Aus dem Englischen von Susanne Aeckerle

Es ist spät. Adam Snow, der mit wertvollen Büchern handelt, fährt von einem Kundenbesuch nach Hause, nimmt die falsche Abzweigung und findet sich vor einem alten verlassenen Haus wieder. Von Neugier gepackt, steigt er aus, läuft durch den verwilderten Garten, unwiderstehlich angezogen von dem seltsamen Anwesen, als plötzlich eine kleine kalte Hand nach seiner greift. Erst ist er bloß fasziniert, doch die Erinnerung an diese gespenstische Begegnung verfolgt ihn, Panikattacken suchen ihn heim. Adam Snow stellt Nachforschungen an, erfährt mehr und mehr über das verwunschene Haus. Und immer wieder fühlt er den Griff der kalten Hand, der stärker und stärker wird.

»Niemand sorgt für mehr Gänsehaut als Susan Hill.«
Sunday Telegraph, London